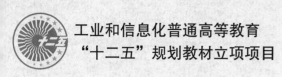

工业和信息化普通高等教育
"十二五"规划教材立项项目

徐作庭 李来胜 编著

多媒体通信

21世纪高等院校信息与通信工程规划教材

21st Century University Planned Textbooks of Information and Communication Engineering

Multimedia Communication

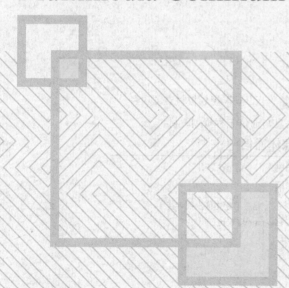

人民邮电出版社

北 京

精品系列

图书在版编目（CIP）数据

多媒体通信 / 徐作庭，李来胜编著. -- 北京：人
民邮电出版社，2011.12
　21世纪高等院校信息与通信工程规划教材
　ISBN 978-7-115-27055-9

　Ⅰ．①多… Ⅱ．①徐… ②李… Ⅲ．①多媒体通信—
高等学校—教材 Ⅳ．①TN919.85

　中国版本图书馆CIP数据核字(2011)第270824号

内 容 提 要

　　本书对多媒体通信的基本概念、技术与应用做了比较全面的介绍。全书共 8 章，在介绍多媒体通信相关概念的基础上，重点对多媒体通信中的信息处理、通信网络、质量保证、通信终端、流媒体等原理、技术与应用做了比较系统的阐述，最后对一些典型的多媒体通信应用系统做了分析与介绍。本书在关注基础理论的同时，注重关键技术与应用的讲述，同时也对相关标准和前沿技术进行了介绍。书中内容丰富、新颖，叙述深入浅出，突出理论与实际应用的结合，易于读者理解和掌握。

　　本书可作为高等院校电子信息、通信工程、计算机通信等相关专业本科生的教材或教学参考书，也可供从事多媒体通信技术研究和开发的工程技术人员参考使用。

工业和信息化普通高等教育"十二五"规划教材立项项目
21 世纪高等院校信息与通信工程规划教材

多媒体通信

◆　编　　著　徐作庭　李来胜
　　责任编辑　蒋　亮　贾　楠

◆　人民邮电出版社出版发行　　北京市崇文区夕照寺街 14 号
　　邮编　100061　　电子邮件　315@ptpress.com.cn
　　网址　http://www.ptpress.com.cn
　　北京艺辉印刷有限公司印刷

◆　开本：787×1092　1/16
　　印张：11.5　　　　　　　2011 年 12 月第 1 版
　　字数：234 千字　　　　　2011 年 12 月北京第 1 次印刷

ISBN 978-7-115-27055-9
定价：25.00 元

读者服务热线：**(010)67170985**　印装质量热线：**(010)67129223**
反盗版热线：**(010)67171154**

多媒体通信是综合的、跨学科的新兴交叉领域，其理论、技术及应用发展都非常快。多媒体通信的蓬勃发展始于 20 世纪 90 年代，进入 21 世纪后，呈现了更快的发展趋势。实践证明，多媒体通信技术的广泛应用，极大地提高了人们的工作效率，正在深刻地改变着人们工作、学习乃至娱乐的方式。同时，人们仍然在不断创新它的应用领域。可以预见，多媒体通信将会使人类的生活更加丰富多彩。

本书的目的是使读者了解和掌握多媒体通信所涉及的基本原理、技术，熟悉多媒体通信的应用。在编写过程中，尽量减少过深的理论推导，注重知识的应用，内容主要包括多媒体信息处理、编码，多媒体传输网络，多媒体的通信终端，多媒体通信质量的保证，多媒体通信应用系统等。

全书共 8 章。第 1 章介绍了多媒体通信的有关基础知识，内容有信息与媒体，通信系统的基本模型与分类，多媒体通信的概念、技术、业务与终端，多媒体通信网及发展。第 2 章介绍了音频技术及应用，内容主要包括声音的数字化，音频压缩编码方法及相关标准，以 IP 电话为例的音频技术应用。第 3 章介绍了视频技术及应用，内容有数字视频的有关基础知识，视频压缩编码原理及相关标准，以可视电话为例的视频技术应用。第 4 章介绍了流媒体技术，内容包括流媒体技术的原理，流媒体相关协议，主要的流媒体平台，以 IPTV 为例的流媒体应用。第 5 章介绍了多媒体通信网络，内容包括 IP 和 ATM 技术，接入网及宽带接入技术，3 种公众服务网络。第 6 章介绍了多媒体通信的质量保证，内容包括 QoS 参数与管理，多媒体通信的同步，视频通信的差错控制。第 7 章介绍了多媒体通信终端，内容包括多媒体通信终端的组成、特点及关键技术，多媒体通信终端的标准，基于计算机的多媒体通信终端，多媒体通信终端的现状及发展趋势。第 8 章介绍了多媒体通信应用系统，包括视频会议系统、视频监控系统、P2P 流媒体系统和多媒体信息发布系统。

　　本书可作为高等院校电子信息、通信工程、计算机通信等相关专业本科生的教材或教学参考书，也可作为从事通信、计算机方面工作的工程技术人员的参考书。

　　在本书的编写过程中，我们参考了多媒体通信领域的许多著作，受到很大启发和影响，同时还引用了一些研究资料和技术文献，由于内容分散，时间紧迫，没能在具体内容中给出确切的引用，特向这些著作和资料的作者表示衷心感谢。

　　本书第 1 章、第 3 章、第 7 章及第 8 章的第 1 节、第 2 节由徐作庭编写，第 2 章、第 4 章、第 5 章、第 6 章及第 8 章的第 3 节、第 4 节由李来胜编写。

　　虽然编者尽力所为，但学识有限，书中难免存在缺点和错误，敬请广大读者批评指正。

编　者

2011 年于南京

目　录

第 **1** 章 基础知识

21 世纪以来，人类正在步入信息社会，信息的传递离不开完善的通信系统，传统的传输单一媒体信息的通信系统正逐步被能够传输多媒体信息的通信系统所取代。本书讨论内容涉及多媒体信息采集、传输和多媒体通信业务应用。为了方便起见，在展开详细讨论之前，先简要讨论有关基础知识。

1.1 信息与媒体

1.1.1 信息

1. 信息的含义

到目前为止，"信息"一词，有很多不同的表述，还没有统一和确切的定义。从不同的角度来看，就会对信息有不同的解释，所以这里讨论信息的含义，而不是信息的定义，因为它没有一个唯一、准确的定义。

信息论的创始人香农（Shannon）认为，信息就是能够用来消除不确定性的东西。因此，从信息论的角度看，信息是事先不知道的报道。信息的英文是 information。Webster 字典对 information 的解释有多个，其中第一个解释是：用任何方式获得的知识、事实、数据、学问或经验知识；第二个解释是：在信息论和计算机领域，可以用比特（bit）精确度量，如果事先已经知道了整个的消息（message），那么信息量就是零，但是如果对消息的内容什么也不知道，那么信息量就是最大；第三个解释是：可存储在计算机中或是可以从计算机读取的任何数据。可见同样的词汇信息（Information），从不同的角度来看，就可以有不同的意思。我国出版的《现代汉语词典》中对信息是这样解释的：音信、消息；在信息论中，指用符号传送的报道，报道的内容是接收者预先不知道的。

对人类而言，人的五官生来就是为了感受信息的，它们是信息的接收器，五官所感受到的一切都是信息。然而大量的信息，是五官不能够直接感受的，人类正是通过各种手段，发明各种仪器和设备来感知它们、发现它们。比如说人们天天看的电视节目，电视节目通过电磁波，或是通过有线电视电缆传到每家每户，但是人的眼睛看不见，耳朵也听不见，一定要通过电视机这个设备显示出来，然后人才能够看到和听到电视节目。信息还有一个特点，就是信息是可以交流的。但是，信息交流跟商品交换有着很大的区别。比如说甲有一个苹果，乙有一个苹果，他们互相交换一下，结果每个人还是只有一个苹果。但是当甲有一些信息，乙有一些信息，甲乙交换了信息以后，各人所拥有的信息就增多了。信息还可以被存储使用，人们所读过的书，听过的音乐，所看到的事物，所想到的或是做过的事情，这些都可以说是信息。实际上，自然界和人类的一切活动，都在产生信息，或者说信息普遍存在于自然界、人类社会和思维领域。如果用哲学界比较抽象的语言来说，信息就是客观事物运动状态的表征与描述。按照这种观点，信息还可以划分为两大类，即自然信息与人工信息。自然信息是自然界的事物以及事物之间内在联系的表征。比如说，各地都有气象观测站，它所记录的关于这个地方的温度、湿度、风速等气象数据就是从纯客观的角度来看信息，这种自然信息只与客体本身的因素有关，与主体的因素无关。人工信息就不一样了，它是人们依据物质运动的情况，利用各种手段人为地得出有关情况的表征和描述。这是从信息接收者的主观角度来观察问题，是从主体的立场来考察问题，这种信息既与客体因素有关，也与主体因素有关。人们每天看到的报纸上的消息和电视节目，很多都属于人工信息。当然很多信息应当是包含自然信息和人工信息的综合信息。由此可见，人们现在所说的人工信息已经不局限于半个多世纪以前香农在信息论中对信息给出的定义。虽然人们公认香农对信息科学发展所奠定的基础，现在我们讨论有关信息问题的时候，还经常引用香农关于信息提出的许多概念，但是现在的信息科学所研究的内容，已经远远超过香农的信息论所涉及的内容。人们已经认识到，信息也是一种资源，它与材料、能源一起构成了支撑人类社会生存和发展的三大支柱。

2. 信息的度量

信息虽然是个抽象的概念，但是在许多情况下人们还是希望把信息加以量化，就是用具体的数量，来表示信息量的多少。根据信息论，信息量和消息出现的概率应当用下面这个公式来表示：

$$信息量 = \log_2 \left(\frac{1}{消息出现的概率} \right) \qquad (1\text{-}1)$$

信息量的单位定义为比特（bit）。从上面的公式可以看出，消息出现的概率越小，消息中所含的信息量就越大。对于必然出现的消息，即消息出现的概率是 100%，其信息量就是零。

例 为了把消息发送出去，必须对消息先进行编码，比如，可以把消息转换为由一串 1 或 0 组成的二进制码元序列 $b_1b_2b_3b_4\cdots$。如果某消息是由 3 个二进制码元组成，那么这个消息有 8 种可能性：000、001、010、011，100、101、110、111，假定每一种形式出现的概率都相等，即都是 1/8，那么这种由 3 个二进制码元构成的消息，它的信息量可以这样来计算：

$$信息量 = \log_2\left(\frac{1}{消息出现的概率}\right) = \log_2\left(\frac{1}{1/8}\right) = 3 \text{ bit} \tag{1-2}$$

1.1.2 媒体

1. 媒体的概念

媒体（Media）又称媒质或媒介，它是信息表示、传输、存储的形式载体。

传统的媒体如报纸、杂志、广播、电影、电视等，都是以各自的媒体形式进行传播。在通信和计算机领域中，媒体有两种含义：表示信息的载体和存储信息的实体。例如，文本、音频、图形、图像、动画、视频等是用来表示信息的载体，而纸张、磁带、磁盘、光盘、半导体存储器等都是存储信息的实体。

现代科技的发展大大方便了人们之间的交流和沟通，也给媒体赋予了许多新的内涵。根据国际电信联盟电信标准局 ITU-T 建议的定义，媒体可分为以下 5 大类。

（1）感觉媒体（Perception Medium）

感觉媒体是指直接作用于人的感官，使人能直接产生感觉的一类媒体，如视觉、听觉、触觉、嗅觉、味觉等。感觉媒体帮助人们在计算机环境中获取信息，如人们多数情况下是通过"看"和"听"获得来自计算机的信息。"看"主要是感知可视媒体，如文本、图像、视频等；"听"主要是感知可听的媒体，如语音、音乐等。

（2）表示媒体（Representation Medium）

表示媒体是为了加工、处理和传输感觉媒体而人为构造出来的一种媒体，如文字、音频、图形、图像、动画、视频等。借助于表示媒体，可以很方便地将感觉媒体从一个地方传输到另一个地方。这里，我们关注的是如何对这些媒体进行数字化的编码，如文字可以用 ASCII 或 EBCDIC 进行编码表示；图形可以按照 CEPT 或 CAPTAIN 标准进行编码；音频可以使用 PCM 编码；图像可以用 JPEG 编码；视频可以用 MPEG 编码等。

（3）显示媒体（Presentation Medium）

显示媒体是指信息输入、输出所用的工具或设备。输入显示媒体有键盘、鼠标、话筒、扫描仪等；输出显示媒体有显示器、打印机、音箱、投影仪等。

（4）存储媒体（Storage Medium）

存储媒体又称存储介质，用来存放表示媒体，它是数据的载体，如磁盘、光盘、内存等。

（5）传输媒体（Transmission Medium）

传输媒体又称传输媒介，它是用来将数据或信息从一处传送到另一处的物理载体，如双绞线、光纤、同轴电缆等。它不同于数据的存储载体，存储载体中的数据或信息是静态的，传输媒体中的数据或信息是动态的，是连续的流。

2．表示媒体

（1）文字与数据

文字（Text）是最基本的多媒体信息，也称为字元。文字的有序排列和组合形成字（Word）和数据（Data）。文字用二进制编码表示，不同的二进制编码代表不同的文字。

西文文字采用 ASCII 表示。ASCII 是美国信息交换标准代码（American Standard Code for Information Interchange）的简称，由美国国会图书馆交换代码（Library of Congress，LC）发展而来，其后演变成 ISO646 国际标准。依 ASCII 和 ISO646 的规定，ASCII 包括大小写英文字母、标点符号和阿拉伯数字。ASCII 是信息交换的基础，故称为网络的奠基标准，至今仍被广泛应用。

ASCII 包括字母、数学符号、控制字符共 128 个，采用 7 位二进制编码方式表示。ASCII 的缺点是明显的，它无法满足世界多民族语言文字的交换要求。

汉字数目较多，常用的汉字就有 3 000 多个，因此汉字编码必须采用多于 7 位的二进制编码方案。例如二级汉字编码，国家标准 GB2312－80 规定，采用 2×7 个二进制位表示一个汉字，共可表示 6 763 个汉字和 850 个符号。

为容纳世界上多种语言的字元和符号，ISO－WG2 工作组制定了 UCS（ISO/IEC－10646）标准。该标准规定采用 16 位（双 8 位）编码，具有 65 563 个编码空间，可以容纳汉字、日文、韩文、希腊文、阿拉伯文、希伯莱文、中欧文字、德语、俄语等。同时，为了配合 8 位、16 位、32 位和 64 位运算处理器，该标准规定字元码长度为定长的 4 个 8 位元（Octet）。

另一种由美国 Xerox、Joe Becker 等公司提出的 Unicode 标准，将字元编码的基本单位由 7 或 8 个位元直接扩充为 16 个位元。这一结构后来被 ISO－WG2 工作组采纳，同时将 Unicode 标准纳入 ISO/IEC－10646 标准。

（2）声音与 MIDI

音频信息有两类：获取的声音和合成的声音。

声音也称声波或音频。声音的属性包括响度、音调和音色。响度指声音的大小，通常用声压级（SPL）或听力级（HL）表示；音调指声音的高低，对应声音的频率；音色指声音的谐波特性。

音频（Audio）是指人耳可闻的声音信息，频率一般在 20Hz～20kHz 范围内。语音（Voice）是指人们正常讲话时发出的声音，频率范围为 100Hz～7kHz。语音可以看做是音频的一段，具有较窄的频率范围。正确理解二者的区别，对于多媒体系统的硬件及软件设计具有重要的意义。

对应于不同的系统应用，音频的含义是不一样的。电话系统语音的频率范围为 200Hz～3.4kHz，调幅广播的音频频率范围为 50Hz～7kHz，调频广播的音频频率范围为 20Hz～15kHz，高保真立体调频广播的音频频率范围为 20Hz～20kHz。

多媒体音频信号一般指经过采样和量化后的数字化声音。采样有时也称取样。采样的目的是去掉模拟音频信号的时间相关性。常用的采样频率有 8kHz（主要用于语音通信系统）、11.025kHz、22.05kHz、44.1kHz（主要用于 CD 级音质的编码系统）、48kHz 等。量化是指把不同的采样值（某一时刻音频信号的幅度）用不同的二进制码表示。二进制码位数越多，分辨率就越高。通常采用 8 位或 16 位进行量化。通过采样直接获取的音频文件需要很大的存储空间。为了对音频文件进行处理，必须对音频数据信号进行压缩。常见的音频文件格式有 wav、aiff、au、mp3、wma、ra 等。

合成音乐与 MIDI（Music Instrument Digital Interface，乐器数字接口）紧密相关，已形成标准。合成语言目前正处在研究阶段，尚没有形成实用的标准。

MIDI 是 20 世纪 80 年代初提出的数字音乐/电子合成乐器的统一国际标准。它定义了计算机音乐程序、合成器及其他电子设备交换音乐信号的方式，还规定了不同厂家的电子乐器与计算机连接的电缆和硬件及设备间数据传输的协议，可用于为不同乐器创建数字声音，可以模拟大提琴、小提琴、钢琴等乐器的声音。MIDI 并不是数字化的声音，MIDI 信息实际上是一段音乐的数字形式描述。在 MIDI 文件中，只包含产生某种声音的指令，这些指令包括使用什么 MIDI 设备的音色、声音的强弱、声音持续的时间等，计算机将这些指令发送给声卡，声卡按照指令将声音合成出来。MIDI 声音在重放时可以有不同的效果，这取决于音乐合成器的质量。相对于保存真实采样数据的声音文件，MIDI 文件显得更加紧凑，其文件尺寸通常比音频文件小很多。常用的 MIDI 文件格式为 mid、rmi。

模块格式是另一种已经存在了很长时间的声音记录方式，它同时具有 MIDI 与数字音频的共同特性。模块文件中既包括如何演奏乐器的指令，又保存了数字声音信号的采样数据，因此，其声音回放质量对音频硬件的依赖性较小，也就是说，在不同的机器上可以获得基本相似的声音回放质量。常用的模块文件格式有 mod、s3m、xm、mtm、far、kar、it 等。

（3）图像与图形

图像（Image）是可以看见的多媒体信息。在使用图像一语时，一般指的是静态图像（Still Image）。根据图像产生和表示的方式不同，图像可分为位图（Bitmap）和矢量图

（Vector-draw）。位图和矢量图是计算机图像显示的主要方式。还有一个常用的概念是图形（Graphics）。图形是指用计算机绘图工具绘制的图画（Picture）。构成图形的要素包括刻画点、线、面、体等几何要素以及反映物体表面属性或材质的灰度颜色等非几何要素。图形一般按各个成分的参数形式存储，可以对各个成分进行移动、缩放、旋转、扭曲等变换，可以在绘图仪上将各个成分输出。对人眼而言，图形和图像没有区别。图形方式是计算机显示的另一种主要方式。

位图用于表示逼真照片或要求精细的图像。位图由点（Dot）组成，点是位图图像的最小元素，通常也称为像素（Pixel）。一幅图像由若干个像素组成，其位图文件存放着与该幅图像每一个像素相对应的数字矩阵。矩阵中的每一个元素就是像素值，它反映所对应的像素的某些特征（颜色编码或灰度级），该矩阵就称为这幅图像的"位图"。单色位图用一维矩阵表示，只有黑白两种颜色，更多的白则要用较大的"深度"，即多位编码表示，称之为色彩深度，常用的有 4 位、8 位、16 位、24 位、48 位颜色。以 24 位位图为例，每个像素可以有 1 600 多万种颜色。位图适合于表现含有大量细节（如明暗变化、复杂场景、多种颜色等）的画面，并可直接、快速地在屏幕上显示出来。位图占用的存储空间较大，在实际应用中一般需要进行数据压缩，可以是有损压缩，也可以是无损压缩。位图图形的一个缺点是在放大位图时会出现锯齿，给人的主观感受是清晰度降低了，而矢量图不会出现这个问题。位图的产生方法有：通过画图程序获取；用屏幕抓图程序获取；用扫描仪、数码相机或通过图像数字化设备获取。位图使用较多，也相应地存在种类繁多的文件格式，常见的有 bmp、gif、pcx、tif、jpg、tga 等。

矢量图在数字上定义为一系列由线连接的点。矢量文件中的图形元素称为对象。每个对象都是一个自成一体的实体，它具有颜色、形状、轮廓、大小、屏幕位置等属性。既然每个对象都是一个自成一体的实体，就可以在维持它原有清晰度和弯曲度的同时，多次移动和改变它的属性，而不会影响图例中的其他对象。这些特征使基于矢量的程序特别适用于图例和三维建模，因为它们通常要求能创建和操作单个对像。基于矢量的绘图同分辨率无关，这意味着矢量图可以按最高分辨率显示到输出设备上。矢量图适合于描述由多种比较规则的图形元素构成的图形，但输出图像画面时将转换成位图形式。常见的矢量图形格式有 dxf、wmf、igs 等。

对于比较简单的几何图形，采用矢量图方式表示具有较小的数据量；对于复杂的图像，用位图方式可以比用矢量图对象作图得到更快的屏幕刷新速度。大多数绘图和图像处理程序都提供几种文件保存格式，矢量图构成的图像可以方便地保存为位图格式文件，位图变换成矢量图则相对困难一些。

（4）动画

动画（Animation）是一系列内容相似但又有区别的图像，按照一定的速度播放，依靠人的"视觉暂留"现象，使人能产生一种物体在连续运动的感觉。

动画由关键帧（Keyframe）和插入帧（Tweening）构成。关键帧一般由动画设计人员设计绘制，要能体现动作过程的主要特点；插入帧一般由计算机根据一定的算法自动产生。动画播放时动作是否流畅平滑取决于帧速率（单位时间内播放的帧数）和相邻帧的差异。帧速率较高、相邻帧的差异较小（相邻关键帧间有较多的插入帧）时，动画所反映的动作比较流畅平滑，反之则不然。一般电影动画采用每秒 24 帧的帧速率，PAL 制电视动画采用每秒 25 帧的帧速率，而计算机屏幕上显示的动画往往是每秒播放 15 帧。

（5）视频

视频（Video）一般指活动影像，有时也称为视频图像。视频是多媒体信息中最主要的一种，其处理技术也最为复杂。多媒体视频实际上就是数字视频信息，一般来说它是通过对模拟视频进行数字变换后得到的格式相对统一、便于在数字平台上处理的数字视频文件。当然，随着计算机在人们生活中的普及，计算机屏幕本身显示的信息就是数字视频的形式。

一般来说，视频图像是自然界景物通过人类的视觉在人脑中形成的主观映像，人眼所感觉的图像是时间和空间的函数。人的大脑具有对历史图像回放的特性，但人的记忆是有限的，不可能记得很多，也不可能记得很久。从空间上来讲，人眼既有看不到的宏观世界，也有看不到的微观世界。于是，能够摄取客观世界的图像并进行记录、存储和传输，然后再显示出图像的电视技术应运而生，它包括图像的摄取（光电转换）、传输（记录和发送）和显示（电光转换）这 3 个过程。信息处理技术和大规模集成电路技术的飞速发展，使得人们能够利用数字技术的便利来传输视频信息。由于视频实际上就是在时间上连续播放的图像序列，对它进行直接采样、量化后的数据量是非常大的，因此，一般必须对数字视频进行压缩编码后再进行存储或传输。

1.2 通信系统

1.2.1 通信系统的基本模型

通信的目的是传递消息。实际上对于基本的点对点单向通信，就是把发送端的消息传递到接收端。因而，这种最基本的通信系统可以由图 1-1 中的模型加以描述。

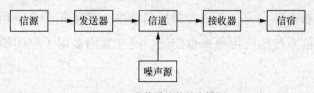

图 1-1 通信系统的基本模型

图中最左边是信源（Information Source），信源是消息或是信息传输的源点，也就是消息的发出者。图的最右边是信宿（Destination），信宿是信息传输的归宿，是消息或者信息传输的终点，也就是消息的接收者。消息一般是没有办法直接在通信系统中传输的，必须要进行变换，变换成适合于在通信系统中传输的信号，这就是发送器（Transmitter）所要完成的工作。消息进入到发送器以后，一般要经过一次到多次的变换。比如说，可以经过编码变换，可以经过调制变换，变换以后就变成了信号。信号再送入到信道（Channel）中进行传输。信道是指信号传输的通道，它可以是有线的（如电缆或光缆），也可以是无线的（如短波、超短波、微波或卫星）。接收器（Receiver）按照与发送器相反的变换来工作。比如说，和编码相反的变换是解码，和调制相反的变换是解调。接收器最终把接收到的信号转换成信宿所需要的消息形式。图中的噪声源是信道中的噪声以及分散在通信系统其他各处的噪声的集中表示。

上述模型是最简单的一对一的单向通信模型，更复杂的是一对多的通信系统模型，就是一个信源同时对多个信宿进行通信。尽管如此，上述模型还是概括地反映了通信系统的共性。根据研究对象及所关心的问题不同，可以使用不同形式的较具体的通信系统模型。

1.2.2 通信系统的分类

通信系统有不同分类方法。这里从通信系统模型的角度讨论其分类。

1. 通信系统的分类

按消息的物理特征分类：根据消息的物理特征的不同，通信系统可以分为电报通信系统、电话通信系统、数据通信系统等。由于电话通信网最为发达普及，因而其他消息常常通过公共的电话通信网传送。例如，随着计算机应用的迅速普及而迅速增长起来的数据通信，常常利用公共电话信道传送。在综合业务通信网中，各种类型的消息都在统一的通信网中传送。

按传输媒介分类：按传输媒介，通信系统可分为有线（包括光纤）通信和无线通信两类。

按信号复用方式分类：传送多路信号有 3 种复用方式，即频分复用、时分复用和码分复用。频分复用是用频谱搬移的方法使不同信号占据不同的频率范围；时分复用是用抽样或脉冲调制方法使不同信号占据不同的时间区间；码分复用则是用一组包含互相正交的码字的码组携带多路信号。传统的模拟通信中大都采用频分复用；随着数字时代的到来，时分复用通信系统的应用愈来愈广泛；码分复用多用于空间扩频通信系统中和移动通信系统中。

2．通信方式

对于点与点之间的通信，按消息传送的方向与时间关系，通信方式可分为单工通信、半双工通信及全双工通信 3 种。

所谓单工通信，是指消息只能单方向传输的工作方式。例如，遥测、遥控就是单工通信方式。

所谓半双工通信，是指通信双方都能收发消息，但不能同时进行收发的工作方式。例如，使用同一载频工作的无线电对讲机，就是按这种通信方式工作的。

所谓全双工通信，是指通信双方可同时进行收发消息的工作方式。例如，普通电话就是一种最常见的全双工通信方式。

在数字通信中，按照数字信号码元排列方法不同，有串行传输与并行传输之分。

所谓串行传输，是将数字信号码元序列按时间顺序一个接一个地在信道中传输。如果将数字信号码元序列分割成两路或两路以上的数字信号码元序列同时在信道中传输，则称为并行传输。一般的远距离数字通信大都采用串行传输方式，因为这种方式只需占用一条通路。并行传输在近距离数字通信中有时也会遇到，它需要占用两条或两条以上的通路，如使用多条导线传输。

1.3　多媒体通信概述

1.3.1　多媒体通信的概念

多媒体通信（Multimedia Communication）是多媒体信息处理技术和现代通信技术、计算机网络技术相结合的通信形式。多媒体通信系统传送的信息不仅限于单一媒体形式如数据、语音或图像信息等，而是对诸如声音、视频、动画、数据等多种信息进行综合传输和交换，使各种信息之间的交流更为方便和快捷。

多媒体信息是相对单媒体（Single-Medium）信息而言的，它具有联合性（Combination）、独立性（Independence）、集成性（Integration）、可控性（Computer Control）等特点。多媒体信息是文本、声音、图形图像、视频等信息的集成，为了这种集成所采用的诸如数字化处理、信息压缩与解压缩的各种编解码技术统称为多媒体信息处理技术。它是集计算机和信号处理为一体的综合性应用技术，也是多学科的交叉技术。

多媒体通信系统由终端设备和传输网络组成。根据通信发展的多媒体趋势，终端设备要处理不同的信号，如视频、音频、图像、文本等；通信线路不仅要完成信息传输，而且还要完成这些信号的混合和分离处理。在多媒体通信业务中，通常要求信息的传送必须是实时的（有时可以是非实时的），这是多媒体通信系统的一个显著特点。满足实时性要求的处理方法也是多媒体通信中的关键技术之一。

1.3.2　多媒体通信技术

同其他通信系统一样，多媒体通信系统也由信源、信道和信宿 3 个主要部分组成，多媒体通信技术实际上也围绕这 3 个方面展开。

如图 1-1 所示为一个广义的单向通信系统模型。信息从信源传送到信宿。信源是一个信息检测装置，在其中引入熵的概念，作为被观测系统不确定性的尺度，采用基于最大熵定理的最大熵谱分析方法。发送器又称编码器，是把信息变换成物理信号的装置，它既要考虑信源的特点，也要考虑信道的特性，这样就形成了各种各样的多媒体编码技术。接收器又称译码器，即发送器的逆变器，是把物理信号转换为信宿能够感知的信息的装置，运用维纳滤波理论研究剔除噪声、提取源信号的方法等，这样就形成了各种各样的多媒体信息解码技术。信道是传送物理信号的媒介，运用香农信道容量理论分析系统的最佳信息传输条件，这样就形成了各种各样的多媒体信息传输和控制技术。信宿是信息传送的对象，即接收信息的人或机器。

1.3.3　多媒体通信业务

1. ITU 中多媒体通信业务的定义

多媒体通信业务种类繁多，特别是宽带通信业务几乎全部是多媒体业务。为了对多媒体业务进行分类，国际电信联盟（ITU）和国际标准化组织（ISO）的有关部门制定了 AV.XXX 系列的多媒体通信业务规范，其编号和定义如下：

AV.100　视听业务总体

AV.101　远程会议总体

AV.110　音频图形会议一般原则

AV.111　用于 ISDN 的音频图形会议业务

AV.112　用于 B-ISDN 的音频图形会议业务

AV.113　用于 PSTN 的音频图形会议业务

AV.114　其他音频图形会议业务

AV.120　可视电话业务总体

AV.121　用于 ISDN 的可视电话业务

AV.122 用于 B-ISDN 的可视电话业务

AV.123 用于 PSTN 的可视电话业务

AV.124 用于移动电话网的可视电话业务

AV.130 电视会议业务总体

AV.131 用于 ISDN 的电视会议业务

AV.132 用于 B-ISDN 的电视会议业务

AV.140 视听交互业务总体

AV.150 其他视听多媒体业务

AV.160 视听业务应用

AV.161 电写应用

AV.170 分配业务

以上 20 项多媒体通信业务已由国际标准化组织提出建议，作为统一的定义。实际上，每年还有一些新的多媒体通信业务正在不断补充和修订。

2. 多媒体通信业务分类

从信息交流的角度来看，多媒体通信业务可分为两类：一类是交互式应用，即用户间、用户和服务器中心之间的信息交流；另一类是分配式应用，也可称广播式应用，主要是从服务器到用户的单向信息传递。

按照网络传输能力来进行划分，多媒体通信业务可分为以下 3 种：一是比特率型，包括恒定比特率（CBR）、可变比特率（VBR）等；二是定时关系型，它要求信息点之间具有定时或不定时关系；三是连接模式型，即面向连接或无连接。

另外，多媒体通信业务也可按照网络结构分为两类，一类为点对点通信业务，另一类为多点之间的通信业务。

多媒体通信业务主要有：会议业务（Conference Services）、谈话业务（Conversation Services）、分配业务（Distribution Services）、检索业务（Retrieval Services）、采集业务（Collection Services）和消息业务（Message Services）。

从应用的角度来看，这 6 类多媒体通信业务可以归为以下 4 类。

（1）人与人之间交谈型多媒体通信业务

在多媒体通信体系中，会议业务和谈话业务实际上是一类业务，它们都是人与人之间的通信业务，采用的标准基本上是一样的。比如说它们的显示格式都是 CIF（Common Image Format）和 QCIF；在 ISDN 环境中采用的标准都是 H.320，在 PSTN 环境下都采用 H.324，在 IP 网络环境下都采用 H.323 等。二者不同之处在于，会议业务是多点之间的人与人之间的交谈，而谈话业务则是两个人之间的交谈；另外，会议和交谈要求的图像质量和声音质量不同，一般来说会议业务的要求更高一些。

（2）人机间交互型信息检索多媒体通信业务

分配业务和检索业务在多媒体通信体系中可以归为同一类，即人机之间的信息检索多媒体通信业务。这类业务完成的是人与主机之间的交互操作。这种交互操作有两个方面的内容，其一是用户通过人机接口向主机发送检索请求，主机接收到用户的请求后，将满足用户要求的信息传送给用户，以完成用户和主机的交互过程，实现检索的目的；其二是用户通过人机接口与主机交互信息，通过交互，人与主机之间完成某种交易工作，如电子商务。多媒体检索业务是点对点的交互业务，而多媒体分配业务则是一点对多点的人机交互业务，这种业务的一个最典型的例子是，在一个多媒体会议中，参加会议者有几位，当讨论到一份文件时，一个会议参加者去检索该文件，主机根据用户的要求将满足条件的信息发送给全体与会者，这就是多媒体分配业务。

（3）多媒体采集业务

多媒体采集业务是一种主机与主机或人与主机之间多点向一点汇集信息的业务。随着信息处理技术的发展和信息化水平的提高，多媒体采集业务将会是信息采集和监控系统今后的发展趋势。

（4）多媒体消息业务

多媒体消息业务是一种存储转发型多媒体通信业务。多媒体电子信箱是典型的多媒体消息业务。

在实际应用中，上述业务并不都是孤立存在的，而是以相互交织的形式存在的。

3．多媒体通信业务的功能参考模型

对应于 IP、B-ISDN、ATM 等技术协议的参考模型和分层功能，可以将多媒体通信业务配置到不同的层上，实现不同的功能，这就是多媒体通信业务的功能参考模型。

该参考模型有 4 层（应用层、表示层、会话层、传送层）和 3 个平面（用户平面、控制平面、管理平面）。在用户平面上的各种多媒体业务，可根据其属性配置到不同的层面上，起到功能协调的作用。在控制平面上对应用层、表示层和会话层上的多媒体业务实现业务控制和业务信元控制。管理平面则对各层业务实现管理（包括信元管理、流量管理、质量管理等）。

模型下部是与网络相关的层面。ATM 网络与用户平面分别具有 A、B、C、D 4 类连接，它们对应于 ATM 适配层的 AAL1、AAL2、AAL5、AAL3/4。另外，ATM 网络用信令与控制平面相连接，用 OAM（操作、管理、维护）层与管理平面相贯通。

在应用层上开展的多媒体业务有可视电话、会议电视、多媒体邮件、多媒体数据库等。在表示层上使用的业务单元包括特定应用和公共应用的业务单元，它们支持多媒体业务的应用功能，包括数据压缩、加密、媒体转换、媒体间交互协作、用户复用连接以及多连接会议管理等。传送层的功能有多通路管理、通路集合、同步、均衡、信令等，还包括端对端的传送协议、差错控制、流量管理、快速连接管理以及延时限制等。与网络相关的层面应提供传送网络协议的性能，保证延时范围、延时变化、吞吐量、多连接管理能力、通路或信元复用、降低延时变化及误码率等。

4．多媒体通信业务的主要应用

随着多媒体信息压缩技术和传输技术的不断完善、标准化工作的进步以及应用环境的普及和改善，多媒体通信目前进入了一个快速发展时期。

目前所使用的多媒体通信系统主要有以下 6 种应用形式。

（1）多媒体信息服务

多媒体信息服务（Multimedia Information Service）是一类应用较多的多媒体通信系统，如可视图文系统、在家办公系统（SOHO）、科技情报检索系统、多媒体数据库等。这类服务的业务就是多媒体信息的检索和查询。在这类系统中，超文本、超媒体的概念和技术得到了快速发展和应用。这样一类信息服务系统能够使用户方便地查询所需的多媒体或超媒体（M&H）目录和系统的有效信息，并能根据目录来检索各项具体的信息。

（2）多媒体协同工作

多媒体协同工作（Multimedia Collaboration）如文件共享、多终端游戏等，也称为计算机支持的协同工作（CSCW）。CSCW 的概念和技术已渗透到多媒体通信的各个应用领域，如教育和培训、多媒体会议系统、多媒体邮件、数据库、信息服务等。以微机为平台的桌面会议电视系统可算是 CSCW 的雏形，共同 CAD、CAM 设计则是 CSCW 的一种典型应用。

（3）会议电视系统

会议电视系统利用远程多媒体通信系统来传输会议多媒体信息。迄今为止，会议电视系统已成为多媒体通信应用中最为重要的一类业务。

早期的会议电视系统其承载网络为 ISDN 或 DDN，主要采用 H.320 系统。目前，会议电视系统的承载网络为 IP 网络，主要采用 H.323 系统。

远程医疗系统、远程教学系统以及远程监控系统就其本质而言和多媒体会议系统同属一类，也可以被认为是多媒体会议系统在不同环境下的应用。

（4）视频点播

视频点播（Video On Demand，VOD）系统是一种用于家庭娱乐的多媒体通信系统。它由 VOD 视频服务中心和许多 VOD 用户组成。在视频服务中心，将所有的节目以压缩数据的形式存入由高速计算机控制的庞人的多媒体数据库中。在 VOD 用户家中的电视机上有 个称之为"机顶盒"的装置。通过机顶盒，用户在家可以按照指令菜单调取任何一套节目，或调取任何一套节目中的任何片段。VOD 服务中心通过计算机对用户实行自动计费。

（5）数字电视广播

随着数字压缩处理技术的飞速发展，广播领域正经历着一场数字制式取代模拟制式的历史变革。电视传输的数字化为实现传统的 IP 网、CATV 网及 PSTN 网的"三网合一"奠定了坚实的基础。目前，从视频节目的前期采集、后期制作、节目播出到显示已经形成完整的数字化电视传输系统，数字电视系统不但可传输高清晰度的视频图像，同时可开展多媒体业务（如视频会议、VOD、IPTV 等），可实现交互式双向通信。我国数字电视广播已进入产业化阶段，并朝着宽带无线移动接收的方向发展。

（6）多媒体邮件

多媒体邮件（Multimedia Mail，MM）不同于电子邮件。电子邮件只有传送文件的功能，多媒体邮件的用户最终不但要求进行声音、文本和图像的传输，还要求转型应用，即要求建立可操作的文档，它可以达到以一种形式发送而以另一种形式阅读的目的。多媒体邮件的存储和转发对网络设施的要求远低于如电视会议那样的实时通信系统，但从服务器读取多媒体邮件却需要较大的带宽和较少的延迟。

1.3.4 多媒体通信网及发展

1. 多媒体业务对通信网络的要求

多媒体业务包含声音、图像、数据 3 个基本分量。各分量均有一定的属性，如传送速率、业务类型、端对端定时、数据结构、业务质量、高层访问协议等。根据多媒体业务的应用特征，需对通信网络提出诸多要求，主要有以下几点。

（1）实时性——音、视频业务需要进行实时通信，因此端对端传送中的各种延时应加以限定，对数据抖动（延时变化）和业务量的突发性参数也应制定相应的标准。

（2）多点性——很多多媒体业务需要在多用户之间进行，因此通信网络要具有多播（Multicast）和用户群寻址的能力，以及对多用户通信更加灵活和方便的通信协议。

（3）多连接性——多媒体业务涉及多用户连接时，通信网络应能动态地调整业务配置，并根据特定连接来调整业务质量参数。

（4）同步性——多媒体信道常由多个部分（如话音、图像、文本等）组成，尽管各个部分产生的地点和时间可能各不相同，但是它们的重显往往需要同步，这是区分多媒体系统与多功能系统的一个重要准则。多媒体信息的同步大致分为两类：一类是连续同步，指的是两个或多个实时连续媒体流之间的同步，如音频与视频之间的同步；另一类是事件驱动同步，指的是一个或一组相关事件发生与因此而引起的相应动作之间的同步。

多连接时的多媒体通信必须要求各种信息类型保持同步，如保持信息流的定时关系，调整不同虚信道（VC）对不同媒体业务的延时等，特别是对于图像和伴音的同步（唇音同步）更为重要，其延时一般要求不大于 40 ms。

为了支持多媒体通信业务，网络应具有业务控制能力、网络连接能力、资源管理能力和媒体复用能力。

2．多媒体通信网的组成

多媒体通信网络并不是一个新建的专门用于多媒体通信的网络，目前绝大部分多媒体通信业务都是在现有网络上完成的。因此，我们把能够承载多媒体通信业务的现有网络的集合称为多媒体通信网络。

现有的通信网络可大体分为 3 类：

第 1 类为电信网络，如公用电话网（PSTN）、分组交换网（PSPDN）、数字数据网（DDN）、窄带综合业务数字网（N-ISDN）等；

第 2 类为计算机网络，如局域网（LAN）、广域网（WAN）、互联网等；

第 3 类为电视传播网络，如有线电视网（CATV）、混合光纤同轴网（HFC）、卫星电视网等。

另一种通用的分类方法是按距离进行分类，分为局域网（LAN）和广域网（WAN）。局域网是处于同一建筑、同一大学或方圆几公里地域的专用网络。广域网是一个松散定义的网络概念，它是指一组在地域相隔较远，但逻辑上连在一起的通信系统。用于广域网通信的传输装置和介质一般都是由公用电信部门提供的，距离可以遍及一个城市、一个国家甚至一个洲。其中最典型的广域网连接方式是将两个或多个 LAN（局域网）由公用数据网通过接口转换及路由器连接而成的。我国公用广域网主要有：利用电话网或租用专线的中速数据网、卫星数据通信网、公用分组交换网、数字数据网（DDN）、宽带 IP 骨干网等。

多媒体通信系统在宏观上仍可划分为信源和网络（由实际物理信道与相应的通信协议所组成）两大部分。由于多媒体信息形式的多样性、数据量的巨大性、业务的实时性以及信息间的时空同步关系，要实现多媒体信息的远程传输，通信网络必然要朝着数字化、宽带化、综合化及智能化的方向发展。多媒体技术一方面向现有通信网络提出了挑战，另一方面也为其迅速发展带来了机遇。事实上，多媒体网络为多媒体通信提供了一个传输环境，网络的带宽、信息交换方式以及高层协议，将直接决定着传输与服务的质量。目前，以 IP 为基础的电信网、有线电视网、计算机通信网已经走上了"三网合一"融合发展之路。

（1）电信网向多媒体网络的发展

应用最早且最大的通信网是电话网，它采用电路交换方式将世界上现有的电话机相互连接，构成当代最大的通信系统。在这种方式下，信道是独立的，有利于连续媒体的传输，但是电话线上传输的是模拟信号，数字信号必须经过 Modem 才能传输。传统的 Modem 一般传输速率只有 56 kbit/s，无法传输较高质量的视频等大数据量媒体。目前，电信部门广泛利用数字程控交换技术和数字传输技术改造模拟电话网，使电信网逐步过渡到了综合数字网。

继电话网之后又出现了公用数据网（DDN）以及高速专线网。数据通信网不仅能传送数据，还可利用配置在网内的计算中心进行数据处理，尤其是采用著名的 X.25 通信协议的 DDN 多年来得到了较大发展。随后，20 世纪 70 年代初萌生了将话音、数据、图像等各种业务信息综合在一个通信网传送的构想，这正是综合业务数字网（ISDN）。但受限于信道和网络的发展，多媒体通信的一条主线仍然是沿着电话电信网，大致按语音通信、数据传输、文件传真、可视通信等业务次序而逐步发展的。通过将多种信息综合化、通信信号数字化，来增加某些交互和管理功能，以达到多媒体服务的效果。

（2）计算机通信网向多媒体网络的发展

随着技术的进步，出现了另外一条发展路线，即以计算机和计算机数字通信网为基础，通过信息传输的实时化、传输信息的多样化（即多媒体化）以及对各种信息媒体管理的综合化来实现多媒体通信。借助于计算机强大的处理能力，可望克服电话网的一些弊端。

计算机和计算机数字通信网的发展目的就是为了实现多媒体服务，其策略为：随着计算机处理能力的提高，网络带宽的拓展，逐渐地增加对新媒体的支持及多种媒体的综合处理与传输。其发展大致可分为如下几个阶段：

- 网络上只传输数据和控制信息；
- 用计算机对电话进行控制，但语音和数据信息分别在不同的网络上传输；
- 综合处理数字化语音和数据，使其在同一网络上传输；
- 增加对摄像机和视频输出设备的控制，但将模拟视频用单独的网络传输；
- 对数字化的图像、音频、视频以及文本数据等多媒体信息进行综合处理并在同一数字网络中对它们进行统一的实时传输。

目前，通过 ADSL 或光纤接入技术，普通家庭已经能实现以 2Mbit/s 甚至更高的速率接入世界上最大的计算机网络——因特网（Internet）。

（3）有线电视网向多媒体网络的发展

作为广播电视系统重要组成部分的有线电视（CATV），是无线电视传输的延伸和发展，是人类文明和通信技术的一次飞跃，它具有带宽高、频道数量多、图像质量好、服务功能全等一系列特点。

现阶段电信网与 CATV 传输网虽然在服务方式、用户终端、传输复用方式等方面均不相同，但在网络规模、干线群路带宽、干线物理传输线路和用户网线方面却有完全或部分兼容性，这为电信网与有线电视网的合并提供了可能性。

3．多媒体通信网的发展方向

（1）多媒体通信发展的总趋势

随着多媒体应用领域和范围的不断扩展，特别是高质量连续传输数字音频、视频等大数据量的应用，要求多媒体通信具有更高的交换速率、更大的传输带宽和更智能化的管理手段。光纤 DWDM（密集波分复用）技术的成熟解决了传输带宽问题，高速路由器解决了快速交换问题。多媒体通信技术的进一步发展趋势有以下 3 个方面。

- 媒体多样化：随着科技的进步，新的信息媒体不断出现。比如在当前的虚拟现实系统中，信息表现的方式基本上是三维动画并局限于单机单人，但不久通过增加网络对这些媒体的支持，就会出现分布的虚拟现实。
- 信息传输统一化：各媒体在不同的网上传输不仅在经济上不合算，而且在技术上也给地址管理和各媒体间的同步带来了较大的困难。用同一综合网络传输各种媒体信息可解决这一困难。随着网络技术的发展，这种方式是完全可以实现的。
- 设备控制集中化：分散的媒体设备控制不便于各种信息的有机结合，而多媒体的吸引人之处在于它能灵活运用各种媒体表达事物，控制的集中化则为此提供了方便。

（2）IP 与 ATM

多年以前，人们曾认为 ATM 是将来通信发展的最好途径，然而实际的发展并非如此。目前，大家的共识是 IP 方式才是未来通信发展的趋势。

ATM 网是一种基于统计复用、采用分组交换技术的数据传输网。它采用的是面向连接的技术，能保证其上层业务的服务质量和实现多种业务的综合通信。因此，ATM 从技术上来讲是非常理想的。但近 20 年过去了，ATM 在商业上并没有获得预期的成功，其主要原因在于ATM 技术的复杂性。由于采用面向连接的技术，因此 ATM 信令系统相当复杂，导致了系统的复杂性。而且 ATM 工作在统计复用的条件下，要保证服务质量，就需要引入十分复杂的流控技术，这进一步增加了复杂度。另一方面，由于光纤技术的进步，使得 ATM 靠统计复用节省带宽的优势失去了存在的价值。也正是由于这些原因，导致 ATM 建设发展缓慢，特别是在骨干网上的应用几乎看不到。

起源于计算机网络的 IP 技术，和 ATM 一样，也采用基于统计复用的分组交换技术，但它采用的是非面向连接的技术，这使得协议和网络设备大为简化，为广泛应用创造了条件，IP 已成为目前事实上的网络发展方向。近年来，世界知名的多媒体通信设备厂商，如 Polycom、RadVision、Sony 等，都纷纷推出各种基于 H.323 标准的运行于 IP 网络的音频、视频通信产品，并取得了良好的效益。世界各国都把 IP 网络作为当前多媒体通信的主流网络，甚至作为未来宽带多媒体通信网络的基础。因此，以 IP 为基础的网络和以此为支撑的多媒体业务将成为今后主要的发展趋势。

IP 目前存在的主要问题是服务质量的保证问题，随着它的解决，必然会导致多媒体通信业务应用的大规模普及。

（3）宽带 IP 网络

宽带 IP 网是以光纤为传输介质，以大容量的 DWDM 为传输通道，以 ATM、SDH/SONET、吉比特以太网为组网模式，以第三层/第四层路由交换机为平台，综合提供基于 IP 的各种多媒体业务的数据通信网。

为了使 IP 包可靠、高效地在光纤上传输，人们提出了许多种技术方案，目前已实现的主要有以下 3 种。

• IP over ATM：此方案可利用 ATM 的 QoS 特性保证服务质量，适用于多种业务，但系统开销很大，数据传输率低；由于需解决 IP 网络的非连接特性与 ATM 面向连接特性之间的矛盾，因而网络管理较复杂。

• IP over SDH/SONET：此方案将 IP 网络技术直接建立在 SDH/SONET 平台上，不受地区限制；数据传输率高，可支持 2.5Gbit/s 的速率；开销小，线路利用率高，带宽扩充简便；具有监控、保护切换、流量管理等功能，有利于实施 IP 多点广播；可提供分级服务的 QoS，但目前还不能保证完全的 QoS。

• IP over Ethernet：这是在局域网中占有率高达 80％以上的技术方案。由于吉比特以太网（GE）采用和以太网相同的帧，故此方案所采用的 GE 交换机设备可大大简化，并在网络和应用的平滑升级方面具有优势。其不足是目前也无法保证完全的 QoS，且运营监控、流量优化等管理功能先天较弱，不适合用于大型城域网。

随着 10Gbit/s 的 DWDM 技术的不断进步和 10 吉比特以太网标准的制定，不少专家认为新建的宽带综合业务网（尤其是大型骨干网）应是架构在 DWDM 系统上的 IP 网络（IP over DWDM）。基于 DWDM 的 IP 网主要通过适当的数据链路层格式将 IP 包直接映射到密集波分复用光层中，省去了中间的 ATM 层和 SDH 层，消除了功能重复。由于该技术方案可充分利用 DWDM 通道巨大的传输带宽和吉比特路由交换机强大的交换能力，在 IP 层和光学层之间合理配置流量工程、保护恢复、网管、QoS 等功能，因而是目前最优的网络体系结构。

综上所述，宽带 IP 网的业务架构应是一个混合结构，应综合汇聚以上技术方案的优点。在宽带 IP 网的核心层，应采用 IP over DWDM 或 IP over SDH 技术构建骨干网，提供充足的主干带宽，提供全网的关键业务和运营管理。而在其边缘汇聚层，可采用 IP over ATM 技术来汇集各种业务。在网络的接入层，应采用 GE 技术提供与局域网的平滑过渡，如提供 1000/100/10 Mbit/s 的以太网接入。

4. 接入网及发展

多媒体通信网络除了骨干网之外，同样重要的是接入网（Access Network）。世界范围内的通信网可分为全球网、国家网、广域网、本地网和用户接入网几个层次。用户接入网是整个网络的最底层，它的一端连接用户设备和终端，而另一端则接在骨干网的一个节点上。

对于骨干接入网，目前主要有两种速率接口，即 155.52 Mbit/s 的双向对称速率的接口和 622.08/155.52 Mbit/s 的不对称速率接口（或者双向 622.08 Mbit/s 的对称速率接口）。

目前，我国电信网的用户接入网仍以传统的模拟铜缆为主要传输媒体，其传输距离和带宽受到限制，且技术装备落后，使用业务单一，在一定程度上限制和制约了通信的高速发展，成为整个通信网络的"瓶颈"。因此，要满足多媒体通信和宽带高速业务的需要，就必须实现接入网的数字化、宽带化和智能化。

在过渡阶段，电信网的 PSTN 提供 9.6 kbit/s、14.4 kbit/s、28.8 kbit/s、33.6 kbit/s 的接入速率；N-ISDN 提供 64kbit/s、128kbit/s 的接入速率；ADSL 提供下行速率为 1.5 Mbit/s～9 Mbit/s 的所谓宽带接入。

下一步采用光纤到小区、光纤到桌面（FDDI）可实现更大带宽的高速率接入。用户光纤按树形结构敷设，用户独占带宽；利用时分多址（TDMA）方式实现光缆信道共享，可以开通交互型或分配型 AV 业务。

1.3.5 多媒体通信终端

广义地讲，通信终端就是一个通信系统中位于用户一端的设备。例如，电话机是电话通信系统（包括通信网络、交换机等）中的终端设备，电视机是电视系统（包括电视台内的中心设备、电视发射机、电视转播卫星等）的终端设备，而多媒体通信终端则是在用户一端用来完成多媒体通信业务的设备。现在已经出现的多媒体通信终端有多种，下面简要介绍其中的几种。

1. 以多媒体计算机为平台的终端

在多媒体计算机内附加上与相关通信网对应的通信接口，如与宽带或窄带综合业务数据网的接口，就构成了多媒体通信终端。现在比较常用的使用方式是，将多媒体计算机通过网络接口接入 IP 网络，配合相应的应用软件，就可以完成多媒体通信的功能。例如，人们通常会将自己的计算机连接到 Internet，然后通过安装一些即时通信工具如 QQ 或 MSN 等，就可以实现实时的视频通话、文件交换等功能。当然，以多媒体计算机为平台的通信终端还可以用来完成包括 VOD 在内的所有的多媒体通信业务，也就是说，这是一种能够承担综合业务的多媒体通信终端。

2. 以彩色电视机为平台的终端

多媒体计算机刚出现时，人们最先想到的就是按照菜单任意选取节目的 VOD 业务。虽然上述第一种终端机可以方便地用来完成这一功能，但在计算机屏幕上看电视节目，偶而看几次可以，作为家庭经常性的娱乐手段则不受欢迎。其原因之一就是，看电视往往是家中多数人的集体活动，追求坐得舒服，讲究艺术效果，屏幕越大越受欢迎。根据有些专家的预计，将来屏幕可以挂在墙上的电视机普及以后，家庭中最流行的电视机屏幕的水平尺寸可能是 2m。而家用多媒体计算机的屏幕使用最多的是 17 英寸、19 英寸，也有些是超过 20 英寸的。

现在世界上已经有几十亿台电视机，为了充分利用已有模拟电视机开展 VOD、数字电视广播业务，只要附加上一个称为机顶盒的装置即可。机顶盒内装有与相关通信网络对应的接口、能够将按 MPEG 标准压缩的视频信号解压缩的解码器，以及用来实现点播操作的控制单元。现在常见的机顶盒不仅可以接收众多的数字电视频道节目，还可以实现频道节目回看、精彩节目 VOD、访问 Internet 等众多业务。目前，有些厂商也已经生产出了内置机顶盒的电视机，这样，用户就不用额外购买外置的机顶盒了。随着技术的进步，具有丰富功能的多媒体电视终端会越来越多。

从长远的发展来看，上面两种终端是不能互相取代的。更具体地讲，在未来的家庭中，即便有了第一种终端，但仍然愿意购买第二种专用的终端以满足艺术欣赏的要求。而在另一方面，第一种终端具有突出的计算机功能，即用户在相当多的时间内可以用它做计算、画图、写文章等多种工作。这些操作都是一个人坐在计算机屏幕前面进行的。在进行这些操作时屏幕不能太大，太大了反而会使人头晕眼花。另外，在大的电视机屏幕的单位面积上能显示的像素数目和灵活性，也低于计算机屏幕。当一页文字显示在电视机屏幕上时，每个字稀稀拉拉地只有少数光点组成，看起来十分不舒服。如果再考虑到很多工作（如设计、画图、写文章）需要通过网络与远地的其他人合作完成的话，第一种终端的必要性就更加突出了。同时，家中一个人长时间占用这一终端，其他人也无法看电视了。这就是说，想用第二种终端取代第一种终端是不切实际的。

多媒体技术是电视、计算机和通信 3 种技术融为一体的结果，上述两种终端也体现了这种三位一体的技术发展。但是，这种技术上的相互融合并不预示着家电将向着"由 1 个代替 3 个"的方向发展。就是说，"三电合一"只是意味着每一种终端都可以不同程度地包含有 3 方面的功能，而不是说家庭中只要有其中一种终端就不再需要其他终端了。

3. 以手机为平台的终端

随着多媒体技术的发展（如超低速率压缩编码技术），已经出现了其他一些更便携的多媒体通信终端。例如，使用 3G 智能手机，可以完成可视电话、视频点播、多媒体信息查询（访问互联网）、收发多媒体邮件等。所有这些终端都具有自己独有的特点和生命力，但是目前看，还不能互相取代。

练 习 题

1. 简述信息的含义。
2. 媒体可以分为哪几类？
3. 试画出单向通信系统的基本模型图，并简述各部分功能。
4. 多媒体通信主要有哪些应用方式？
5. 目前主要有哪几类多媒体通信网？
6. 简述多媒体业务对通信网有哪些要求。
7. 宽带 IP 网络有哪几种实现技术方案？

第2章 音频技术及应用

声音是人类感知世界、实现交流的一种重要媒介，早在 17 世纪，就有科学家开始了对声音的研究，进入 20 世纪后，随着电子、通信等技术的飞速发展，声学研究进入了崭新的阶段，电声学、超声学等衍生学科取得快速发展，研究成果获得广泛应用。

音频技术涉及声音数字化、压缩编码、信息检索、数字水印、语音识别等多种技术，其中，声音数字化是对音频信号处理的基础，音频信号压缩编码是多媒体通信中的重要研究内容，这是本章重点讨论的两个内容。另外，简单介绍音频技术的应用。

2.1 数字音频基础

2.1.1 认识声波

声音以声波的形式存在。声波是机械振动或气流扰动引起周围弹性的介质发生波动的现象。声波可以在气体中传播（真空除外），也可以在液体或固体中传播。产生声波的物体称为声源，声波所涉及的空间称为声场。

图 2-1 所示为声波示意图。

描述声波的常用参数有周期、频率和振幅。

1. 周期

通常把声源完全振动一次所需要的时间叫做周期，一般用 T 表示，单位是秒（s）。周期反映该振动重复的快慢，周期越长，振动的重复越慢；周期越短，振动的重复越快。

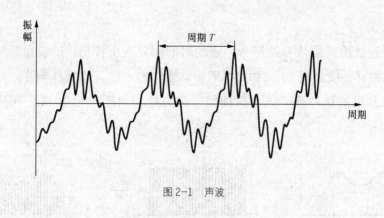

图 2-1　声波

2．频率

单位时间内声波的周期数称为频率，一般用 f 表示，单位是赫兹（Hz）。频率 f 是周期 T 的倒数，即 $f=1/T$。不难理解，频率数值越大，声波振动越快；频率数值越小，声波振动越慢。根据频率的高低不同，声波可分为次声频率（低于 20Hz）、可闻声频率（20Hz～20kHz）和超声频率（高于 20kHz）。

在可闻声频率范围内，人们可以直观的感受到频率与音高的关系：频率越高，声音显得越尖锐；频率越低，声音显得越低沉。但对于每一个人而言，其可闻声频率范围不尽相同。一般的规律是：年轻人能够感受到的频率上限为 20kHz，而随着年龄的增长，其对高频的声音敏感度越来越低，老年人可听到的高频声音甚至会降低到 10kHz。

3．振幅

振幅是指在振动过程中，质点偏离平衡位置的最大值，常用 A 表示。它反映质点振动的强度。当声源振动的幅度大时，单位时间内传播出的能量也大，声波振幅的大小体现着声音的强弱。

2.1.2　声音的数字化

声波是在时间和幅度上连续的模拟信号，为实现数字化的传输和存储，需要将声音由模拟信号处理成数字信号。实现模拟信号数字化的方法主要有波形编码、参量编码、混合编码、感知编码等。脉冲编码调制（Pulse Code Modulation，PCM）是一种波形编码方式，是声音信号数字化技术中最基础的一种。采用 PCM 方式对声音信号数字化，需要经过抽样、量化和编码 3 个主要步骤。

1. 抽样

将时间上连续的音频信号波形按一定的时间间隔取出样值,形成在时间上离散的脉冲序列,称为抽样(或采样)。如图 2-2 所示。抽样的密度,即抽样频率,是指每秒钟对模拟音频信号抽取的脉冲数。这个时间间隔称为抽样周期,记为 T_s,相应的抽样频率 $f=1/T_s$。

原始信号(模拟)　　　　采样脉冲链　　　　采样脉冲

图 2-2　音频信号抽样

根据抽样定理:如果抽样频率(f_s)大于模拟信号上限频率(f_M)的 2 倍,即 $f_s > 2f_M$,就不会在抽样中丢失有用信息。人类能够听到的声音上限频率大致为 20kHz,在声音数字化时,为保证质量,其抽样频率 f_s 应大于 40kHz。在一些声音处理设备或软件中,可以发现可选择的抽样率或采样率有 22kHz、32kHz、44.1kHz、48kHz 等数值,选取 44.1kHz 或更大数值的抽样率将有益于声音的音质表现。

2. 量化

将抽样值相对于振幅进行离散的数值化的操作称为量化。具体方法是:先取幅度连续的模拟信号的一定幅度变化范围作为量化区,将量化区按照一定间隔划分为多个量化级,每个量化级的间隔大小称为该量化级的量化级差,在每个量化级内取一个固定的幅度值作为该量化级的量化值,凡是属于同一个量化级内的信号幅度统统都用这个量化级内唯一的量化值代替,这样就可以把无限个数值的连续模拟信号用有限个数值的离散信号近似表示。

图 2-3 中采用了均匀量化方法,各量化级差是一样的,并且将声音信号的动态变化范围作为一个量化区,划分为 16 个量化级,量化值为 0~15。

在量化过程中,原始模拟信号的幅度值与量化值往往存在差异,称为量化误差。对于同一信号采用均匀量化方法,在划分量化级时,级数越多则误差越小,量化的精度就越高,但量化值的范围也会越大。

3. 编码

编码指的是将抽样、量化所得的量值变换为二进制码。每一位二进制码只能表示两种状态之一，以数字表示就是 1 或 0。两位二进制码可以有 4 种组合：00、01、10、11，其中每一种组合叫做一个码字，这 4 个码字就可以表示 4 个不同的量化值。码字的位数越多，其表示的量化值范围就越大，能够提供精确度更高的量化编码。

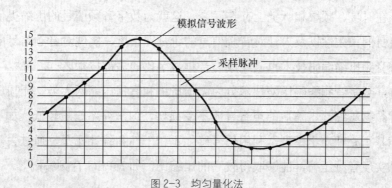

图 2-3 均匀量化法

脉冲抽样后的量化值序列可以由几种编码方式表示，如表 2-1 所示。自然二进制码是完全按自然顺序的编码方法，格雷码适用于通信信号编码，折叠二进制码是适于表示正负对称的双极性信号的一种码型。

表 2-1　　　　　　　　　　　　量化值的二进制编码

十进制数	自然二进制码	格雷码	折叠二进制码
0	0000	0000	0111
1	0001	0001	0110
2	0010	0011	0101
3	0011	0010	0100
4	0100	0110	0011
5	0101	0111	0010
6	0110	0101	0001
7	0111	0100	0000
8	1000	1100	1000
9	1001	1101	1001
10	1010	1111	1010
11	1101	1110	1011
12	1100	1010	1100
13	1101	1011	1101
14	1110	1001	1110
15	1111	1000	1111

2.2 音频信号压缩编码

音频信号在时域、频域和听觉上存在冗余，这就为数字音频信号的压缩提供了可能。利用音频信息自身的相关性以及人耳对音频信息的听觉冗余度，实现对音频信号的压缩已在业界广泛应用，音频压缩编码技术也已经成为音频数字化的关键技术之一。

一般来讲，数字音频编码压缩技术分为无损压缩和有损压缩两大类。无损压缩从信息冗余的角度进行数据压缩，压缩后的声音音质不受损伤，但压缩率一般较低，如 APE、FLAC 等。有损压缩基于心理声学模型，利用信号感知不相干性和统计冗余，通过去除与人耳听觉不相关的信息实现音频压缩，能够取得较高的压缩比，如 MPEG 音频编码等。

2.2.1 音频压缩编码方法

在实际应用中，音频压缩技术的选择需要综合考虑音频质量、压缩比、计算复杂度等因素。按照压缩方案的不同，可以划分为时域压缩、子带压缩、变换压缩、以及多种技术互相融合的混合压缩等。

1. 时域压缩

时域压缩技术是指直接针对音频 PCM 码流的样值进行处理，通过静音检测、非线性量化、差分等手段对码流进行压缩。此类压缩技术的共同特点是算法复杂度低、编解码延时短、压缩比小，一般多用于低码率语音压缩的应用场合。时域压缩技术主要包括 G.711、ADPCM、线性预测编码、码激励线性预测编码，以及在这些技术上发展起来的块压扩技术，如准瞬时压扩音频复用（NICAM）、子带 ADPCM（SB-ADPCM）技术等。

2. 子带压缩

子带压缩技术是以子带编码理论为基础的一种编码方法，其基本思想是将信号分解为若干子频带内的分量之和，然后对各子带分量根据其不同的分布特性采取不同的压缩策略以降低码率。

通常的子带压缩技术和下面介绍的变换压缩技术都是根据人耳对声音信号的感知模型，通过对信号频谱的分析来决定子带样值或频域样值的量化阶数，以及选择其他参数，因此又可称为感知型压缩编码。这两种压缩方式相对时域压缩技术而言要复杂得多．但编码效率、声音质量大幅提高，编码延时相应增加。一般来讲．子带编码的复杂度要略低于变换编码，编码延时也相对较短。由于在子带压缩技术中应用了心理声学中的声音掩蔽模型，因而在对信号进行压缩时引入了大量的量化噪声。然而，根据人类的听觉掩蔽曲线，在解码后，这些噪声被有用的声音信号掩蔽掉了，人耳无法察觉；同时，由于子带分析的运用，各频带内的噪声将被限制在频带内，不会对其他频带的信号产牛影响。因而，在编码时根据各子带的量化阶数不同，采用了动态比特分配技术，这也正是此类技术压缩效率高的主要原因。

3. 变换压缩

变换压缩技术与子带压缩技术的不同之处在于该技术对一段音频数据进行"线件"的变换．对所获得的变换域参数进行量化、传输，而不是把信号分解为几个子频段。通常使用的变换有离散傅里叶变换、离散余弦变换等。根据信号的短时功率谱，对变换域参数进行合理的动态比特分配可以使音频质量获得显著改善，而相应付出的代价则是计算复杂度的提高。变换域压缩具有一些不完善之处，如块边界影响、预回响、低码率时声音质量严重下降等。然而随着技术的不断进步，这些缺陷正逐步被消除。在许多新的压缩编码技术中，大量采用了传统变换编码的某些技术。典型的变换压缩编码技术有 DolbyAC-2、AT&T 的 ASPEC、PAC 等。

2.2.2　音频压缩编码的国际标准

1. G.7xx 语音编码标准

国际电信联盟电信标准部（ITU-T）制定了一系列主要是应用于电话语音编码的标准 G.7xx。

1972 年，ITU-T 颁布了 A/μ 律 64kbit/s 的 PCM 编码标准 G.711，该标准的基本思想是，先将 8 kHz 采样率的离散语音样点变换到对数域，然后对变换的语音样点进行 8bit 量化编码。作为第一个数字电话系统，G.711 已经配置于世界上不同的 PSTN 中。1984 年，颁布了 G.721 标准，它采用的是自适应差值脉冲编码（ADPCM），码率为 32kbit/s。G.726 是 G.721 的扩展标准，码率为 40kbit/s、32kbit/s、24kbit/s 和 16kbit/s，并最终取代了 G.721。ITU-T 还颁布了用于可视电话的 5.3/6.3kbit/s 双速率语音编码标准 G.723.1，1992 年和 1996 年颁布的 G.728 和 G.729 语音编码器的速率分别为 16kbit/s 和 8kbit/s，G.723.1、G.728 和 G.729 的编码原理均基于码激励线性预测（CELP）技术。为了支持非连续传输，ITU-T 还分别公布了 G.729 和 G.723.1 的扩展标准 G.729B 和 G.723.1A，基于它们的静默压缩方案，这些标准已广泛应用于包交换的语音通信中。

上述标准针对的是 300～3400Hz 的语音带宽，此时的通话质量尚不足以满足召开音频会议时所希望达到的那种面对面交谈的语音质量。所以，ITU-T 又制定了两个宽带语音编码标准 G.722 和 G.722.1，主要用于高质量的多媒体通信。G.722 基于窄带 ADPCM（SB-ADPCM）

定义了 64kbit/s、56kbit/s、48kbit/s 3 种码率，而 G.722.1 则基于变换编码技术定义了 32kbit/s 和 24kbit/s 两种速率。

2. MPEG 音频编码标准

国际标准化组织（ISO）下属的运动图像专家组（MPEG）在制定运动图像编码标准的同时，也制定了 MPEG 音频标准，包括 MPEG-1、MPEG-2、MPEG-4 音频编码。与 G.7xx 系列标准不同的是，G.7xx 编解码主要是对话音频带（300Hz～3400Hz）进行压缩编码，而 MPEG 的音频压缩编码是对声音频带（20Hz～22kHz）的编码。

（1）MPEG-1

MPEG-1 是世界上第一个高保真音频数据压缩标准，采用多相正交镜像滤波器将音额信号分解到 32 个等宽的子带中，然后根据心理声学模型对各子带信号进行动态比特分配。MPEG-l 标准规定了 3 种采样频率 32kHz、44.1kHz 和 48kHz，对音频压缩规定了 3 种模式，即层 I（简化的 ASPEC）、层 II（即 MUSICAM，又称 MP2）和层 III（又称 MP3）。

MPEG-1 3 种模式的音频编码对应不同的应用要求，具有不同的编码复杂度，因而都得到了广泛的应用。VCD 中使用的音频压缩方案就是层 I，典型码流为 192kbit/s/CH；而层 II（MP2）由于其适当的复杂程度和优秀的声音质量，在数字演播室、数字音频广播等音频专业领域的制作、交换、存储、传送中得到广泛应用，典型码率为 128kbit/s/CH；层 III（MP3）是在综合 MP2 和 ASPEC 两个算法优点的基础上提出的混合压缩技术，在当时的技术条件下，MP3 的复杂度显得相对较高，编码不利于实时，但由于 MP3 在低码率条件下高水准的声音质量，使得它广泛应用在软解压及计算机网络中，典型码率为 64kbit/s/CH。

（2）MPEG-2

MPEG-2 音频压缩的应用范围包括数字 HDTV 电视节目的发送以及从因特网上的下载等。它可以向后兼容多声道声音、低取样率以及高级音频编码（AAC）这一类非向后兼容的多声道声音。MPEG-2 音频标准包括 MPEG-2 BC 和 MPEG-2 AAC 两种。

MPEG-2 BC 是在 MPEG-1 和 CCIR Rec.755 的基础上发展起来的，与 MPEG-1 相比，主要在两方面做了重大改进，一是支持多声道声音形式，二是为某些低码率应用场合进行低采样率扩展。同时，标准规定的码流形式还可与 MPEG-1 的第一层和第二层前后兼容，并可依据 CCIR Rec.755 与双声道、单声道形式的向下兼容，还能够与 Dolby Surround 形式兼容。MPEG-2 BC 采用了多种新技术，如动态传输通道切换、动态串音、自适应多声道预测、中央声道幻像编码、预矫正等；数字音频广播系统中的多声道扩展采用的就是 MPEG-2 BC 编码方案。

MPEG-2 AAC 是 MPEG-2 标准中的一种非常灵活的声音感知编码标准，主要利用听觉系统的掩蔽特性来减少音频数据量，并把量化噪声分散到各个子带中，通过全局信号把噪声掩蔽掉。在 MPEG-2 听音测试中，32kbit/s MPEG-2 AAC 可提供比 64kbit/s MPEG-2 BC 更好的音质，但 MPEG-2 AAC 的兼容性较差。

（3）MPEG-4

MPEG-4 音频并非针对单一的应用，而是所有需要使用先进的音频压缩、合成、控制、回放等应用领域的标准，它可以实现基于对象的音频编码、交互式表示和动态音频跟踪等，具有高度的灵活性和可扩展性。

MPEG-4 用 MPEG-2 AAC 和 MPEG-4 音频编码来支持高质量单声道、立体声和多声道信号的编码，还特别针对非常低的比特率，如针对 64～2kbit/s 的自然音频进行编码。当其使用变速率编码时，甚至可以对低于 2kbit/s 以下的自然音频编码，如可以对 1.2kbit/s 速率的音频编码。MPEG-4 也支持中等质量的音频编码，对于这一质量等级的音频信号，从使用 8 kHz 的取样频率开始。MPEG-4 支持宽带语音编码、窄带语音编码、智能语音编码、语音合成以及音频合成，定义了 4 个音频的分布图，提供对极低比特率语音进行参数编码的合音矢量激活编码（HVXC）器、对窄带/宽带语音进行编码的 CELPC 编码器和一个文字到语音的接口。

相对 MPEG-1、MPEG-2 而言，MPEG-4 增加了通信用途并设想应用于各种信息压缩率、各种传输线路形式。

3．移动通信语音编码标准

（1）欧洲数字蜂窝电话标准

随着数字蜂窝电话的出现，欧洲电信标准协会（ETSI）制定了许多语音编码标准。ETSI 相继公布了 13kbit/s GSM 全速率（Full Rate，FR）语音编码标准、5.6kbit/s GSM 半速率（Half Rate，HR）语音编码标准和 12.2kbit/s GSM 增强的全速率（Enhanced Full Rate，EFR）语音编码标准。继这 3 种标准之后，ETSI 又公布了一种自适应多速率（Adaptive Multi-Rate，AMR）语音编码标准，该标准共有 8 种速率（从 12.2kbit/s 到 4.75kbit/s），其中 4 个速率用于全速率信道，而另外 4 个速率用于半速率信道。AMR 编码器的目的是根据信源编码和信道编码间的最佳选择提供增强的语音质量，在高的无线干扰时，为保障语音质量，AMR 能够自动减少信源编码比特数，并将富裕的比特数补充到信道编码中，反之亦然。ETSI 语音编码器也能够借助于语音激活检测进行静默压缩，这非常有利于减少移动通信中的信道干扰和延长电池寿命。

（2）北美数字蜂窝电话标准

在北美，电子工业协会（Electronic Industries Association，EIA）下属的北美电信工业协会（TIA）根据美国使用的码分多址（CDMA）和时分多址（TDMA）技术对其移动通信进行了标准化。1993 年，TIA/EIA 采纳了 Qualcomm CELP（QCELP）作为过渡语音编码标准 IS-96-A（Interim Standard-96-A），该标准对语音信号进行 8kbit/s 到 0.8kbit/s 的变速率编码。1995 年，TIA/EIA 在 IS-96-A 的基础上颁布了 个称为 IS-127 的增强型变速率（Enhanced

Variable Rate Coder，EVRC）语音编码标准，该标准在语音压缩模块的前端引入了一个新颖的语音增强功能，在噪声背景条件下，获得了更加舒适的语音质量。1998 年，TIA/EIA 公布了用于个人通信系统的变速率语音编码标准 IS-733，该标准的速率介于 14.4kbit/s 和 1.8kbit/s 之间。1989 年和 1996 年，TIA/EIA 又分别颁布了用于北美 TDMA 的 7.95kbit/s 全速率语音编码标准 IS-54 和增强的全速率语音编码标准 IS-641-A。

（3）日本数字蜂窝电话标准

日本数字蜂窝（Japanese Digital Cellular，JDC）电话标准由日本的无线电系统研究和开发中心（Research and Development Center for Radio System，RCR）进行标准化，作为日本的 TDMA 数字移动电话语音编码标准。1990 年，RCR 公布了一种类似于 IS-54 的 6.7kbit/s VSELP 编码器作为 JDC 的全速率语音编码标准。为了使日本 TDMA 个人数字移动系统（Personal Digital Cellular，PDC）的容量增加一倍，1993 年 RCR 又公布了 JDC 3.6kbit/s 基音同步更新码激励线性预测（Pitch Synchronous Innovation-Code Excited Linear Prediction，PSI-CELP）编码器作为 JDC 的半速率语音编码标准。

4．Dolby 音频编码标准

Dolby(杜比)数码是由美国 Dolby 实验室开发的性能卓越的数字音频编码技术，包括 AC-1、AC-2、AC-3、DolbyE 等。其中，AC-1 常用于卫星通信和数码有线广播；AC-2 用于专业音频的传输和存储；AC-3（Dolby Digital）采用三代 ATC 技术，被称为感知编码系统，它将特殊的心理音响知识、人耳效应最新研究成果与先进的数字信号处理技术很好地结合起来，形成了这种"数字多声道音频处理技术"。Dolby Digital 最初是针对影院系统开发的，目前已成为应用最为广泛的环绕声压缩技术之一，成为是美国的 DVD、卫星数字广播 DBS 和 ATSC HDTV 伴音的通用标准。另外，Intel MMX 技术也支持 Dolby Digital 作为计算机多媒体音频方案，以实现 Internet 实时音频传输；DolbyE 是专为数字电视广播传送和后期制作而设计的一种专业级音频编码系统，利用 DolbyE 技术，一个 AES/EBU 信道就可以传送多达 8 个声道的高质量音频数码流，同时还可以加载杜比数字的控制数据信号（常称为 metadata）。DolbyE 典型的工作模式是"5.1+2"，即用 6 个声道传送 5.1 声道环绕声信号，另 2 个声道传送双声道的矩阵编码信号或双声道的立体声信号。利用 DolbyE 这种新型编码技术，现有的广播电视系统不经大规模改造就能传播多声道的数字电视音频信号，从而可大大降低系统成本。

最近，杜比公司又相继推出了杜比数字+（Dolby Digital Plus）技术和杜比 aacPlus 技术，Dolby Digital Plus 对 Dolby Digital 的各种特性加以拓展，可在较低码率下提供更高的音质，并能选择更多声道和更高比特率，同时，通过应用元数据来保证向后兼容性；而杜比 aacPlus 技术则是 Dolby 对收购 Coding Technologies 公司而获得的 aacPlus 编解码技术进行扩充，以求利用杜比的技术优势，为带宽受限广播应用提供更优的解决方案。

5. 保密通信电话标准

语音编码是保密通信系统中至关重要的一部分，在突发事件中，为了传达准确的语音命令，语音编码器的可懂度是一个主要的考虑对象。为了保密通信，美国国防部（Department of Defense，DoD）制定了一系列应用于保密通信的语音编码标准。1984 年和 1991 年，DoD 分别颁布了称之为 2.4kbit/s LPC-10e 编码器和 4.8kbit/s CELP 编码器的联邦标准 FS-1015（Federal Standard 1015）和 FS-1016。DoD 最新的保密电话标准是基于正弦语音编码模型的 2.4kbit/s 混合激励线性预测（Mixed Excitation Linear Prediction，MELP）声码器（Vocoder），2.4kbit/s DoD MELP 语音编码器在半速率情况下给出了好于 4.8kbit/s FS-1016 编码器的语音质量。一个修正和改进的 2.4/1.2kbit/s MELP 编码器已经成为北大西洋公约组织（North Atlantic Treaty Organization，NATO）的保密电话标准，该标准在编码前端使用了一个噪声预处理器。由于 MELP 编码器能在非常低的比特率产生可懂的语音质量，因此这类参数编码器已广泛使用在保密通信系统中。

2.2.3 我国的音频压缩编码技术

数字音频编解码技术是数字音视频产业的核心技术之一，自主知识产权的数字核心技术与标准的缺失，将导致我国失去音视频未来发展的主动权。为此，我国也在积极推动数字音频编码技术研究，2002 年 6 月组建了数字音视频编解码技术标准工作组，推出了具有自主知识产权的第二代信源编码标准 AVS 标准。

AVS 标准是《信息技术先进音视频编码》系列标准的简称，包括系统、视频、音频、数字版权管理 4 个主要技术标准和一致性测试等支撑标准。AVS 标准音频专家组在制定标准时，最主要的目标就是在基本解决知识产权问题的前提下，制定具有国际先进水平的中国音频编/解码技术标准，使 AVS 音频编解码技术的综合技术指标基本达到或超过 MPEG AAC。

AVS 音频编码器支持 8~96kHz 采样的单/双声道 PCM 音频信号作为输入信号，编码器编码后输出码率为 16~96kbit/s/CH，在 64kbit/s/CH 编码时可以实现接近透明音质，编码后文件可以压缩为原来的 1/10~1/16。AVS 音频编码与 MPEG AAC 编码的性能比较如下。

编码效率：在低码率下，AVS 音频编码技术 Main Profile 可以获得比 MPEG AAC LC Profile 相当或更高的编码质量。

编码复杂度：AVS 音频编码技术 Main Profile 的编码复杂度略高于 MPEGAAC Main Profile 的编码复杂度。

解码复杂度：AVS 音频编码技术 Main Profile 的解码复杂度略高于 MPEGAAC Main Profile 的编码复杂度。

可分级性：AVS 音频支持可分级编码，MPEG AAC 则不支持。

2.3 音频技术应用示例：IP 电话

IP 电话是按国际互联网协议规定的网络技术内容开通的电话业务，中文翻译为网络电话或互联网电话，简单来说就是通过因特网进行实时的语音传输服务。由于其通信费用低廉，所以也有人称之为廉价电话。网络电话、互联网电话、经济电话或者廉价电话，这些都是人们对 IP 电话的不同称谓，现在用得最广泛、也是比较科学的叫法即"IP 电话"。

2.3.1 IP 电话的语音编解码技术

语音编解码技术是 IP 电话系统的关键技术，编解码算法性能是影响 IP 语音质量的重要因素。常用的编解码技术标准有 G.711、G.723.1、G.729A 等。

G.711 采用非压缩的编码方法，速率为 64kbit/s，其编码器获得的语音质量与公众电话网上的语音质量相当，但是需要传统的回路交换语音通道的全带宽，对网络要求较高。G.723.1 的速率为 5.3kbit/s 或 6.4kbit/s，在 ITU 制定的语音编码器中，在最低速率上实现了长话质量。G.723.1 编码器是国际多媒体电信会议协会 VoIP 论坛选用的 IP 电话语音编码器之一。G.729A 的速率为 8kbit/s，能够提供市话质量的性能，在噪声较大的环境下有更好的语音质量，是适用帧中继的语音编码技术。G.729A 编码器是国际多媒体电信会议协会 VoIP 论坛选用的另一个 IP 电话编码器。

2.3.2 IP 电话的三种实现方式

1. PC to PC

这种方式适合那些拥有多媒体计算机（声卡须为全双工的，配有麦克风）并且可以连上互联网的用户，通话的前提是双方计算机中必须安装有同套网络电话软件。这种网上点对点方式的通话，是 IP 电话应用的雏形。当前，几乎所有的因特网即时通信软件都提供这种功能。

2. PC to Phone

随着 IP 电话的优点逐步被人们认识，许多电信公司在此基础上进行开发，实现了通过计算机拨打普通电话。作为呼叫方的计算机，要求具备多媒体功能，能连接上因特网，并且要安装 IP 电话的软件。

拨打从计算机到市话类型的电话的好处是显而易见的, 被叫方拥有一部普通电话机即可, 但这种方式除了付上网费用外, 还必须向 IP 电话软件公司付费。目前这种方式主要用于拨打到国外的电话, 能够节省国际通信费用。

3. Phone to Phone

这种方式即"电话拨电话", 需要 IP 电话系统的支持。IP 电话系统一般由 3 部分构成: 电话、网关和网络管理者。电话是指可以通过本地电话网连到本地网关的电话终端; 网关是 Internet 网络与电话网之间的接口, 同时它还负责进行语音压缩; 网络管理者负责用户注册与管理, 具体包括对接入用户的身份认证、呼叫记录并有详细数据(用于计费)等。

现在各电信业务营运商纷纷建立自己的 IP 网络来争夺国内市场, 采用电话记账卡或专用接入号码的方式, 实现从普通电话机到普通电话机的通话。

练 习 题

1. 以脉冲调制编码为例, 简述模拟声音信号数字化的主要步骤。

2. 在声音处理软件 CoolEdit 中, 新建声波文件时, 可供选择的采样率有 22050Hz、32000Hz、44100Hz、48000Hz 等, 为保证声音的音质表现, 采样率应选择什么范围的数值?

3. 简述几种常用的音频压缩技术及其特点。

4. 简述 G.7xx 语音编码标准与 MPEG 音频编码标准的主要应用范围。

5. 因特网上常见的 MP3 音频格式采用的是哪一种压缩编码技术?

6. 结合现实生活中的通信实例, 简述 IP 电话的应用形式。

第**3**章 视频技术及应用

　　数字视频通信是一个复杂且计算强度很大的工程，它要求系统能满足接收来自不同信源的视频信号的要求。数字视频通信标准主要是为视频通信（如电视、可视电话等应用）开发的，以使相关产业能向用户提供合理价位的有效带宽应用服务。数字视频处理技术在通信、电子消费、军事、工业控制等领域的广泛应用促进了数字视频编码技术的快速发展，并催生出一系列的国际标准。近年来，国际标准化组织（ISO）、国际电工委员会（IEC）和国际电信联盟（ITU－T）相继制定了一系列视频图像编码的国际标准，有力的促进了视频信息的广泛传播和相关产业的巨大发展。

3.1　数字视频基础

3.1.1　视频的基本概念

　　视频最初是在电视系统中提出来的，但并不是一发明电视就有的概念。在早期，以英国科学家约翰·洛基·贝尔德（J.L.Baird，1988—1946）为代表的机械扫描电视时代，并没有视频这一概念。直到 20 世纪 20 年代后期，以俄裔美国物理学家、现代电视之父弗拉迪米尔·兹沃尔金（Wladimir Zworykin，1989—1982）为代表的光电管及阴极射线管为核心技术的全电子电视系统问世以后，才有了真正意义上的视频，即黑白视频。

　　自 20 世纪 80 年代以来，伴随着大规模集成电路技术和数字 DSP 芯片技术，以及计算机多媒体技术的进展，一方面，各种视频设备和计算机多媒体外部设备相继采用微处理器技术尝试数字化控制和数字化处理，使得视频媒体的图像质量、操作控制、轻便化、小型化等性能都有了长足的提高；另一方面，计算机多媒体技术也在逐步占领着图形图像、视频处理等多媒体制高地。两方面融合显得尤为活跃，而且遇到的问题同样都是"视频的数字化处理必然带来数据存储空间和高速运算处理"的难题。这不得不使计算机领域与视频领域再度结合，以解决两个行业共同面临的问题，那就是如何用统一的视频压缩编码标准兼容各自的多媒体系统，推广流行的数字视频标准。这样，一个以 codec 技术为核心的新的技术领域——"数字视频技术"领域就形成了（这里所说的 codec 可以是一款软件，也可以是固化成用于视频文件的压缩和解压缩的专用程序芯片）。显然，这个有着广泛应用基础的新领域所研究的内容和范围，就是为了不同场合和应用的需要，如何更加高效化地将活动影音文件采集、编辑、传输、存储以及显示和交互的一系列方法和技术。

1. 数字视频的特点

由于视频最初是以模拟的电信号形式产生和发展起来的，所以数字视频的发展也就必然从模拟视频数字化开始。这既是视频技术要求的，同时也是计算机多媒体技术要求的。只是有些人试图从信号上游做数字化工作，有些人希望从下游做融合沟通的数字化工作。无论怎样，他们都面临着数字化的环境。在这个环境下，数字视频与模拟视频有什么本质区别呢？

- 在数字环境下，视频（包括音频）从整体上讲已不再是一个连续的随时间变化的电信号，而是一个由离散数字"0"和"1"编码的能够传输和记录的"比特流"。
- 在数字环境下，活动影音的图像也不再是连续的电子图像，而是不连续的以像索为单元的点阵化数字图像。图像的清晰与否是由点阵化的像素数量决定的。
- 未经压缩的原始数字视频的数据量是非常大的。目前，数字视频比照"标准模拟视频"的满屏有效像素（PAL/720×576 像素；NTSC/720×480 像素），时基和帧率遵从原有的视频制式。例如，1min 满屏真彩色数字视频需要 1.5GB 的存储空间。如果要求它按正常时基和帧率显示播放，其数据传输率至少在 27MB/s 以上。
- 在数字环境下，数字视频有多种格式，它们大都是按照不同的压缩编码标准、存储介质类型、记录方式、应用领域及其平台类型等形成自己不同的格式标准。
- 在数字环境下，数字视频是可以进行非线性编辑和非线性检索的，并可以有选择地进行实时和非实时播放．以及适应带宽条件调整画面分辨率。
- 在数字环境下，数字视频的显示接口趋于多样化。

以上这些都是数字视频所具有的区别于模拟视频的本质特点。但是，在现代信息技术的大环境下，在信息和信息传播的层面上，我们不时地注意到数字视频依然有着依据人的视觉暂时特性，按照某种时基规律和标准，依序地组织传送或播放数字图像信息到显示终端的特点。只是在实现这一目标时，借助计算机或微处理器芯片的高速运算，加上 codec 技术、传输存储技术才得以实现。在现代信息技术的环境下，基于这样的认识我们就可以给出广义的数字视频新概念。

2．广义的数字视频新概念

在现代信息技术环境下，数字视频应该是一个有着广义和狭义之分的新概念。广义的数字视频是指依据人的视觉暂留特性，借助计算机或微处理器芯片的高速运算，加上 codec 技术、传输存储技术等来实现的以比特流为特征的，能按照某种时基规律和标准在显示终端上再现活动影音的信息媒介。狭义的数字视频是指与媒体格式所对应的数字视频，如 Betacam—SX 格式数字视频、DV 格式数字视频、DVD 光盘格式数字视频、Avi 桌面格式数字视频、Rm 流媒体格式数字视频、MP4 固体存储数字视频等。

3.1.2 视频的数字化

1．采样

（1）时间采样

运动图像可由每秒若干帧静止图像构成，我国采用的 PAL 制彩色电视规定每秒 25 帧，美国、日本等国家采用的 NTSC 制彩色电视则为每秒 30 帧，这种采样方式即为时间采样。如果是会议电视、可视电话等画面内容运动幅度不大的视频信号，帧频也可取 15～20 帧/秒，但低于 15 帧/秒的视频质量不高。隔行扫描帧图像由两场组成，奇数行和偶数行各构成一场，它们分别为顶场和底场，每场由若干行组成。帧、场的邻近行相关性并不相同。帧的邻近行空间相关性强，时间相关性弱，因为某行的邻近行要一场扫描完才能被扫描，因此在压缩静止图像或运动量不大的图像时采用帧编码方式。场的邻近行时间相关性强，空间相关性差，因为场的一行扫描完毕，接着对场中下一行扫描，因此对运动量大的图像常采用场编码方式。

（2）空间采样

在同一电视信号帧中，同一行由若干采样点构成，这些采样点称为像素，这种采样就属于空间采样。其前提是假定一帧图像是静止的，每个像素点处于同一时刻及不同的空间位置上。例如，国际上标准 PAL 电视格式为 720×576 像素，即每帧由 576 行，每行由 720 个像素构成；美国的 GA 制规定了两种扫描格式，即 1280×720 像素和 1920×1080 像素。

2．颜色空间

灰度图像仅有空间采样点的亮度信息，因而只需要采用一位数值即可表示。而对彩色图像来说，其表示更为复杂。由光谱学可知，白光实质上是不同频率的电磁波混合而成的，不同频率的电磁波在人眼中呈现出不同的颜色，混合起来即为白色。如果物体对某些光谱反射较多，则该物体就呈现出相应的颜色。根据人眼的生理结构，人们构造了不同的图像颜色模型或颜色空间来表示客观图像的亮度和颜色，任何一种颜色都可以分解为空间中的一个或多个变量。在视频信号的处理中最为常用的颜色空间是 RGB、YUV 和 YC_bC_r。

（1）RGB 模型

RGB 空间将所有颜色都表示为 3 个基本颜色 R（红色）、G（绿色）、B（蓝色）不同强度的组合。在记录及显示彩色图像时，RGB 是最常见的一种方案，如在彩色阴极射线管显示器（CRT）和液晶显示屏（LCD）中，就是根据 RGB 每个分量的强度分别显示像素的红色、绿色和蓝色分量，合成后便得到期望的彩色图像。

（2）YUV/YC_bC_r 模型

YUV 和 YC_bC_r 是在数字视频信号处理中最常采用的一种颜色表示方法。以 YUV 模型为例，其中"Y"表示亮度（Luminance 或 Luma），也就是灰度值；而"U"和"V"表示的是色度（Chrominance 或 Chroma），用于描述图像的色彩及饱和度。

RGB 颜色空间对图像/视频信号的 3 种颜色采用相同的分辨率进行存储和传输，而人眼视觉系统（HVS）对色度信号的敏感程度要弱于亮度信号。YUV 颜色空间利用这一点，将亮度分量和色度分量分离，并使用较高的分辨率表示亮度信号。与 RGB 视频信号传输相比，只需占用较少的带宽。

亮度分量一般通过 RGB 输入信号来创建，方法是将 RGB 信号的 3 个分量按照一定比例累加到一起：$Y = k_rR + k_gG + k_bB$。

色度则定义了颜色的两个方面及色调与饱和度，分别用 C_r 和 C_b 来表示。其中，C_r 反映了输入信号红色部分与 RGB 信号亮度值之间的差异。而 C_b 反映的是 RGB 输入信号蓝色部分与 RGB 信号亮度之间的差异。使用公式表示即为

$$\begin{aligned} C_b &= B - Y \\ C_r &= R - Y \\ C_g &= G - Y \end{aligned} \tag{3-1}$$

由于 C_b，C_r，C_g 中的任何一个分量都可以由另外两个分量计算出来，因而在存储的时候只需要使用其中两个即可。最终 RGB 颜色空间与 YC_bC_r 颜色空间可以使用如下的公式进行相互转换：

$$\begin{cases} Y = k_rR + (1 - k_r - k_b)G + k_bB \\ C_b = \dfrac{0.5}{1 - k_b}(B - Y) \\ C_r = \dfrac{0.5}{1 - k_r}(R - Y) \end{cases} \tag{3-2}$$

$$\begin{cases} R = Y + \dfrac{1-k_r}{0.5}C_r \\ G = Y - \dfrac{2k_b(1-k_b)}{1-k_b-k_r}C_b - \dfrac{2k_r(1-k_r)}{1-k_b-k_r}C_r \\ B = Y + \dfrac{1-k_b}{0.5}C_b \end{cases} \qquad (3\text{-}3)$$

在实际应用中，根据应用领域不同需要采用不同的颜色空间，因而经常要在不同的颜色空间进行转换。例如，将 RGB 转换成 YUV 颜色空间进行处理，完成后再根据需要转换为 RGB 格式，以便在计算机显示器上进行彩色图像的显示。

根据 ITU-BT.601 规定，YC_bC_r、YUV 和 RGB 颜色空间相互转换关系可以表示为如下矩阵乘积的形式：

$$\begin{bmatrix} R \\ G \\ B \end{bmatrix} = \begin{bmatrix} 1.0 & -0.00001 & 1.40200 \\ 1.0 & -0.34413 & -0.71414 \\ 1.0 & 1.77200 & 0.00004 \end{bmatrix} \begin{bmatrix} Y \\ C_b \\ C_r \end{bmatrix} \qquad (3\text{-}4)$$

$$\begin{bmatrix} Y \\ U \\ V \end{bmatrix} = \begin{bmatrix} 0.299 & 0.587 & 0.114 \\ -0.148 & -0.289 & 0.437 \\ 0.615 & -0.515 & -0.100 \end{bmatrix} \begin{bmatrix} R \\ G \\ B \end{bmatrix} \qquad (3\text{-}5)$$

3. 视频格式

光栅扫描方式：数字视频显示具有两种光栅扫描方式，即逐行扫描和隔行扫描。逐行扫描以帧为单位，从每帧图像的左上角开始扫描，水平移动到图像的最右端，完成 1 个扫描行。然后，快速返回到下一行的最左端，开始第 2 个扫描行，依次继续直到扫描完整个图像。逐行扫描的清晰度高，空间处理效果好，有利于电视转换和制式转换，但是占用带宽较大，数据量也相应变大。隔行扫描被 NTSC、PAL、SECAM 制式和 HDTV 系统所采用，来自每个视频帧的视频信号被分割成两个视频扫描场：顶场（Top Field）包含所有奇数线，底场（Bottom Field）包含所有偶数线。视频显示的时候在同一时刻只显示实际分辨率一半的水平线，即一个顶场或一个底场。隔行扫描依赖人类视觉系统的视觉暂留特性以及电视机显像管上的暂留使两个扫描场变得模糊，形成人眼感知到的一幅图像。隔行扫描只要原来的一半数据量就可以获得高刷新速率（50Hz 或 60Hz）。

宽高比：指一帧图像的宽度与高度的比值，数字视频的宽高比一般为 4：3 或 16：9。

水平/垂直分辨率：指图像在水平和垂直方向上所具有的像素数目。数目越多，分辨率也越高。

帧速率：指数字视频序列帧与帧之间出现的频率。根据人眼的视觉暂留特性，当帧重复频率太低时，会给人以闪烁和不连续的感觉，因而一般的数字视频都要求帧速率不少于每秒

25 帧。

4. 采样格式

在一个 YUV 图像中，每个像素点有 3 个 8bit 的值，分别对应 Y、U、V 3 个分量，如图 3-1（a）所示。人眼对亮度分量信息 Y 更敏感，因此对色度分量 U、V 可以采用下采样，也就是少用一些采样点，但仍能保持较好的视频图像质量。显然，下采样可以减少视频传输带宽，采样格式往往使用 X∶X∶X 格式来表示，其中第一个数字往往设定为 4，表示亮度采样的数目，也用做后两个数字的参考。第二个和第三个数字表示色度采样的数目，如 4∶1∶1 表示每 4 个 Y 采样点有一个 U 和一个 V 采样点。

（1）4∶4∶4

如图 3-1（a）所示，Y、U 和 V 具有同样的水平和垂直清晰度，在每一个像素位置，都有 Y、U 和 V 分量，即不论水平方向还是垂直方向，每 4 个亮度像素相应的有 4 个 U 和 4 个 V 色度像素。

（2）4∶2∶2

如图 3-1（b）所示，这时彩色分量和亮度分量具有同样的垂直清晰度，但水平清晰度彩色分量是亮度分量的一半。水平方向上，每 4 个亮度像素具有 2 个 U 和 2 个 V。

（3）4∶2∶0

如图 3-1（c）所示，在水平和垂直清晰度方面，U 和 V 都是 Y 的一半。

（4）4∶1∶1

如图 3-1（d）所示，在水平和垂直清晰度方面，U 和 V 都是 Y 的一半，但与 4∶2∶0 格式相比，Y 采样点的位置不同。在这种情况下，分别在水平和垂直方向进行因子是 2 的色度分量下采样。4∶1∶1 还有另外一种形式，如图 3-1（e）所示，色度分量在水平方向进行因子 4 的下采样，在垂直方向不进行下采样。

在上述 4 种格式中，4∶2∶0 和 4∶1∶1 的色度分量最少，因此所采样后的数据量较其他两种格式少些，但这是以牺牲图像质量为代价的，只不过人眼对彩色的感知不太敏感。

3.1.3 数字视频格式

在计算机领域，视频文件的类型包括动画和动态影像两类。动画是指通过人为合成的模拟运动连续画面；动态影像主要是指通过摄像机摄取的真实动态连续画面。

AVI，英文全称为 Audio Video Interleaved，即音频视频交错格式，是微软公司于 1992 年推出的，它可以将视频和音频交织在一起进行同步播放，优点是图像质量好，可以跨多个平台使用；缺点是文件过于庞大，由于压缩标准不统一，该格式在不同版本的 Windows 媒体播放器中不兼容。

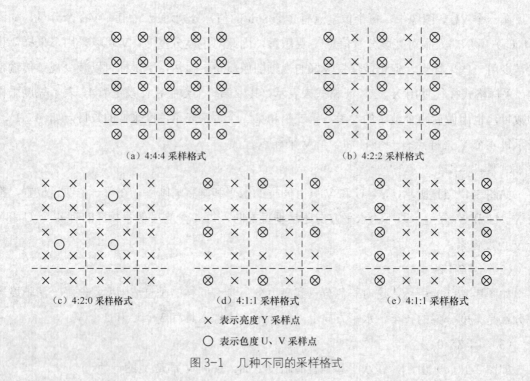

（a）4:4:4 采样格式　　　　　　　　　（b）4:2:2 采样格式

（c）4:2:0 采样格式　　　（d）4:1:1 采样格式　　　（e）4:1:1 采样格式

× 表示亮度 Y 采样点

○ 表示色度 U、V 采样点

图 3-1　几种不同的采样格式

MOV，美国 Apple 公司开发的一种视频格式，默认的播放器是苹果的 QuickTime Player。它支持包括 Apple Mac OS、Microsoft Windows 在内的所有主流计算机系统平台，有较高的压缩比率和较完美的视频清晰度。

RM，Real Networks 公司所制定的音频视频压缩规范，称为 Real Media。用户可以使用 Real Player 等进行播放。Real Media 可以根据不同的网络传输速率制定出不同的压缩比率，从而实现在低速率的网络上进行影像数据实时传送和播放。

MEPG，英文全称为 Moving Picture Expert Group，即运动图像专家组格式，常用的 VCD、SVCD、DVD 就是这种格式。MPEG 文件格式是运动图像压缩算法的国际标准。目前主流应用的 MPEG 格式有 3 个标准，分别是 MPEG-1、MPEG-2 和 MPEG-4。

DV-AVI，DV 的英文全称是 Digital Video Format，是由索尼、松下、JVC 等多家厂商联合提出的一种家用数字视频格式。目前很多流行的数码摄像机就是使用这种格式记录视频数据。

3.2 视频压缩标准

3.2.1 视频压缩的基本原理

1. 视频编码概述

随着 VLSI、计算机和通信技术的迅猛发展，数字技术从未像今天这样深刻地影响着人们的日常生活，它以良好的可编辑性能、更高的数据传输可靠性、数据保密性等优点，迅速替代原有传统的模拟传输方式，成为人类社会信息载体的首选。而视频编码技术则是面向通信的视频信号处理中的一项核心技术，其目的就是针对给定的图像序列，在保证一定重构视频质量的前提下，使用尽可能少的比特数对其加以描述，以利于在给定的通信信道中进行传输。

2. 必要性与可行性

由于承载了海量信息，图像和视频中通常包含大量的数据，对通信传输带宽、数据存储容量等都提出了更高的要求。以多媒体通信中常见的 CIF 图像格式为例，每幅 CIF 图像由 288 行组成，每行又包括 352 个像素点；如果对于每个像素的 R、G、B 分量都使用 8 bit 数据进行表示，则当帧速率为每秒 25 帧时，每秒 CIF 数字视频所占用的比特数为

$$288 \times 352 \times 3 \times 8 \times 25 = 59.4 \text{Mbit}$$

对符合 PAL 制式的标准电视信号，若采样格式为 4：2：2，则其 YcbCr 3 个分量每秒所占用的比特数分别为 79.1Mbit、39.55Mblt，39.55Mbit。因此，每秒 PAL 制式的视频数据量为

$$79.1 + 39.55 + 39.55 = 158.2 \text{ Mbit}$$

而高清晰度电视（HDTV）的数据量则达到了 1.2Gbit/s 以上。与此同时，用于传输通信的网络带宽和存储的媒质容量都非常有限，例如：

- PSTN（公共交换电信刚）：33.6～56kbit/s；
- ISDN（综合业务数字网）：（2B+D）144kbit/s；
- ADSL/xDSL（非对称数字用户环路/数字用户环路）：1.1～8Mbit/s；
- LAN（局域网）：10/100/1000Mbit/s；
- GSM/CDMA（全球移动通信系统/通用无线分组业务/码分多址）：9.6～144kbit/s；
- CD-ROM．750 MB；

- DVD-ROM（单面单层）：4.7GB。

可以看出，如果直接在 DVD-ROM 中保存上面 PAL 制式的原始视频数据，则只能保存约 4 min 的内容。即使对于百兆到桌面的 LAN，也无法进行连续的视频信息实时传输。视频数据的这种海量性给存储器的存储容量、通信信道的传输带宽，以及计算机的处理速度都增加了极大的压力。因此，无论是存储、传输还是处理，数字视频都必须经过有效压缩才能具有实际使用价值，这就使得视频编码技术成为面向通信的视频信号处理技术中的关键所在。此外，视频编码还能带来如下优势：

- 对于给定信道，能够更快地传输视频信息，降低对信道的占用时间；
- 对于固定带宽的信道而言，能够开通更多的并行业务（如电视电话、传真等）；
- 降低硬件设备的发射功率；
- 压缩视频数据容量，节省存储费用。

虽然表示图像和视频信息需要占用海量的数据，但是数据并不完全等价于信息。数据是信息的载体，同样的信息可以由不同长度的数据进行描述。数字视频具有自身的独特特点，即视频数据具有多种相关性。如果能够去除由相关性所造成的各种冗余，便能够实现对原始视频信号的有效压缩。一般而言，数字视频信号中的冗余可以归为如下几类。

（1）空间冗余

作为视频基本元素的数字图像是对模拟视频信号空间采样得到的，因而构成图像的相邻像素之间具有较强的相关性，即这些相邻像素之间的像素值通常相差不会太大。各像素的数值可以由其邻近像素的数值预测出来，每个独立的像素所携带的信息相对较少，这种像素间的冗余就称为空间冗余或几何冗余。

（2）时间冗余

由于视频信号本质上是一系列连续的图像，为了达到连续的视觉效果，视频帧与帧之间的采样间隔很小。对于每秒 25 帧的视频信号，其间隔时间仅为 0.04s。因此，相邻两幅图像之间也存在着很强的相关性。对于静止不动的场景，当前帧和前一帧的图像内容是完全相同的；对于场景中的运动目标，如果知道其运动规律，也可以很容易地从前一帧图像推算出它在当前帧中的大致位置，这就是视频序列中的时间冗余。在编码过程中可以充分利用这种相关性，采用相应的编码策略。

（3）心理视觉冗余

在大多数情况下，视频编码系统的最终接收者是人类视觉系统。而人类视觉系统具有非均匀和非线性的特点，所感知的图像亮度不仅仅与该点的反射光强有关，同时也会受到相邻区域光强的影响。在某些情况下，即便是在灰度值为常数的区域也能感觉到灰度值的变化（如马赫带效应）。此外，人类视觉系统并不是对所有视觉信息都具有相同的敏感度。视频中的部分信息在通常的感知过程中与另外一些信息相比不那么重要，如图像信息在一定幅度内的微小变化是不能被人眼所感知的。上述这些特性都可认为是心理视觉冗余的，去除这些信息并不会明显地降低所感受到的图像的质量。根据心理视觉冗余的特点，可以采取一些有效的措施来压缩视频的数据量，在实际的视频编码技术中被经常使用的有：

- 人类视觉系统对于亮度信息敏感，而对于色度信息则相对不敏感，亮度信息应采用更多的比特数进行表示；
- 人类视觉系统能够分辨的图像灰度等级约为 2^6，因此在模拟信号量化时，通常只需采用 8 bit 或 16 bit 的灰度值就能够满足观看的需要；
- 人类视觉系统对于图像变换后的低频信号较为敏感，对于高频信号不敏感，因此在编码时为提高压缩比，可以去除频域中的部分高频信息而对主观视觉效果没有太大的影响；
- 人类视觉系统对于静止或运动平缓的视频信息具有较高的辨别能力，而对于快速运动的物体的分辨能力则大大下降；
- 人类视觉系统具有亮度暂留特性，如在传统的广播电视系统中采用了隔行扫描。

（4）编码冗余

如果对图像的所有信息都使用相同长度的符号进行表示，将使用较多的比特才能够完全表示图像中的灰度和颜色信息。例如，对于 2^N 个灰度级使用自然码进行编码，平均码字长度为 N。为有效表示图像信息中的像素点，理想情况是按照像素信息熵的大小为其分配相应的比特数。而在实际情况中，很难计算出像素的具体信息熵。在进行图像的采样和量化时一般的方法是对所有的像素都分配相同的比特数，此时编码所用的码本不能使平均比特数达到或接近熵值。在这些情况下必然存在熵编码冗余。在随机过程的统计特性基础上，研究者们提出了一系列熵编码算法，并在实际中得到了广泛应用。

3.2.2　MPEG 系列标准

标准化是一个产业展开的前提，近 20 多年来一系列国际视频压缩编码标准的制定，极大地促进了视频编码技术和多媒体通信技术的发展。视频压缩编码标准主要包括由国际电信联盟（International Telecommunication Union，ITU）所制定的 H.26x 系列标准，以及由国际标准化组织（International Standardization Organization，ISO）和国际电工委员会（International Electrotechnical Commission，IEC）的共同委员会中的 MPEG 组织（Moving Picture Expert Group）所制定的 MPEG-x 系列标准。

MPEG-1 和 MPEG-2 是 MPEG 组织制定的第一代音/视频编码标准，为 VCD、SVCD 及 DVD 数字电视和高清晰度电视等产业的飞速发展打下了牢固的基础。MPEG4 是基于第二代视/音频编码技术制定的压缩标准，以视听媒体对象为基本单元，实现数字视/音频和图形合成应用、交互式多媒体的集成，目前已经在流式媒体服务等领域得到较广泛的应用。MPEG-7 是一种多媒体内容描述标准，支持对多媒体资源的组织管理、搜索、过滤、检索，该标准制定已经基本完成。而 MPEG-2l 的重点是建立统一的多媒体框架，为从多媒体内容发布到消费所涉及的所有标准提供基础体系，支持连接全球网络的各种设备透明地访问各种多媒体资源。

1. MPEG-2

MPEG-2 的正式名称是"ISO/IEC 13818：运动图像和相关声音信息的一般编码方法"，其第一版草案制定于 1992 年，1994 正式颁布成为国际标准。MPEG-2 是针对标准数字电视和高清晰度数字电视在各种应用下的压缩方案和系统层的详细规定，也是国际主流的 SDTV 和 HDTV 的编码标准。

（1）MPEG-2 标准的内容

MPEG-2 全部标准共分为 9 个部分，其中的核心部分如下。

13818-l 系统：定义规范的系统编码，包括复合视频和音频数据的复用结构以及重放同步序列所需表示定时信息的方法；

13818-2 视频：定义视频数据的编码表示方法和重建图像所要求的解码过程；

13818-3 音频：定义音频数据的编码方法；

13818-4 兼容性：定义编码码流是否符合 MPEG-2 码流的兼容性测试方法；

13818-5 软件：描述 MPEG-2 标准的前 3 部分的软件实现方法；

13818-6 数字存储媒体-命令与控制：描述交互式多媒体网络中服务器与用户间的会话信令集。

（2）档次与等级

MPEG-2 视频标准的技术规范集包括 5 个"档次"（Profiles）和 4 个"等级"（Levels）。档次是 MPEG-2 标准定义的不同编码算法的子集。较低的档次在编码时仅使用最为基本的编码工具，而较高的档次则采用更多的编码工具集，在相同比特率下将得到更好的图像质量，当然所付出的计算复杂度也会相应增加。同时，较高档次的解码器除能解码用本类方法编码的图像外，也能解码用较低档次方法编码的图像，即 MPEG-2 的档次之间具有向下兼容性。表 3-1 所示为 MPEG-2 标准的档次及说明。

表 3-1　　　　　　　　　　　　MPEG-2 标准的档次及说明

档次（Profile）	说　明
简单档次（Simple Profile）	使用最少的编码工具集

档次（Profile）	说　　明
主档次（Main Profile）	增加了双向预测方法
信噪比可伸缩档次（SNR Scalable Profile）	增加了可伸缩特性
空间可伸缩档次（Spatially Scalable Profile）	增加了可伸缩特性
高级档次（High Profile）	应用于图像质量、比特率要求更高的场合

等级主要针对 ITU-R CCIR601 标准下不同的图像信源的分辨率。从低级到高级，其对应信源的分辨率逐步增加。不同级别的分辨率和码率情况如表 3-2 所示。

表 3-2　　　　　　　　　　　　　　　**MPEG-2 标准的等级**

级别（level）	分　辨　率	最　大　码　率
低级（Low level）	352×240×30，352×288×25	4 Mbit/s
主级（Main level）	720×480×30，720×576×25	15 Mbit/s
1440 高级（High-1440 level）	1440×1080×30	60 Mbit/s
高级（High level）	1920×1080×30	80 Mbit/s

档次和等级的若干组合构成 MPEG-2 视频编码标准在某种特定应用下的子集，对某一输入格式的视频，采用特定集合的压缩编码工具，便可产生规定速率范围内的编码码流。共有 20 种可能的档次和等级的组合，在实现 MPEG-2 标准时，可以根据应用需要，选择适当的档次与等级。下面的 4 种技术规范是最常用的。

MP@ML：主档/主级，可用于数字视频广播（DVB）、数字视盘（DVD）、数字有线电视和交互式电视等。

SP@ML：简单档/主级，可用于数字有线电视和数字录像机。

MP@HL：主档/高级，用于全数字 HDTV。

SSP@HL1440：空间可伸缩档/1440 高级，用于 HDTV。

2．MPEG-4

MPEG-4 的正式名称是"ISO/IEC 14496 信息技术：音视频对象通用编码算法"，其目的是为多媒体信息压缩提供统一和开放的平台，其第一版草案在 1999 年 2 月公布，2000 年初正式成为国际标准。目前，MPEG-4 在 Internet 视频、流媒体、无线通信等领域中得到了广泛的应用。作为开放的标准，新内容和新算法正不断加入其中。MPEG-4 标准由相互联系的 16 个部分组成，其核心部分简述如下。

（1）MPEG-4 标准的内容

MPEG-4 标准由相互联系的 16 个部分组成，其核心部分简述如下。

14496-1 系统：定义规范的系统编码，主要是复合音/视频数据的复用结构和实时应用中重放同步序列所需表示定时信息的方法。编码器端的音/视频对象（Audio Video ObJect，AVO）被分别编码，与场景描述信息和其他同步控制信息合成比特流；接收端按场景描述信息合成场景。AVO 数据解复用后交给相应解码器处理，解码器从 AVO 解码形式中恢复其数据，进行必要的操作以重建原始 AVO，然后进行组合。

14496-2 视频：定义视频数据的编码表示和重建图像所要求的解码过程。

14496-3 音频：定义音频数据的编码要求。

14496-6 多媒体集成传输框架（DMIF）：对不同传输媒体提供共同的接口和服务。通过对编码比特流进行打包，使压缩码流适合于在不同的信道传输。

（2）MPEG-4 标准的新功能

与之前的视频编码标准相比，MPEG-4 标准还提供了一些全新的功能。

- 基于内容的交互性

基于内容的操作与比特流编辑：支持无须编码就可进行基于内容的操作与比特流编辑。例如，使用者可在图像或比特流中选择某一具体的对象，然后改变它的某些特性。

自然与合成数据的混合编码：提供将自然视频图像与合成数据（如文本、图形）等进行有效合成，同时支持各类交互性操作。

增强的时间域随机存取：MPEG-4 提供有效的随机存取方式，在有限的时间间隔内，可按帧或任意形状的对象，对音/视频序列进行随机存取。

- 高压缩率

提高了编码效率：在同等码率下，MPEG-4 能提供更好的主、客观图像质量。

对多个并发数据流的编码：MPEG-4 提供对同一场景的有效多视角编码、多伴音声道编码及有效的视听同步。在足够的观察视点条件下，MPEG-4 可以有效地描述三维自然景物。

- 灵活多样的存取

抗误码特性：MPEG-4 采用多种抗误码技术，如选择前向纠错、错误掩盖等，能够有效地抵抗传输信道所造成的各类丢包或误码。

基于内容的可伸缩性：可伸缩性表示图像中的各个对象具有不同的优先级，较为重要的对象使用较高的空间或时间分辨率表示。对于极低比特率的视频应用来说，尺度可伸缩特性也提供了自适应可用资源的能力。

（3）档次与等级

MPEG-4 所针对的应用领域非常广泛，既可用于高码率下的高清晰数字电视广播，又可用于低码率的无线通信或多媒体通信系统。MFEG-4 针对不同的媒体内容和场景描述定义了

4 个类：视频类、音频类、图形类和场景描述类，不同分类在选用时是相互独立的。为满足不同应用需求，MPEG-4 也制定了不同的音/视频对象编码工具作为可选的工具集。在实现MPEG-4 标准时，可以根据应用环境的需求，选择适当的工具子集。与 MPEG-2 类似，MPEG-4也采用了档次和等级的形式。档次就是针对特定的应用确定要采用的编码工具，它是 MPEG-4所提供的所有工具集的一个子集。不同类的码流句法结构不同，并且视频、音频和图形类中支持的对象类型也各不相同。每个档次包括一个或多个等级，用以限制计算复杂度。核心的视频框架下主要包含以下 6 个档次。

Simple Visual Pofile：提供针对矩形视频对象的编码功能，具有最低的复杂度，适合应用于计算能力较差的移动网络终端设备。

Advanced Simple Visual Profile：提供矩形视频对象高效编码功能，并且支持交织视频方式，适合应用于对质量要求较高的移动网络。

Simple Scalable Visual Profile：在 Simple Profile 基础上增加了对象的时域和空域可伸缩编码功能，应用于提供多级服务质量，如 Internet 和软件解码。

Core Visual Profile：在 Simple Profile 基础上增加了任意形状对象编码和时域可扩展编码功能，适用于相对简单的内容交互应用，如 Internet 多媒体应用。

Mail Visual Profile：在 Core Profile 基础上增加了 Sprite 对象编码功能，适于交互和娱乐质量广播、DVD 应用等。

N-Bit Visual Profile：在 Core Profile 基础上增加了具有不同像素深度（4～12bit）视频对象编码功能，适用于监控应用。

3.2.3　H.26x 系列标准

1. H.261 标准

为了满足会议电视和可视电话的需要，1988 年 CCITT 通过了 "$p \times 64$kbit/s（p=1，2，3，4，5，…，30）" 视频编码标准 H.261 建议，被称为视频压缩编码的一个里程碑。从此，ITU-T、ISO 等公布的基于波形的一系列视频编码标准的编码方法都是基于 H.261 中的混合编码方法。

（1）图像格式

不同的国家采用不同的彩电制式，因此，视频传输是不可能直接互通的。H.261 采用一种公共中间格式（Common Intermediate Format，CIF），不论何种彩色格式，发送方先把自己国家的彩电制式转换成 CIF 格式，经 H.261 编码后再由 CIF 格式转换到接收方彩电制式。表3-3 所示为 H.261 的图像格式。

为了比较，表 3-3 中列出了 CCIR601 规定的两种常用 PAL 和 NTSC 彩电制式的图像格式，它并不属于 CIF 格式。表中的 SIF（Source Input Format）格式用于 MPEG-1。

表 3-3   **H.261 的图像格式**

采用的标准		ISO/MPEG-1		CCITT/H.261		CCIR601	
格式		SIF		CIF	QCIF	PAL	NTSC
每秒帧数		25	30	29.97		25	30
每帧有效行数	Y	288	240	288	144	576	480
	U	144	120	144	72	288	240
	V	144	120	144	72	288	240
每行有效像素	Y	360	352	352	176	720	
	U	180	176	176	88	360	
	V	180	176	176	88	360	

采用 CIF 及 QCIF 格式时，视频信号的结构采用如图 3-2 所示的图像、块组（Group of Block，GOB）、宏块（MacroBlock，MB）和块（Block，B）4 级结构。每帧 CIF 图像由 12 个 GOB 组成，每个 GOB 由 33 个 MB 组成，每个 MB 由 4 个 Y（亮度）块、1 个 U 块和 1 个 V 块组成，每个块（B）又由 8×8 个像素构成。一帧 QCIF 图像由 3 个 GOB 组成。

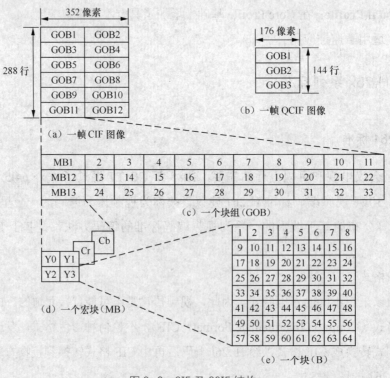

图 3-2   CIF 及 QCIF 结构

当 CIF 和 QCIF 的帧速率为 29.97 帧/秒≈30 帧/秒，如果每像素用 8bit 进行量化，彩色格式取 4∶2∶0，则原始码率分别为

$$CIF：352 \times 288 \times 8 \times 30 \times 1.5 = 36.5Mbit/s$$

$$QCIF：176 \times 144 \times 8 \times 30 \times 1.5 = 9.1Mbit/s$$

显然，这样高的码率不经过视频压缩编码是不能够实时在 ISDN 的 64～2048kbit/s 信道中传输的。换言之，如果要在 ISDN 通信信道中实时传输 CIF 或 QCIF 视频，必须要对视频信号进行压缩。

（2）H.261 视频编解码系统

H.261 视频编解码器框图如图 3-3 所示。其中，视频信源编码器用于视频信号的码率压缩，主要采用混合编码方法；视频复合编码器将每帧图像数据编成 4 层结构，并通过熵编码对视频数据进一步压缩输出；传输缓冲器和码率控制器用于保证输出码流尽可能稳定；传输编码器用于视频数据的误码检测和纠正；解码器各部分功能与编码器相反。

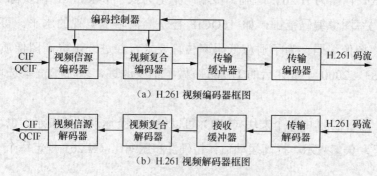

（a）H.261 视频编码器框图

（b）H.261 视频解码器框图

图 3-3　H.261 视频编解码器框图

2．H.263 标准

ITU-T 于 1996 年 3 月正式通过了 H.263 标准，其正式名称为"低比特率视频通信的编码"。目标是电视会议、可视电话等业务，满足在码率低于 64kbit/s 的公共电话交换网（PSTN）和无线网络上传送较好质量的音视频信息。

（1）图像格式

H.263 共有 5 种图像格式，除了 H.261 中的 CIF 和 QCIF 以外，又增加了 Sub-QCIF、4CIF、16CIF 3 种，如表 3-4 所示。

表 3-4　　　　　　　　　　　H.263 的图像格式

格　　式		Sub- QCIF	QCIF	CIF	4 CIF	16 CIF
每帧有效行数	Y	96	144	288	576	1152
	U	48	72	144	288	576
	V	48	72	144	288	576

格　　式		Sub- QCIF	QCIF	CIF	4 CIF	16 CIF
每行有效像素	Y	128	176	352	704	1408
	U	64	88	176	352	704
	V	64	88	176	352	704

彩色格式取 4：2：0，亮度、色度取样位置如图 3-1（c）所示。

对于 Sub-QCIF、QCIF、CIF 格式，每个块组（GOB）均为 16 行。4CIF 每一块组 32 行，16CIF 每一块组 64 行。Sub-QCIF、QCIF、CIF、4CIF、16CIF 含有的块组数分别为 6、9、18、18、18。

（2）H.263 视频信源编码算法

H.263 的视频信源编码框图与 H.261 相同，信源编码方法也类似，不同的是 H.263 的输入有多种格式，输出为 H.263 码流。传输码率定为低于 64kbit/s，但实际上其应用范围已远远超出低码率图像编码范围，如 16QCIF 已是高清晰度电视的水平。可以说，H.263 也适用于高速率图像编码。为了适应低码率传输要求，并进一步提高图像质量，1998 年修订后的 H.263+、2000 年修订后的 H.263++ 做了不少改进，增加了一些选项，主要技术有以下几种。

● 运动矢量：H.263 中 1 个宏块（MB）可以使用 1 个运动矢量表示，也可以 4 个 8×8 块各使用 1 个运动矢量表示，提高运动估计精确性和压缩比（H.261 规定每个 MB 使用 1 个运动矢量）。

● 半像素预测：H.263 为进一步提高压缩比，采用了半像素预测，而 H.261 采用整像素预测，其预测精度明显低于 H.263。

● 二维预测：H.263 采用二维预测，H.261 采用一维预测。

● 非限制的运动矢量模式（选项）：H.263 的运动矢量范围允许指向图像帧之外。

● 基于句法的算术编码（选项）：显著降低了码率，但复杂度比哈夫曼编码高。

● 高级预测模式（选项）：H.263 除可以采用每个 8×8 块 1 个运动矢量，每个 16×16 宏块 4 个运动矢量外，还采用 OBMC 运动补偿方式，以减少方块效应。

● PB 帧模式（选项）：PB 帧由 1 个 P 帧和 1 个 B 帧组成。P 帧由前一帧预测而得，B 帧由双向（前向和后向）预测而得。它们分别用前向运动矢量、后向运动矢量、前后向运动矢量，平均进行运动补偿得到 3 个预测误差，取其最小者作为 B 帧的预测误差进行编码。

3. H.264/AVC

MPEG 和 VCEO（Video Coding Experts Group）联合开发了一个比早期研发的 MPEG 和

H.263 性能更好的视频压缩编码标准，命名为 AVC（Advanced Video Coding），也被称为 ITU-T H.264 建议或 MPE-4 的第 10 部分，可简称为 H.264/AVC 或 H.264。这个国际标准已于 2003 正式被 ITU-T 通过并在国际上正式颁布，H.264 的颁布是视频压缩编码领域发展中的一件大事，它优异的压缩性能使它在数字电视广播、视频实时通信、网络视频流媒体传递、多媒体短信等各个方面发挥着重要的作用。

（1）H.264/AVC 的特点及应用

数字电视的优越性已是公认的，但它的广泛应用还有赖于高效的压缩技术。例如，利用 MPEG-2 压缩的一路高清电视（HDTV），约需 20Mbit/s 的带宽。经过初步测试，如利用 H.264 进行一路 HDTV 的压缩，大概只需 5Mbit/s 的带宽。众所周知，我国已公布约在 2015 年停止模拟电视的广播，全部采用数字电视广播。如果那时 HDTV 要获得迅猛发展，必须要降低成本。以传输费用而言，采用 H.264，可使传输费用降为原来的 1/4，应用前景十分诱人。现在很多省市已在有线电视信道上开通了数字电视，采用压缩性能优异的 H.264 显得更为迫切。

H.264 不仅具有优异的压缩性能，而且具有良好的网络亲和性，这对实时的视频通信也是十分重要的。现在基于 DSP 的采用 H.264 编码的可视电话已经出现在市场上，进一步说明了在视频通信中 H.264 的重要应用价值。

H.264 还有个重要应用，即网络中的流媒体应用。众所周知，应用流媒体技术的视频点播（VOD）近年来有了迅速发展，韩国在宽带上网的应用中 VOD 占据了第一位。2009 年我国固定宽带用户数已超过 1 亿户，预计 2014 年我国宽带（包括固定宽带和移动宽带）用户总数将达 5.51 亿；而 Youtube、优酷等网络平台用户数的激增，更是为 H.264 在网络流媒体领域的应用打开了巨大的空间。

多媒体短信息也是 H.264 的重要应用之一，我国的短信市场正方兴未艾，相信多媒体短信也将有巨大的发展潜力。

H.264 着重在压缩的高效率和传输的高可靠性，因而其应用面十分广泛。H.264 支持 3 个不同档次：

- 基本档次：主要用于"视频会话"，如会议电视、可视电话、远程医疗、远程教学等；
- 扩展档次：主要用于网络的视频流，如视频点播；
- 主要档次：主要用于消费电子应用，如数字电视广播、数字视频存储等。

（2）H.264/AVC 编解码器

H.264 并不明确地规定一个编解码器如何实现，而是规定了一个编了码的视频比特流的句法和该比特流的解码方法，各个厂商的编码器和解码器在此框架下应能够互通，在实现上具有较大灵活性，而且有利于相互竞争。

H.264 编码器和解码器的功能组成如图 3-4 所示。

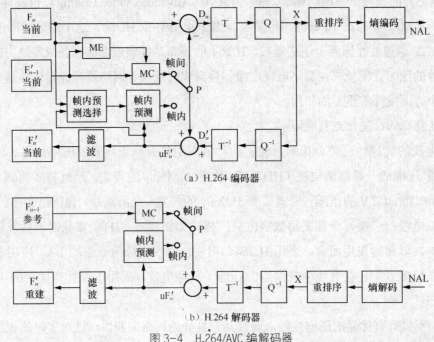

（a）H.264 编码器

（b）H.264 解码器

图 3-4　H.264/AVC 编解码器

从图 3-4 可见，H.264 和基于以前的标准（如 H.261、H.263、MPEG-1、MPEG-4）中的编解码器功能块的组成并没有什么区别，主要的不同在于各功能块的细节。由于视频内容时刻在变化，有时空间细节很多，有时大面积的平坦。这种内容的多变性就必须采用相应的自适应的技术措施；由于信道在环境恶劣下也是多变的，如互联网有时畅通，有时不畅，有时阻塞；又如无线网络有时发生严重衰落，有时衰耗很小，这就要求采取相应的自适应方法来对抗这种信道畸变带来的不良影响。这两方面的多变带来了自适应压缩技术的复杂性。H.264就是利用实现的复杂性获得压缩性能的明显改善。由于大规模集成电路技术的发展和工艺的进步，今天已完全具备了实现的可能性。

3.2.4　我国的视频压缩技术

AVS（Audio Video coding Standard）是我国具备自主知识产权的第二代信源编码标准，是《信息技术　先进音视频编码》系列标准的简称，其包括系统、视频、音频和数字版权管理4 个主要技术标准和一致性测试等支撑标准。

1. AVS 的发展进程

在数字化音视频产业中，音视频编码压缩技术是整个产业依赖的共性技术，是音视频产业进入数字时代的关键技术，因而成为数字电视以及整个数字音视频领域国际竞争的热点。

直接面向产业的数字音视频编码标准（国际上主要是国际标准化组织制定的 MPEG 标准）更是热点中的焦点。正是因为其极端重要性，国际上很多企业纷纷将自己的专利技术纳入国际标准，也有部分企业借此而提出了越来越苛刻的专利收费条款。比专利费问题更严重的是，标准作为产业链的最上游，将直接影响芯片、软件、整机和媒体文化产业运营整个产业链条。2002 年，在信息产业部支持下，我国成立了"数字音视频编解码技术标准工作组"（简称 AVS 工作组），在国内外上百家企业和科研单位共同参与下，AVS 标准进展顺利，其中最重要的视频编码标准于 2005 年通过国家广电总局测试，2006 年 3 月 1 日，国家标准委员会正式颁布实施了 AVS 视频编码国家标准，这使得我国数字音视频领域拥有了自主知识产权的技术体系。继视频部分后，音频、移动视频、系统、数字版权等部分得到相继审批、发布。

2．AVS 的特点

目前，音视频产业可以选择的信源编码标准有 4 个：MPEG-2、MPEG-4、MPEG-4 AVC（简称 AVC，也称 H.264）、AVS。从制定者分，前 3 个标准是由国外专家组完成的，第 4 个标准是我国自主制定的。从发展阶段分，MPEG-2 是第一代信源标准，其余 3 个为第二代标准。从主要技术指标——编码效率比较，MPEG-4 是 MPEG-2 的 1.4 倍，AVS 和 AVC 相当，都是 MPEG-2 的倍以上。

AVS 视频标准采用了经典的混合编码框架，在技术上针对复杂性性能的衡量指标采取了与以往的视频标准不同的取舍。概括起来，AVS 视频标准在帧内预测、多参考帧预测、变块大小运动补偿、1/4 像素插值、整数变换量化、高效 B 帧编码模式、熵编码、环路滤波等方面进行了创新。用 AVS 进行标清视频的压缩，可以将 MPEG-2 标准所需的 5～6Mbit/s 传输带宽降低到 1.5～3Mbit/s。在获得高编码效率的同时，AVS 视频标准尽可能保持了低的计算实现复杂度。当编码高清视频信号时，AVS 视频获得了与 H.264/AVC 主要档次相当的编码效率，但解码器的实现复杂度只有其 60%～70%。

MPEG-2 由于技术相对陈旧即将退出历史舞台，MPEG-4 的专利许可政策被认为过于苛刻，令人无法接受，因此推广缓慢；而 AVS 是基于我国创新技术和部分公开技术的自主标准，通过简洁的一站式许可政策，解决了专利许可问题死结，是开放式制定的国家、国际标准，易于推广；此外，H.264/AVC 仅是一个视频编码标准，而 AVS 是一套包含系统、视频、音频和媒体版权管理在内的完整标准体系，为数字音视频产业提供更全面的解决方案。

3．AVS 的应用

AVS 产业化的主要产品形态包括 3 个方面：一是芯片——高清/标清 AVS 解码芯片和编码芯片，国内外需求量在近十年的时间内年均达 4 000 多万片；二是软件——AVS 节目制作与管理系统，Linux 和 Window 平台上基于 AVS 标准的流媒体播出、点播、回放软件；三是整机——AVS 机顶盒、AVS 硬盘播出服务器、AVS 编码器、AVS 高清晰度激光视盘机、AVS 高清晰度数字电视机顶盒和接收机、AVS 手机、AVS 便携式数码产品等。

AVS 最直接的产业化成果是未来几年我国需要的 3～5 亿颗解码芯片，最直接效益是与采用 AVC 相比可节省超过 10 亿美元的专利费，AVS 最大的应用价值是利用面向标清的数字电视传输系统能够直接提供高清业务、利用当前的光盘技术制造出新一代高清晰度激光视盘机，从而为我国数字音视频产业的跨越发展提供了难得的契机。目前，中国网通的 IPTV 和中国移动的 CMMB 都已经采用了 AVS 技术，相信 AVS 标准应用前景会越来越广阔。

3.3 视频技术应用

3.3.1 视频技术应用概述

作为近年来兴起的崭新的应用技术，视频通信技术大大改变了现代人的生活和工作方式。典型的视频通信的具体应用如下。

- 可视电话/会议电视：使用电视或电话在两个或多个地点的用户之间举行会议，能够实时传送声音和图像信号。除此之外，用户还可能在终端上获得附加的静止图像、文件、传真等信号。

- 远程教育：以计算机和通信系统为基础的教育方式，教师和学生可以处于不同地点，使用音频、文字、图像、视频等方式进行教与学。

- 远程医疗：远距离传送以视频为主的医疗信息，使专家和医生能远距离对患者进行病情诊断、处理、治疗，乃至手术和紧急救助。其应用范围可以由国内延伸至国际。

- 视频点播业务：根据用户的要求提供交互式视频服务的业务。视频点播具有提供给单个用户对大范围的影片、视频节目、游戏、信息，以及其他服务进行几乎同时访问的能力。用户和被访问的资料之间高度的交互性使它区别于传统的电视视频节目的接收方式。

- 视频监控：在远端实现对现场信息的实时监控，实现方便、快速、高效的管理。作为安全防范系统的重要组成部分，视频监控以其直观、准确、及时和信息内容丰富而广泛应用于许多场合，如教育、交通、金融、政府、商业、工业、农林等。

- 移动视频业务：利用现代移动网络，在个人通信终端上实现如移动接收数字电视节目、移动视频点播、移动可视电话、移动游戏、高速上网等业务。

- 视频电子邮件：在移动终端上提供包含高分辨率图像、视频的电子邮件。

- 联合计算机辅助设计：在公司成员之间利用高速通信网络传输视频、计算数据以及声音信号，以实现资源共享、联合设计的目标。

- 数字图书馆：通过按需接入自动文本翻译服务器、文本到语音合成服务器和语音识别服务器，实时处理数字图书馆服务器捕获的内容。

- 数字电视：采用从节目摄制、编辑、制作、发射、传输、接收到节目显示完全数字化的电视系统，具有清晰度高、音频效果好、抗干扰能力强、占用带宽窄等优点。

3.3.2 应用示例：可视电话

1. 可视电话的发展

作为一种多媒体通信新业务，可视电话不仅传送语音，而且传送活动图像，兼具"千里眼"、"顺风耳"的功能，比传统电话技术提供更丰富的交流手段，改变了人们的办公和生活空间。Internet 的飞速发展使得越来越多的人们享受到了基于 IP 的可视电话带来的方便。而宽带移动通信技术的进步和业务的推广，也使得利用手机等个人移动通信终端进行视频通话成为更多人的通信选择。

1964 年，美国第一台黑白可视电话问世，之后可视电话的发展一直比较缓慢。1992 年，美国 AT&T 公司推出了基于普通电话交换网的彩色可视电话，随后许多国家都生产出类似的产品，但没有形成统一的国际标准。1996 年，国际电信联盟正式批准了普通电话交换网可视电话标准 H.324，提供了统一的通信协议和图像、语音压缩标准。它包括视频编码器的 H.263 建议、信息流分组复用协议 H.223、通信控制规程 H.245 以及低速率的语音编码标准 G.723。中国的可视电话发展比国外晚，但技术标准与世界同步。虽然可视电话一直被人们认为是一种理想并寄予厚望的通信方式，但至今没有得到很好的发展。可视电话业务长期得不到推广的原因主要有以下几点。

- 由于受调制解调技术、图像压缩编码技术等因素的限制，在图像质量上不能让用户满意。

- 没有一个统一的国际标准，不同厂商生产的可视电话终端无法互通。

- 性能价格比不高，不能被广大用户接受。

2. 可视电话的系统组成

多媒体可视电话系统（H.324 终端）的组成如图 3-5 所示。

- 视频 I/O 设备：包括摄像机、显示器。
- 音频 I/O 设备：包括话筒、扬声器。
- 用户数据应用设备：如计算机等。
- 视频编解码器：符合 H.263 建议的编码算法。作为单机型可视电话（小屏幕）设备而言，图像分辨率可为 176×144（QCIF 格式）或 128×96（SQCIF 格式），帧速率在 10 帧/秒以上。

- 音频编解码器：编码算法符合 G.723 建议要求（多媒体通信中以 5.3kbit/s 和 6.3kbit/s 速率传输的双速率语音编码器），是基于 MP-MLQ（多脉冲最大相似性量化激励）以及 ACELP（代数码本激励）的编码方法。该编码能够产生两种速率，高速率采用 MP-MLQ，提供 6.3kbit/s 的速率；低速率采用 ACELP，提供 5.3kbit/s 的速率，并可以提供附加灵活性。编码应符合 8 000Hz 取样率，时延应在 37.5ms 以内（帧长为 30ms，加上 7.5ms 的附加时延）。

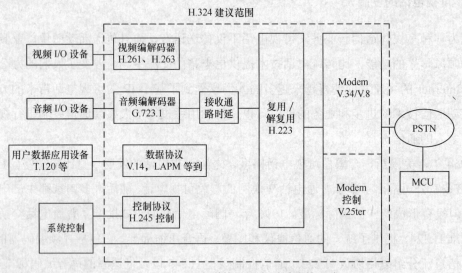

图 3-5　H.324 多媒体可视电话系统的组成

- 控制规程：遵循 H.245 协议。该协议具有以下要求：规定能力交换过程，以便图像、声音和数据交换；规定模式请求过程，请求传输某一特定的图像、声音和数据模式；规定单双向逻辑信号信令过程以及关闭和开放逻辑信道过程；规定通路多路复用过程，控制各个逻辑信道和整个多路复用信号的比特率；规定路径时延过程；规定主从终端确立过程，管理逻辑信号，划分主从终端，执行各种控制和指令等信令。

- 复用协议：根据 H.223 建议的要求将所需传输的视频、音频、数据和控制流复用到一个单独的比特流中，并对收到的比特流分解为多种媒体流。对每种媒体类型，实现逻辑定帧、序列计数、错误监测等。

- 调制解调器：按照 V.34 的规范，对 H.223 复合输出的同步比特流进行调制，使同步比特流能在 PSTN 上实现模拟传输；V.34 可在 PSTN 上实现双工和半双工操作；采用回波抵消技术实现信道分隔；调制制式为 QAM，同步主信道为 28.8kbit/s 的数据速率，全部采用网格编码；提供一个 200bit/s 的异步辅助信道，在启动中应用 V.8 或 V.8bis 与远端 Modem 握手，并实现与 V.32bis 的 V 系列 Modem 的自动切换与兼容；DTE 与 DCE 间的控制，按 V.25ter

来实现，并可和 V.25、V.25bis 的自动呼叫功能相互协助。

- PSTN 的网络接口：根据国家标准，支持合适的信令、振铃功能和电平值。

3. 可视电话的应用分类

按所使用的通信网络来分类，常用的可视电话可以分为基于 ISDN 的可视电话、基于包交换网络的计算机局域网和 Internet 的可视电话，以及基于 PSTN 的可视电话 3 类。

（1）PSTN 电话网可视电话

标准的模拟电话系统仍是目前最广泛的、可获取的传送媒介。在传统电话系统 POTS 上，使用调制解调器，用户可以获得双向传输速率为 33.6kbit 的数据传送。以目前的数据压缩和通信技术，这个带宽可以支持音频、视频和数据的可视通信。PSTN 可视电话的通信能力略低于 N-ISDN。目前已经得到使用和正在研究的低比特率和超低比特率的视频压缩技术，针对可视电活中运动不大的头肩图像进行压缩，可以获得很高的压缩比，从而可以应用于像模拟电话信道这样的低带宽信道。PSTN 可视电话的价格最便宜，而且最能为用户所接受，但效果略差。

（2）ISDN 可视电话

利用 ISDN 和 B-ISDN 网络的可视电话采用 H.320 和 H.32l 标准。目前，ISDN 可视电话主要采用 2B+D 的标准 BRI 接口，由摄像头、音频设备、音视频卡组成。利用 PC 显卡和微处理器集可视电话和多媒体通信于一体，它使交互型的通信不再局限于单一的语音业务和数据通信，而是扩展到了图像业务、程序应用共享等多媒体通信概念上。用户在进行可视电话通信的同时，还可通过操作窗口上的"讨论板"交换视频图像、数据图表、图形等，并可对其进行详尽的交互讨论，在图表上标注或画线，做到屏幕共享。该设备也能进行文件的远程调用，实现文件共享、应用共享，它也提供了电子白板功能，即可将抓拍的图像或有用文稿信息等放置在白板（计算机屏幕）上，然后进行交互式的书写、修改。

ISDN 可视电话效果较好，但目前普及程度不是很高，价格比较贵。

（3）基于局域网和 Internet 的可视电话

由于许多企业和单位都建立了局域网（LAN），LAN 的可用带宽明显大于 N-ISDN 基本速率模式下的带宽，所以视频质量得以提高。但因 LAN 当初是为传送常规数据而设计的，故其带宽资源争夺和缺乏仍是个重要问题。在 LAN 环境中，每个呼叫者共享传输介质，当增加更多的会议会话时，需要新的带宽管理机制。随着计算机网络的发展，百兆到桌面的推出有助于带宽问题的缓解，但还需要开发和使用适合于会话中音视频传送的更加高效的实时传送协议、资源预留协议等。

随着多媒体技术的应用，人们可以在 Internet 上发送多媒体电子邮件和用浏览器查看包含多媒体数据的信息，继而可以在 Internet 上打长途电话，实现了在 Internet 上的实时语音通信。人们的进一步需求是在 Internet 上召开视频会议和拨打可视电话。目前，已有一些基于 Internet 上的可视电话得到了较广泛的应用，但由于 Internet 的速率在各地域不平衡，还不能很好地解决 QoS 问题，故通信中的视频质量还不高，但音频效果尚可被接受。

随着 Internet 的发展，基于 IP 的可视电话将成为主流。该类产品能够实现 IP 语音、可视图文、多媒体电子邮件等多种功能，是电话、计算机和电视相融合的产品。

练 习 题

1. 数字视频有哪些特点？

2. 试说明标准 PAL 电视制式的空间采样格式。

3. 数字视频有哪几种常用的颜色空间模型？

4. 什么是数字视频的宽高比？常用的宽高比有哪些？

5. 视频的采样格式有哪些？

6. 如果对于每个像素的 R、G、B 分量都使用 8 bit 数据进行表示，则当帧速率为 30 帧/秒时，每秒 CIF 数字视频所占用的比特数为多少？

7. MPEG-2 标准分为哪些档次？

8. 16CIF 的 H.263 图像，针对亮度分量，每帧的有效行数和每行有效像素数各是多少？

9. 试举例说明，你所接触到的多媒体应用中，哪类设备或业务采用了 H.264 技术。

第 **4** 章　流媒体技术

随着社会的发展，人们对于音视频等多媒体信息的需求不断增强，因特网、广电网等各种互联网络为多媒体信息提供了良好的传输平台，视频点播、在线直播、远程教育、网络电台等网络业务得到广泛开展，而流媒体技术则是支撑这些业务的核心技术。流媒体技术的主要特点就是运用可变带宽技术，以"音视频流"的形式进行数字媒体的传送，使人们在窄带网络和宽带网络环境下都可以在线欣赏到连续不断的较高品质的音视频节目。

流媒体包含广义和狭义两种内涵：广义上的流媒体指的是流媒体技术，使得音视频等多媒体信息形成稳定连续的传输流和回放流的一系列技术、方法和协议的总称；狭义上的流媒体指的是互联网上使用流式传输技术的能够连续回放的多媒体。

4.1　流媒体基础

4.1.1　流式传输的基础

在网络上传输音视频等多媒体信息，主要有文件下载和流式传输两种方式。采用文件下载的方式，需要将音视频文件首先完全下载到本地计算机，然后在本机播放音视频文件。该方式有两个制约因素：播放启动延时和大容量存储需求。在因特网上，一部电影采用压缩编码之后其文件大小往往有几百兆字节，而现在高清电影越来越多，其文件大小一般都会在几千兆字节以上，使用当前的家庭宽带网络，一部电影下载到本地计算机，少则需要几十分钟，多则需要几个小时。另外，由于音视频文件一般都较大，需要的存储空间也就较大，用户计算机必须提供足够大的磁盘空间来存放文件。

流式传输时，用户选择播放音视频后，由服务器向用户计算机连续、实时地传送，用户只需经过几秒或十几秒的短暂等待即可正常观看，而不必等到整个文件全部下载完毕。而当音视频在用户计算机上播放时，音视频的剩余部分将在后台从服务器内源源不断地传送过来。流式传输使用户的等待时间成十倍、百倍地缩短，很好地解决了用户必须等待整个文件全部从网络上下载完才能观看的问题，而且还节省了本机的磁盘存储空间。

流式传输定义很广泛，现在主要指通过互联网传送媒体（如视频、音频）的技术总称。其特定含义为通过因特网将影视节目传送到用户终端机。实现流式传输有两种方法：顺序流式传输（Progressive Streaming）和实时流式传输（Realtime Streaming）。

1．顺序流式传输

顺序流式传输是顺序下载，在下载文件的同时用户可观看在线媒体，在给定时刻，用户只能观看已下载的那部分，而不能跳到还未下载的部分。由于标准的 HTTP 服务器可发送这种形式的文件，也不需要其他特殊协议，它经常被称做 HTTP 流式传输。顺序流式传输比较适合高质量的短片段，如片头、片尾和广告，由于该文件在播放前观看的部分是无损下载的，这种方法保证电影播放的最终质量。这意味着用户在观看前，必须经历延迟，对较慢的连接尤其如此。对通过调制解调器发布短片段，顺序流式传输显得很实用，它允许用比调制解调器更高的数据速率创建视频片段。尽管有延迟，毕竟可发布较高质量的视频片段。

顺序流式文件放在标准 HTTP 或 FTP 服务器上，易于管理，基本上与防火墙无关。顺序流式传输不适合长片段和有随机访问要求的视频，如讲座、演说与演示。它也不支持现场广播，严格说来，它是一种点播技术。

2．实时流式传输

实时流式传输可保证媒体信号带宽与网络连接匹配，使媒体可被实时观看到。实时流式与 HTTP 流式传输不同，它需要专用的流媒体服务器与传输协议。实时流式传输总是实时传送，特别适合现场事件，也支持随机访问，用户可对观看内容进行选择性观看，可以实现快进或后退以观看前面或后面的内容。

实时流式传输必须匹配连接带宽，这意味着在以调制解调器速度连接时图像质量较差。而且，由于出错丢失的信息被忽略掉，网络拥挤或出现问题时，视频质量很差。如欲保证视频质量，顺序流式传输也许更好。实时流式传输需要特定服务器，如 QuickTime Streaming Server，RealServer 或 Windows Media Server。这些服务器允许用户对媒体发送进行更多级别的控制，因而系统设置、管理比标准 HTTP 服务器更复杂。实时流式传输还需要特殊网络协议，如实时流协议（Real Time Streaming Protocol，RTSP）。这些协议在有防火墙时可能会出现问题，导致用户不能看到一些地点的实时内容。

4.1.2　流媒体技术原理

1．流式传输的预处理

多媒体数据必须进行预处理才能适合流式传输，因为目前的网络带宽对多媒体巨大的数据流量来说还显得远远不够。预处理主要包括两方面：一是采用先进高效的压缩编码算法，二是媒体发布格式的处理。良好的压缩编码算法能够在维持媒体表现效果的基础上尽量减少媒体文件的数据量，而媒体发布格式包含不同类型媒体的所有信息，如计时、多个流同步、版权、所有人信息等。

2．流式传输的实现需要合适的协议

由于 TCP 需要较多的开销，故不太适合传输实时数据。流式传输的实现需要多种协议的组合使用，在流媒体的链接请求阶段需要的是互联网的基本协议 HTTP，传输流媒体的控制信息则需要 RTSP 与 TCP，而实时媒体文件数据的传送需要用到 RTP/UDP。

3．流式传输的实现需要缓存

因特网是以 IP 数据包传输为基础进行断续的异步传输，对一个实时音视频源或存储的音视频文件，在传输中它们要被分解为若干个数据包，由于网络是动态变化的，各个数据包选择的路由可能不尽相同，因此到达客户端的时间延迟也就不等，甚至先发的数据包反而是后到。为此，使用缓存系统来弥补延迟和抖动的影响，并保证数据包的顺序正确，从而使媒体数据能连续输出，而不会因为网络暂时拥塞使播放出现停顿。通常，高速缓存所需容量并不大，因为高速缓存使用环形链表结构来存储数据，通过丢弃已经播放的内容，流可以重新利用空出的高速缓存空间来缓存后续尚未播放的内容。

4．流式传输的一般过程

流式传输的一般过程如下：用户选择某一流媒体服务后，Web 浏览器与 Web 服务器之间使用 HTTP/TCP 交换控制信息，以便把需要传输的实时数据从原始信息中检索出来；然后客户机上的 Web 浏览器启动客户端播放器，使用 HTTP 从 Web 服务器检索相关参数对播放器进行最初的初始化。这些参数可能包括目录信息、音视频数据的编码类型、音视频检索服务器地址等。而后客户端与流媒体服务器通过 RTSP 建立连接，RTSP 提供了快进、快倒、暂停及录制等操纵播放功能。连接建立后，客户端通过 RTP 进行数据传输，并按照 RTSP 将当前网络状况反馈给服务器端。一旦音视频数据抵达客户端，客户端播放器即可进行解

码播放。

在流式传输中,使用了 RTP/UDP 和 RTSP/TCP 两种不同的通信协议与流媒体服务器建立联系,实现了传输信令和传输媒体数据分开,更加便于流媒体的控制。实现流式传输一般都需要专用服务器和播放器,其基本原理如图 4-1 所示。

图 4-1 流式传输基本原理

4.1.3 流媒体播放方式

1. 单播

以单播方式传送,在客户端与媒体服务器之间需要建立一个单独的数据通道,从一台服务器送出的每个数据包只能传送给一个客户机。每个用户必须分别对媒体服务器发送单独的查询,而媒体服务器必须向每个用户发送所申请的数据包拷贝。这种巨大冗余首先造成服务器沉重的负担,响应需要很长时间,甚至停止播放;管理人员也被迫购买硬件和带宽来保证一定的服务质量。图 4-2 所示为单播示意图。

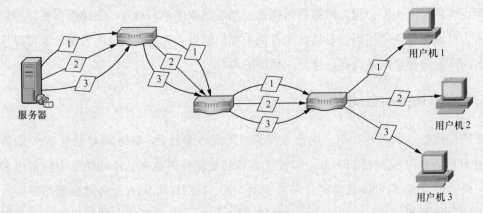

图 4-2 单播示意图

2. 组播

IP 组播技术构建一种具有组播能力的网络,允许路由器一次将数据包复制到多个通道上。采用组播方式，单台服务器能够对几十万台客户机同时发送连续数据流而无延时。媒体服务器只需要发送一个信息包，而不是对所有请求客户端分别发送，所有发出请求的客户端共享同一信息包。工作在组播方式下，信息可以发送到任意地址的客户机，减少了网络上传输信息包的总量，使得网络利用效率大大提高，成本大为下降。图 4-3 所示为组播示意图。

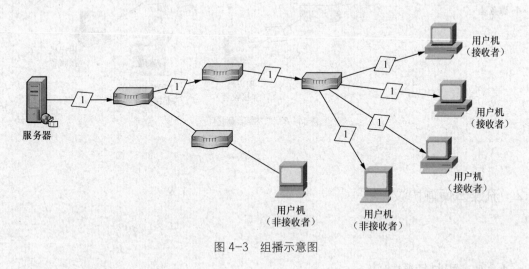

图 4-3　组播示意图

3．点播与广播

点播连接是客户端与服务器之间的主动连接。在点播连接中，媒体内容的发布是由用户决定的，不同的用户可以选择不同的媒体内容，用户通过选择内容项目来初始化客户端连接。用户可以开始、停止、后退、快进或暂停流。点播连接提供了对流的最大控制，但这种方式由于每个客户端各自连接服务器，会迅速用完网络带宽。

广播指的是用户被动接收流。在广播过程中，客户端接收流，但不能控制流。例如，用户不能暂停、快进或后退该流。广播方式中数据包的单独一个拷贝将发送给网络上的所有用户。媒体服务器根据不同的客户量采取单路广播与多路广播的方式发布媒体信息。图 4-4 所示为广播示意图。

使用单播发送时，需要将数据包复制多个拷贝，以多个点对点的方式分别发送到需要它的那些用户，用户只能被动地接收媒体内容，不能控制媒体内容的播放，如倒退、快进等。而使用广播方式发送，数据包的单独一个拷贝将发送给网络上的所有用户，不管用户是否需要，上述两种传输方式会非常浪费网络带宽。组播吸收了上述两种发送方式的长处，克服了上述两种发送方式的弱点，将数据包的单独一个拷贝发送给需要的那些客户。组播不会复制数据包的多个拷贝传输到网络上，也不会将数据包发送给不需要它的那些客户，保证了网络上多媒体应用占用网络的最小带宽。

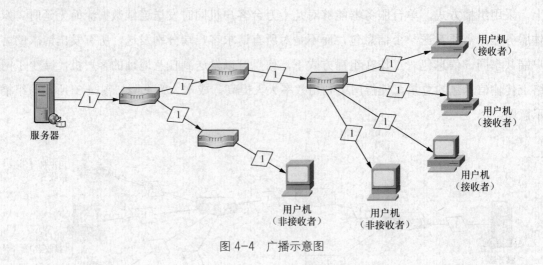

图 4-4 广播示意图

4.2 流媒体传输协议

4.2.1 实时传输协议

实时传输协议（Real-time Transport Protocol，RTP）是 IETF 提出的适合实时数据传输的协议，支持在单目标广播和多目标广播网络服务中传输实时数据，能为实时媒体数据提供点到点的传输服务。RTP 主要应用在因特网上传输对时延敏感的业务，如音频流和视频流。RTP 也可以用于传输电话呼叫，国际电信联盟在多媒体通信标准 H.323 中采用了 RTP。RTP 定义在 RFC 1889 中。

1. RTP 的特性

（1）协议独立性

RTP 独立于底层协议的传输机制，可以在 UDP/IP、 ATM AAL5 和 IPX 层上实现。

（2）同步机制

RTP 采用时间戳（Times Tamp）来控制单一媒体数据流，但它本身并不能控制不同媒体数据流间的同步。若要实现不同数据流之间的同步，必须由应用程序参与完成。

（3）包传输路径回溯

RTP 中使用了混合器（把多个视频流混合成一个视频流）和解释器（网关或传输路径上编码格式转换器），因此它提供了当分组到达接收端后进行包传输路径回溯的机制，这种机制主要通过 RTP 包头中的 SSRC 域和 CSRC 域来完成。

（4）可靠性

由于 RTP 的设计目的是传输实时数据流，而不是可靠的数据流，因此它不提供有关数据传输时间、错误检测和包顺序监控的机制，也就是说 RTP 提供的实时服务没有资源预约，也没有 QoS 保证，这些任务依靠下层协议来完成。

（5）RTP 层不支持多路复用

多路复用由低层协议来完成，如 UDP。RTP 信息包被封装在 UDP 中，当接收端同时收到来自不同地方的多个数据分组，通过 UDP 实现多路复用、检查和服务。

（6）扩展性

支持在单目标广播（Unicast）和多目标广播（Multicast）。

（7）安全性

RTP 考虑到安全性能，支持数据加密和身份鉴别认证功能。

（8）灵活性

控制数据与媒体数据分离，RTP 只提供完成实时传输的机制，开发者可以根据应用环境选择控制方式。

2．RTP 在网络中的传输

RTP 依赖下层网络来多路传输 RTP 数据流和 RTCP 控制流，当下层协议为 UDP 时，RTP 使用一个编号为偶数的传输端口，相应的 RTCP 使用接下来编号为奇数的传输端口。

RTP 数据包没有包含长度域或其他边界，由下层网络为 RTP 提供长度表示，因此 RTP 包的最大长度是由下层网络限制的。RTP 对下层网络没有任何限制，但执行 RTP 的程序常常运行在 UDP 的上层。RTP 可以看成是传输层的子层。由多媒体应用程序生成的音视频数据块被封装在 RTP 信息包中，每个 RTP 信息包被封装在 UDP 消息段中，然后再封装在 IP 数据包中。

RTP 执行程序应该是应用程序的一部分，因为必须把 RTP 集成到应用程序中。在发送端，执行 RTP 的程序被写入到创建 RTP 信息包的应用程序中，然后应用程序把 RTP 信息包发送到 UDP 的套接端口；同样，在接收端，RTP 信息包通过 UDP 套接端口输入到应用程序，因此，执行 RTP 的程序必须被写入到从 RTP 信息包中抽出媒体数据的应用程序。

下面以 RTP 传输声音为例来说明它的工作过程。假设音源的声音是 64kbit/s 的 PCM 编码声音，并假设应用程序取 20ms 的编码数据为一个数据块，即在一个数据块中有 160 个字节的声音数据。应用程序需要为这块声音数据添加 RTP 标题生成 RTP 信息包，这个标题包括声音数据的类型、顺序号和时间戳。然后 RTP 信息包被送到 UDP 套接端口，在那里再被封装在 UDP 信息包中。在接收端，应用程序从套接端口处接收 RTP 信息包，并从 RTP 信息包中抽出声音数据块，然后使用 RTP 信息包标题域中的信息正确地译码和播放声音。

如果应用程序使用标准的 RTP 提供有效载荷类型、顺序号或者时间戳，应用程序将更容易与其他的网络应用程序配合运行。例如，如果有两个不同的公司都在开发因特网电话软件，并且都把 RTP 合并到他们的产品中，这样就可能让使用不同公司电话软件的用户之间能够进行通信。

3．RTP 信息包

RTP 信息包由标题域和有效载荷的数据组成。通常情况底层协议的一个包只包含一个 RTP 信息包，但是如果封装的方法允许，也可以包含几个 RTP 信息包。RTP 信息包的结构包含广泛用于多媒体的若干个域，包括声音点播、影视点播、因特网电话和电视会议等。RTP 协议没有规定声音和视频的压缩格式，它可以被用来传输普通格式的文件。例如，WAV 或者 GSM 格式的声音、MPEG-1 或 MPEG-2 的视频，也可以用来传输专有格式存储的声音和视频文件。

4.2.2　实时传输控制协议

实时传输控制协议（Real-time Control Protocol，RTCP）与 RTP 共同定义在 RFC 1889 中，是和 RTP 一起工作的控制协议。RTCP 单独运行在低层协议上，由低层协议提供数据与控制包的复用。在 RTP 会话期间，每个会话参与者周期性地向所有其他参与者发送 RTCP 控制信息包，如图 4-5 所示。对于 RTP 会话或者广播，通常使用单个多目标广播地址，属于这个会话的所有 RTP 和 RTCP 信息包都使用这个多目标广播地址，通过使用不同的端口号可把 RTP 信息包和 RTCP 信息包区分开来。

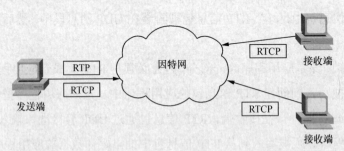

图 4-5　RTP 会话期间，参与者周期性发送 RTCP 包

1．RTCP 的功能

（1）为应用程序提供会话质量或者广播性能质量的信息

RTCP 的主要功能是为应用程序提供会话质量或者广播性能质量的信息。每个 RTCP

信息包不封装声音数据或者视频数据，而是封装发送端和接收端的统计报表。这些信息包括发送的信息包数目、丢失的信息包数目、信息包的抖动等情况，这些反馈信息反映了当前的网络状况，对发送端、接收端或者网络管理员都非常有用。RTCP 规格没有指定应用程序应该使用这些反馈信息做什么，这完全取决于应用程序开发人员。例如，发送端可以根据反馈信息来调整传输速率，接收端可以根据反馈信息判断问题是本地的、区域性的还是全球性的，网络管理员也可以使用 RTCP 信息包中的信息来评估网络用于多目标广播的性能。

（2）确定 RTP 用户源

RTCP 为每个 RTP 用户提供了一个全局唯一的称为规范名称的标志符 CNAME，接收者使用它来追踪一个 RTP 进程的参加者。当发现冲突或程序重新启动时，RTP 中的同步源标识符 SSRC 可能发生改变，接收者可利用 CNAME 来跟踪参加者。同时，接收者也需要利用 CNAME 在相关 RTP 连接中的几个数据流之间建立联系。当 RTP 需要进行音视频同步的时候，接收者就需要使用 CNAME 来使得同一发送者的音视频数据相关联。

（3）控制 RTCP 传输间隔

由于每个对话成员定期发送 RTCP 信息包，随着参加者不断增加，RTCP 信息包的频繁发送将占用过多的网络资源，为了防止拥塞，必须限制 RTCP 信息包的流量，控制信息所占带宽一般不超过可用带宽的 5%，因此就需要调整 RTCP 包的发送速率。由于任意两个 RTP 终端之间都互发 RTCP 包，因此终端的总数很容易估计出来，应用程序根据参加者总数就可以调整 RTCP 包的发送速率。

（4）传输最小进程控制信息

这项功能对于参加者可以任意进入和离开的松散会话进程十分有用，参加者可以自由进入或离开，没有成员控制或参数协调。

2. RTCP 信息包

类似于 RTP 信息包，每个 RTCP 信息包以固定部分开始，紧接着的是可变长结构单元，最后以一个 32 位边界结束。根据所携带的控制信息不同 RTCP 信息包可分为 RR（接收者报告包）、SR（源报告包）、SEDS（源描述包）、BYE（离开申明）和 APP（特殊应用包）5 类。

不同类型的 RTCP 信息包可堆叠，不需要插入任何分隔符就可以将多个 RTCP 包连接起来形成一个 RTCP 组合包，然后由低层协议用单一包发送出去。由于需要低层协议提供整体长度来决定组合包的结尾，在组合包中没有单个 RTCP 包的显式计数。

组合包中每个 RTCP 包可独立处理，而不需要按照包组合的先后顺序处理。在组合包中有以下几条强制约束：（1）只要带宽允许，在 SR 包或 RR 包中的接收统计应该经常发送，因此每个周期发送的组合 RTCP 包中应包含报告包。（2）每个组合包中都应该包含 SDES CNAME，因为新接收者需要通过接收 CNAME 来识别源，并与媒体联系进行同步。（3）组合包前面是包类型数量，其增长应该受到限制。

3. RTCP 与 RTP

RTCP 和 RTP 配合使用，提供流量控制和拥塞控制服务。当应用程序启动一个 RTP 会话时将同时占用两个端口，分别供 RTP 和 RTCP 使用。RTP 本身并不能为按序传输数据包提供可靠的保证，也不提供流量控制和拥塞控制，这些都由 RTCP 来负责完成。通常 RTCP 会采用与 RTP 相同的分发机制，向会话中的所有成员周期性地发送控制信息，应用程序通过接收这些数据，从中获取会话参与者的相关资料，以及网络状况、分组丢失概率等反馈信息，从而能够对服务质量进行控制或者对网络状况进行诊断。

RTP 与 RTCP 相结合虽然保证了实时数据的传输，但也有自己的缺点。最显著的是当有许多用户一起加入会话进程的时候，由于每个参与者都周期发送 RTCP 信息包，导致 RTCP 包泛滥。

4.2.3 实时流协议

实时流协议（Real-Time Streaming Protocol，RTSP）是应用级协议，提供对媒体流的类似于 VCR 的控制功能，如播放、暂停、快进等，它的描述在 RFC 2326 文件中。RTSP 提供了一个可扩展框架，在因特网上为用户提供完整的流媒体服务，一般与 RTP/RTCP、RSVP 等低层协议一起工作。主要目标是为单目标广播和多目标广播上的流式多媒体应用提供牢靠的播放性能，以及支持不同厂家提供的客户机和服务机之间的协同工作能力。

RTSP 希望提供控制多种应用数据传送的功能，提供一种选择传送通道的方法，如 UDP、TCP、IP 多目标广播通道，以及提供一种基于 RTP 的递送方法。RTSP 工作在 RTP 的上层，用来控制和传送实时的内容。能够与 RSVP 一起使用，用来设置和管理保留带宽的流式会话或者广播。

1. RTSP 与其他协议

RTSP 负责在服务器和客户机之间创建并控制连续媒体流，其目标是像 HTTP 为用户提供文字和图形服务那样为用户提供连续媒体服务。因此，RTSP 的设计在语法和操作上与 HTTP 十分相似，对 HTTP 的大部分扩展也适用于 RTSP。RTSP 与 HTTP 相互作用体现在与媒体流内容的初始连接是通过网页进行的。协议允许在网页服务器与实现 RTSP 媒体服务器之间存在不同的传递点，如演示描述可通过 HTTP 和 RTSP 检索，也允许独立 RTSP 服务器与用户不全依靠 HTTP。

RTSP 与 HTTP 的本质差别在于数据发送以不同协议进行。首先，HTTP 是无状态协议，而 RTSP 则是有状态的，因为 RTSP 服务器必须记录客户的状态以保证客户请求与媒体流的相关性；其次，HTTP 是不对称协议，客户机只能发送请求，服务器只能回应请求，而 RTSP 是对称协议，客户机和服务器都可以发送和回应请求。

RTSP 连接没有绑定到传输层连接，在 RTSP 连接期间，RTSP 用户可打开或关闭多个对服务器的可靠传输连接以发出 RTSP 请求。RTSP 流控制的多媒体流可能使用 RTP，但 RTSP 操作并不依赖用于携带连续媒体的传输机制，也即 RTSP 没有绑定到 RTP。

2．RTSP 支持的操作

（1）从媒体服务器上检索媒体

用户可通过 HTTP 或其他方法提交一个演示描述，如演示的是组播，演示时就包含用于连续媒体的组播地址和端口；如演示仅通过单播发送给用户，用户为了安全应提供目的地址。

（2）邀请媒体服务器加入会议

媒体服务器可被邀请参加正进行的会议，或回放媒体，或记录其中一部分。这种模式在分布式教育应用上很有用，会议中的几方可轮流按远程控制按钮。

（3）将媒体加到现成讲座中

如果服务器告诉用户可获得附加媒体内容，对现场讲座显得尤其有用。与 HTTP/1.1 中类似，RTSP 请求可由代理、通道与缓存处理。

3．RTSP 操作模式

在 RTSP 中，每个演示和与之对应的媒体流都由一个 RTSP URL 标识。整个演示与媒体属性都在一个演示描述文件中定义，该文件可能包括媒体编码方式、语言、RTSP URL、目标地址、端口和其他参数。用户在向服务器请求某个连续服务之前，必须首先从服务器获得该媒体流的演示描述文件以获得必要的参数。演示描述文件不一定保存在媒体服务器上，用户可使用 HTTP、Email 或其他途径获得这个文件。

一个演示可以包含多个媒体流，除媒体参数外，还需确定网络目标地址和端口。不同的操作模式确定地址和端口的方式也不同。

（1）单播：以用户选择的端口号将媒体发送到 RTSP 请求源。

（2）组播，服务器选择地址：媒体服务器选择组播地址和端口，这是现场直播或准点播放常用的方式。

（3）组播，用户选择地址：如服务器加入正在进行的组播会议，则组播地址、端口和密匙由会议描述给出。

4.2.4 资源预留协议

资源预留协议（RSVP）是用于建立因特网上资源预留的网络控制协议，它支持端系统进行网络通信带宽的预约，为实时传输业务保留所需要的带宽。RSVP 是为保证服务质量（QoS）而开发的，主机使用 RSVP 向网络请求保留特定的带宽用于数据流的传输，路由器使用 RSVP 向数据流沿途所有节点转发带宽请求，建立并维护其状态。

RSVP 运行在网络层 IPv4 或 IPv6 之上，但 RSVP 并不传送应用数据，它不是网络传送协议，也不是路由选择协议，RSVP 是一个因特网控制协议。为了执行 RSVP，在接收端、发送端和路由器中都要有执行 RSVP 的软件。

1. RSVP 的特征

（1）可伸缩性

RSVP 具有较好的可伸缩性，不需要为多目标播送的每一个接收方都预约资源，当数据流在树形节点集上传输时会合并，只要满足最高 QoS 的资源请求就可。RSVP 的可伸缩性有利于改善带宽和网络资源的管理，减少网络负荷，使得 RSVP 不但适合于点对点传输，也同样适合于大规模的多点传输的网络。

（2）接收端导向

RSVP 由数据流的接收端启动和维护资源的保留，因此，对于一条连接，RSVP 只在一个方向上为数据流保留资源。接收端的资源需求以预留消息的形式传输，信源与信宿之间所有相关通信设备依据此信息保留所需通信资源。这种接收端驱动的预留思想是 RSVP 区别于其他预留协议的主要特点和优势。因为这使得 RSVP 在多播中能够支持不同接收端的异构需求，使接收端能够依据终端能力和应用需求，提出合适的预留资源的请求，有利于提高资源的利用率，同时也避免了组播时发端驱动易造成的发端瓶颈，有利于改善多播组成员的动态管理和提高群组扩充能力。

（3）预约状态是"软状态"

在多点到多点应用中经常出现成员变化的情况，网络中的路由器也会动态改变，为了动态适应网络变化，增强健壮性，RSVP 在路由器上建立的预约状态是"软状态"，而将维持预留的责任放到了终端用户。所谓的"软状态"也就是终端系统必须周期性地发送 RESV 消息和 PATH 消息来刷新路由器的状态，维护建立的预约状态。在刷新报文丢失的情况下，路由器上的 RSVP 状态会因超时而被删掉，各节点可以及时回收资源。

（4）独立于其他网络协议

RSVP 采用模块化设计，协议尽量独立于路由协议、数据流描述、具体的服务质量参数以及管理控制部分，这使 RSVP 适应范围更广。实际上 RSVP 就是一个单独的用于资源预留的信令协议，它没有自己的路由算法，而是使用底层的路由协议为它的路由消息寻找路径、承载数据流描述和预留请求者要求的服务质量参数，并由它上层的策略机制来进行控制、管理理以及安全保障工作。

2．RSVP 消息

资源预留由两类 RSVP 消息实现：PATH 消息和 RESV 消息。当端系统的数据流需要在某条特定的网络路径上预约网络资源，它首先给目的地址发送一条 PATH 消息，描述发送源的数据格式、源地址、端口号和流量特性，该路径上的每个节点（路由器）都传递该消息。由于该消息运行的路径与发送方数据流的路径一样，因此，数据流接收者可以利用 PATH 消息了解到达发送源的反转路径，决定哪些资源应当预留。然后接收者发送包含资源预留参数的 RESV 报文给上游路由器来建立和定期更新预留的状态，RESV 报文由流规范和过滤规范组成，流规范决定路由器的包调度算法，过滤规范则指示包过滤器应当利用数据流中的哪些包。RESV 消息依照 PATH 消息确定的路径上行，并在沿途节点设定资源预留参数，建立资源预约。之后，RSVP 维护这些节点的状态以保证所请求的服务。

3．RSVP 与其他协议

因特网上的多媒体数据实时传输可以通过 RTP、RTCP、RSVP 的配合实现。首先利用 RSVP 建立并维护网络资源预约，然后使用 RTP 在建立的预约路径上进行实时多媒体数据的传输，同时，周期性的发送 RTCP 控制报文监视实时数据的传输情况，及时反馈网络的传输信息，保证数据的实时传输。

4.3　主要流媒体技术平台

4.3.1　RealNetworks 公司的 Real System

RealNetworks 公司于 20 世纪 90 年代中期最早推出了流媒体技术，在因特网上被公认为流媒体传输技术的先驱者。该公司的流式传输平台体系称为 Real System，提供了从制作端、服务器端到客户端的所有产品。Real 流媒体解决方案由服务器端流媒体播放引擎（RealServer）、流媒体内容制作（RealProducer）、流媒体客户端播放器（RealPlayer）3 个方面的软件组成。此外，还有 RealSystem Proxy 提供专用的、安全的流媒体服务代理，能使服务商有效降低带宽需求。

智能流（SureStream）技术是 RealNetworks 公司具有代表性的技术。智能流技术从 Real System G2 版本开始引入，它通过 RealServer 将 A/V 文件以流的方式传输，然后利用智能流方式，根据客户端不同的链路速率，让传输的 A/V 信息自动适应，并始终以流畅的方式播放。由于软件、设备和数据传输速度的不同，用户可以在不同的带宽下观看节目。当用户请求一段节目内容，它同时将它的带宽能力信息发送给 RealServer。Real System 的编码工具能把媒体记录成不同速度，并把它们存储在同一文件中，这样的 RealAudio 和 RealVideo 文件叫做 SureStream 文件。收到用户请求的 RealServer 服务器同时得到用户的带宽信息，然后根据用户带宽确定文件中对应带宽的部分，把与请求对应的最高带宽的部分流传输到用户，这样用户就能获得最高的传输质量。

Real System 系统是一个开放的、基于标准的可扩展的应用程序开发平台，它的主要特点如下。

（1）高质量的音频和视频

Real 产品的编码方法已经被充分地增强，能在各种速率的网络中使用，而且即使在有损耗的网络环境中也能提供出高质量的视音频节目。Realaudio 和 Realvideo 的文件能够自动适应不同的带宽，并且，通过使用 RealSystem 的 SureStream 技术，速率可以动态地调节来适应不同的带宽，不需要重新缓存。

（2）丰富的新的多媒体体验

增加了两种新的数据类型（Realtext 和 Realpix），完全支持使用 SMIL（Synchronized Multimedia Integration Language，同步多媒体集成语言），在窄带传输速度下建立专业的、令人惊奇的宽带多媒体。流式媒体的内容可以包含平滑滚动的文本，可以选择不同的字体和颜色，可以提供高分辨率的图像，并伴随着流式音频、视频甚至动画。Real 开放的结构允许加入新的数据类型，如 MIDI、VRML、MPEG。

（3）基于标准的、开放的、可扩展的系统

RealSystem 系统是第一个实现了两种重要的工业标准的媒体系统 RTSP、SMIL，同时，提供了对标准媒体类型的本土化支持，也提供了对标准客户技术的支持。

（4）支持视频流的分发

Real 的服务器还支持视频流的分发，这为大用户量访问的直播节目的正常播出提供了有力的技术支持。此外，Real 的产品还具有较高的用户鉴别功能，这对于网络的安全性和可靠性是个有力的保障。

4.3.2　微软公司的 Windows Media

Windows Media 是微软公司捆绑在 Windows 操作系统上的一个流式传输平台体系，其主要目的是在 Intenet/Intranet 上实现包括音频、视频信息在内的多媒体流信息的传输。Windows Media 平台由 Media Tools、Media Server、Media Player 等一系列服务和工具集构成，包含了流式媒体的制作、发布、播放和管理的一整套解决方案。另外，还提供了开发工具包（SDK）供二次开发使用。

Windows Media 的核心是 ASF（Advanced Stream Format）。微软公司将 ASF 定义为同步媒体的统一容器文件格式。ASF 是一种数据格式，音频、视频、图像、控制命令脚本等多媒体信息通过这种格式，以网络数据包的形式传输，实现流式多媒体内容发布。用户可以将图形、声音和动画数据组合成一个 ASF 格式的文件，也可以将其他格式的视频和音频转换为 ASF 格式，还可以通过声卡和视频采集卡将麦克风、摄像机等外设的数据保存为 ASF 格式。另外，ASF 格式的视频中可以带有命令代码，用户指定在播放到某个时间后触发某个事件或操作。例如，当某个视频播放到 10s 时，打开微软公司的网站主页。

ASF 具有以下主要特征。

（1）可扩展的媒体类型

ASF 文件允许制作者很容易地定义新的媒体类型。ASF 格式提供了非常有效的、灵活的定义符合 ASF 文件格式定义的新的媒体流类型。任一存储的媒体流逻辑上都是独立于其他媒体流的，除非在文件头部分明显地定义了其与另一媒体流的关系。

（2）部件下载

特定的有关播放部件的信息（如解压缩算法和播放器）能够存储在 ASF 文件头部分，这些信息能够为客户机用来找到合适的、所需的播放部件的版本——如果它们没有在客户机上安装。

（3）可伸缩的媒体类型

ASF 是设计用来表示可伸缩的媒体类型的"带宽"之间的依赖关系。ASF 存储各个带宽就像一个单独的媒体流。媒体流之间的依赖关系存储在文件头部分，为客户机以一个独立于压缩的方式解释可伸缩的选项提供了丰富的信息。

（4）多语言

ASF 支持多语言。媒体流能够可选地指示所含媒体的语言。这个功能常用于音频和文本流。一个多语言 ASF 文件指的是包含不同语言版本的同一内容的一系列媒体流，其允许客户机在播放的过程中选择最合适的版本。

（5）目录信息

ASF 提供可继续扩展的目录信息的功能，该功能的扩展性和灵活性都非常好。所有的目录信息都以无格式编码的形式存储在文件头部分，并且支持多语言，如果需要，目录信息既可预先定义（如作者和标题），也可以由制作者自定义。目录信息功能既可以用于整个文件，也可以用于单个媒体流。

4.3.3 苹果公司的 QuickTime

QuickTime 是苹果（Apple）公司基于电影工业标准开发的流式传输平台体系，具有跨平台特性，可以运行在 Mac OS 和 Windows 系统上。在这个平台体系下，包括服务器、带编辑功能的播放器、制作工具、图像浏览器、浏览器插件等一套应用程序，可以用来进行多种媒体的创建、生产和分发，并提供端到端的支持，包括媒体的实时捕捉、以编程的方式合成媒体、导入和导出现有的媒体，还有编辑和制作、压缩、分发、用户回放等多个环节。

基于 HTTP 实时流媒体技术，QuickTime 提供整套的流媒体解决方案。与其他的流媒体技术不同，HTTP 实时流媒体技术使用和网络规范相同的 HTTP 规范，这意味着 QuickTime 可以通过几乎任何网络服务器播放音频和视频，而不要求特殊的流媒体服务器，因此能够更好地兼容普通防火墙和无线路由器设置。HTTP 实时流媒体技术能够很好地适用于移动通信，可以根据不同的有线和无线网络的连接速度来动态调节影片播放质量，不论用户是在计算机上还是在 iPhone、iPad 或 iPod touch 等移动设备上观看影片，都能尽享其中的乐趣。

QuickTime 7 平台体系已经免费捆绑了 QuickTime 流式服务器（QuickTime Streaming Server）和 QuickTime 广播（QuickTime Broadcaster）。使用 RTP/RTSP 开放标准，QuickTime 流式服务器可以将实时或预先录制的内容随时发布到互联网。使用 QuickTime 广播，任何人都能制作现场广播，同时，只要具备互联网连接，任何人都能以"虚拟"的方式进行参与。QuickTime 广播、QuickTime 流式服务器及其相关组件能够提供一种基于 MPEG-4 的端到端互联网广播系统，不局限于使用 QuickTime 播放器，还能使用任何兼容 ISO 的 MPEG-4 播放器。

4.4 流媒体应用

4.4.1 流媒体应用概述

流媒体技术的发展依赖于网络的传输条件、媒体文件的传输控制、媒体文件的编码压缩效率、客户端的解码等几个重要因素，其中任何一个因素都会影响流媒体技术的发展和应用。随着流媒体技术的发展，流媒体应用业务日益普及，而提供业务的各种流媒体应用系统在组成结构上大致相同，一般可分为编码端、服务器端和用户终端 3 部分。

在实际应用中，通过单一播放方式或组合方式，形成了很多的流媒体应用形式和流媒体业务，如网络电视、网络电台、远程教育、远程医疗、视频会议、远程监控等。而因为应用范围、行业等不尽相同，所形成的业务方式、用户群体又存在差异。

1. 因特网应用

随着近年因特网的飞速发展，越来越多的网络冲浪者在享受着流媒体业务，网络电视、视频聊天等逐渐成为人们生活中不可或缺的部分。传统的流媒体服务对网络带宽、服务器负载的要求高，在大用户量访问的情况下，难以保证服务质量，P2P（Point to Point）流媒体技术应运而生。采用 P2P 技术，每个流媒体用户终端都是流媒体服务的一个节点，用户终端可以根据网络状态和设备能力与一个或几个用户建立连接来分享数据，这种连接能减少服务器的负担和提高每个用户的视频质量。目前，P2P 技术在因特网的视频业务中得到广泛应用，提供了网络电视、高清电影等流畅的网络服务。

2. 校园网应用

数字化校园是近年来校园网络建设发展的趋势，流媒体技术作为主要的支撑技术之一，在办公、教学、后勤等应用子系统中发挥着重要作用。基于校园网的视频会议系统提供了多点视频会议服务，教务管理系统能够随时查看任一教室的教学授课实时状况，网络教学系统的网络课程、学术讲座等教学资料可为师生提供丰富、精彩的教学内容，值班人员可利用视频监控系统实时查看校园内部的治安状态，学术论坛、网络电视是师生们获取富媒体资料的重要渠道，如此多的基于校园网的功能与服务，是以吉比特或 10 吉比特骨干网络基础为条件，以流媒体技术为保障。随着数字化校园建设的不断深入，其流媒体相关服务将日益丰富，服务范围也将不仅仅局限于校园网络，而将不断地向因特网拓展，为全社会的网络教育提供饕餮盛宴。

3. 移动通信应用

移动通信网的发展也使得流媒体技术可以被用到无线终端设备上，移动、广电等运营商通过移动流媒体平台，能够支持各种类型的手持终端，借助于 2010 年世界杯等大型赛事，移动电视等流媒体业务给用户带来了精彩体验。随着 3G 移动流媒体技术的逐渐成熟以及 3G 网络设备和终端设备的不断完善，移动流媒体技术将成为 3G 时代的代表技术，移动流媒体业务将能大大提高用户通信体验并推动 3G 的不断发展。

4.4.2 应用示例：IPTV

IPTV（Interactive Personality TV）即交互式网络电视，是一种宽带网络业务。它可利用各种宽带网络基础设施，主要网络终端可为网络机顶盒加电视机、计算机、手机及其他各类相应电子设备。IPTV 集互联网、多媒体、通信、广播电视、下一代网络等基本技术于一体，以扩展流媒体技术为重要支撑，通过有利于多业务增值的 IP，提供包括视频节目在内的各种数字媒体交互型业务，实现宽带 IP 多媒体信息服务。

1．IPTV 的特点及应用

IPTV 通过互联网络协议提供包括电视节目在内的多种数字媒体服务，其特点表现在以下几点。

（1）用户可以得到高质量（接近 DVD 水平）的数字媒体服务。IPTV 采用高效的视频压缩技术，使视频流传输带宽在 800kbit/s 时可以有接近 DVD 的收视效果（通常 DVD 的视频流传输带宽需要 3Mbit/s）。

（2）用户可有广泛的自由度选择宽带 IP 网上各网站提供的视频节目。

（3）实现媒体提供者和媒体消费者的实质性互动。IPTV 能根据用户的选择配置多种多媒体服务功能，包括数字电视节目、可视 IP 电话、DVD/VCD 播放、互联网游览、电子邮件以及多种在线信息咨询、娱乐、教育及商务功能。

（4）为网络发展商和节目提供商提供了广阔的新兴市场。

传统的电视是单向广播方式，它极大地限制了电视观众与电视服务提供商之间的互动，也限制了节目的个性化和即时化。IPTV 有很灵活的交互特性，因为具有 IP 网的对称交互先天优势，其节目在网内可采用广播、组播、单播多种发布方式，可以非常灵活地实现电子菜单、节目预约、实时快进、快退、终端账号及计费管理、节目编排等多种功能。

2．流媒体传送技术

IPTV 的核心业务是数字音视频流业务，流媒体传送技术相当重要。通常，IPTV 流媒体的传送方式随用户接收方式不同而不同。从终端用户看，主要有点播和广播两种接收方式，分别采用不同的流媒体传送技术。

（1）点播接收方式

点播接收的随机性大，对网络带宽的需求就很大，为了保证服务质量，同时减少骨干网络流量，可采用内容分发网络（Content Delivery Network，CDN）技术。其基本工作过程是：CDN 把流媒体内容从源服务器复制分发到最靠近终端用户的缓存服务器上，当终端用户请求某个业务时，由最靠近请求来源地的缓存服务器提供服务。如果缓存服务器没有用户要访问的内容，CDN 会根据配置自动到源服务器中搜索，抓取相应的内容提供给用户。

CDN 技术具有以下主要特点。

* 根据用户的地理位置和连接带宽，让用户访问最近的服务器，服务质量好。
* 全局负载平衡，提供网络资料的利用率。
* 热点内容主动传送，自动跟踪，自动更新。
* 网络具有高可靠性、可用性，能容错且容易扩展。

（2）广播接收方式

　　IPTV 的广播接收方式，采用的是 IP 网络的组播技术。组播源把数据包发送到特定组播组，只有属于该组的地址才能接收到数据包。在 IPTV 里，组播源往往只有一个，即使用户数量成倍增长，主干带宽也不需要随之增加，因为无论有多少个目标地址，在整个网络的任何一条主干链路上只传送单一视频流，即所谓"一次发送，组内广播"。组播提高了数据传送效率，减少了主干网出现拥塞的可能性。

3. 我国 IPTV 业务的现状及发展

　　2005 年，中国电信与上海文广合作在上海推出 IPTV 业务，获得中国大陆第一张 IPTV 牌照，以百视通为品牌。目前，已有 2 个省 12 个市（云南、江苏、上海、哈尔滨、大连等）获得 IPTV 落地资格。IPTV 运营商借助于 2008 年北京奥运会、2010 年世界杯等大型体育赛事，充分发挥 IPTV 的优势，大力推动 IPTV 业务的拓展。电信网、互联网、有线电视网三网融合已经在部分省市开始试点，为 IPTV 的发展提供了良好条件，预计 2011 年，我国 IPTV 用户总数将达到 2 200 万。

　　我国在 IPTV 业务的实践、研发和标准化方面，与国际保持同步甚至有所超前。2006 年 5 月，在中国通信标准化协会（CCSA）IPTV 特别工作组下面成立了一个"国际标准小组"，专门负责将 CCSA 的研究成果提交给 ITU-T，提交文稿数量一直居各国之首，质量也较以往有明显提高。我国已经成为推动 ITU-T FGIPTV 工作的最重要的力量，必将更好地推动 IPTV 业务在国内的开展。

练 习 题

1. 简述流式传输的优点和实现流式传输的两种方法。
2. 一般的流式传输过程中使用了哪几种协议？分别有什么作用？
3. 简述流媒体的几种播放方式及其特点。
4. RTCP 与 RTP 是如何协同配合保证实时数据传输的？
5. 简述实时流协议（RTSP）的特点及其与 HTTP 的异同。
6. 简述资源预留协议（RSVP）的主要作用。
7. 简述 3 种主要流媒体技术平台的核心技术与特点。
8. 现实生活中有哪些应用使用了流媒体技术？分别采用的是哪种技术平台？
9. 你在使用 IPTV 业务吗？谈谈你对 IPTV 业务的认识。

第 **5** 章 多媒体通信网络

目前，承载多媒体通信业务的网络主要有计算机网络、电信网络和有线电视网 3 类网络，也就是通常所说的"三网"。在我国正趋于实现"三网融合"，部分省市已开始试点。IP 与 ATM 是实现多媒体通信的典型网络技术，ATM 是一种高速分组传送模式，它综合了电路交换和分组交换的优势，被国际电联推荐作为未来宽带网络的信息传送模式，在 20 世纪末 ATM 技术成功运用于广域网领域。网际协议 IP 是 TCP/IP 体系中最主要的协议之一，利用 IP 能够将性能各异的网络互连成一个 IP 网络。近年来，IP 技术得到了广泛应用和空前发展，被认为是下一代网络的重要技术。接入网是解决网络的"最后一公里"问题，按照传输媒质的不同可以分为有线和无线两大类，铜线接入、光纤接入、混合接入等接入网络是普遍应用的有线接入网，卫星宽带、移动 IP 等无线接入技术正在迅速发展。

5.1 通信网技术

5.1.1 IP 网络技术

1. TCP/IP 参考模型

IP 网络是一个复杂的系统，为了便于设计和管理，通常将其功能在逻辑上划分为 4 个层次，从下到上依次是网络接口层、网际层、运输层和应用层，这就形成了 TCP/IP 参考模型，如图 5-1（b）所示。为实现网络互连，国际标准化组织（ISO）曾提出 OSI 参考模型，如图 5-1（a）所示。OSI 参考模型是一个 7 层的协议体系，概念清楚、理论完整，但是复杂而不实用。得到广泛应用的是 TCP/IP，因此，TCP/IP 成为事实上的国际标准。

（a）OSI 参考模型　　　（b）TCP/IP 参考模型

图 5-1　OSI 与 TCP/IP 参考模型

（1）网络接口层

网络接口层并没有什么具体内容，只是指出主机必须使用某协议与网络连接，其中使用的协议是根据主机与网络而变化的。为便于对网络原理的学习，对照 OSI 参考模型，可以将网络接口层理解为物理层和数据链路层。

（2）网际层

网际层也叫做网络层或 IP 层，使用无连接的网际协议（Internet Protocol，IP）和 ICMP、ARP、IGMP 等路由选择协议可以将很多个异构网络相互连接起来。网际层的功能主要是分发 IP 数据报到各自目的地，但它不提供服务质量的承诺，向上层只是提供简单灵活的、无连接的、尽最大努力交付的数据报服务。由于不提供端到端的可靠传输服务，因此网络互连设备——路由器就可以做得比较简单，网络互连成本相对较低，运行方式灵活，能够适应多种应用。如果主机中进程之间需要可靠通信，那么就由网络主机的运输层负责。这种设计使得 IP 技术获得广泛应用。

（3）运输层

运输层负责为两个主机中进程之间的通信提供服务，主要使用传输控制协议（Transmission Control Protocol，TCP）和用户数据报协议（User Datagram Protocol，UDP）。TCP 是面向连接的，能够提供可靠的交付。UDP 是无连接的，不保证提供可靠的交付，只能提供"尽最大努力交付"。

（4）应用层

应用层直接为用户的应用进程提供服务，包含虚拟终端协议（Telnet）、文件传输协议（FTP）、电子邮件协议（SMTP）、超文本链接协议（HTTP）等多种协议，在流媒体技术中介绍的 RTP、RTCP、RTSP、RSVP 等协议就是应用层协议。

TCP/IP 参考模型不仅仅包含 TCP 和 IP 两个重要协议，还有一系列的相关协议，构成了

TCP/IP 协议族。TCP/IP 协议族的标准由 Internet 协会（ISOC）、Internet 体系结构委员会（IAB）、Internet 工程专门小组（IETF）和 Internet 研究专门小组（RIF）制定。IETF 负责应用、寻址、安全等领域的工作，并负责 Internet 标准规范的制定。

所有关于 Internet 的正式标准都以 RFC（Request for Comment）文档出版。但大量的 RFC 文档并不是正式的标准，出版的目的只是为了提供信息。在查找 RFC 文档时，应使用最新的 RFC 索引，同时应注意 RFC 数字标识，其数字越大，文档内容越新。

2．网际协议

网际协议（IP）是 TCP/IP 的两个最主要的协议之一，目前有 IPv4、IPv6 两个版本。

（1）IPv4 协议

IPv4 是 IETF 制定的因特网正式标准，于 1981 年在 RFC791 文档中定义。

● IP 数据报

IP 数据报的格式如图 5-2 所示。一个 IP 数据报由首部和数据部分组成。首部为网络提供寻址等需要的一系列信息，数据部分存放的是用户数据，是数据报实际传送的内容。

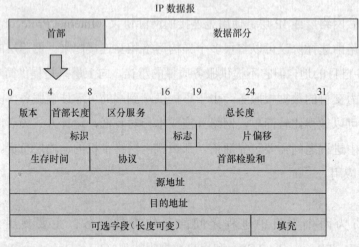

图 5-2　IP 数据报的格式

IP 数据报首部由固定部分（20 字节）和可变部分组成。固定部分包含 12 个字段，其中，"版本"字段，长度为 4bit，指的是 IP 的版本；"首部长度"字段，长度为 4 比特，该字段数值的表示单位是 32 位字（即 4 字节），当该字段为最大值"1111"时，首部长度就达到最大值 60 字节；"区分服务"字段长度为 8bit，用来获得更好的服务，实际上一直没有被使用过；"总长度"字段，指的是整个 IP 数据报的长度，单位为字节，其字段长度为 16bit，因此数据报最大长度为 $2^{16}-1=65\ 535$ 字节；"标识"、"标志"、"片偏移" 3 个字段是在数据报分片和分片重组时使用的，不同通信子网的传输帧最大长度（MTU）不尽相同，IP 数据报发送时要分片，而接收时要重组，这 3 个字段是实现分片与重组的保障；"生存时间"字段，长度为 8bit，指的是数据报在网络中的寿命，常用英文缩写是 TTL，最初设计是以"秒"作为单位，现在的计量单位是"跳数"，是指明数据报在因特网中至多可经过多少个路由器；"协议"字段，长度为 8bit，指的是该数据报携带的数据内容使用哪种协议，以便使目的主机的 IP 层知道应该将数据部分上交给哪个处理过程；"首部检验和"字段，只检验数据报首部，但不包括数据部分，其长度为 16bit；"源地址"和"目的地址"字段，长度均为 32bit，分别表示该数据报的发送端和接收端的 IP 地址。

IP 数据报首部的可变部分就是一个选项字段。此字段长度从 1 个字节到 40 个字节不等，取决于所选择的项目，如源路径、时间戳等。增加首部的可变部分是为了增加 IP 数据报的功能，但增加了每一个路由器处理数据报的开销，而实际上，这些选项很少被使用。在 IPv6 协议中，其数据报首部长度就做成了固定的。

- IPv4 地址

IP 地址就是给因特网上的每一个主机（或路由器）的每一个接口分配一个在全世界范围内唯一的标识符。IP 地址的结构使得我们可以在因特网上很方便地进行寻址。在 IPv4 协议中，IP 地址的长度为 32bit。对主机或路由器来说，IP 地址都是 32 位的二进制代码。而为了提高可读性，我们常常把 32 位的 IP 地址中的每 8 位用其等效的十进制数字表示，并且在这些数字之间加上个点，这就叫做点分十进制记法。

IP 地址的编址方法共经过了 3 个历史阶段：分类的 IP 地址、子网的划分和构成超网。

分类的 IP 地址是最基本的编址方法，将 IP 地址分为 A 类、B 类、C 类、D 类和 E 类，如图 5-3 所示。每一类地址都由两个固定长度的字段组成，其中，第 1 个字段是网络号，它标志主机（或路由器）所连接到的网络。一个网络号在整个因特网范围内必须是唯一的。第 2 个字段是主机号，它标志该主机（或路由器）。一个主机号在它前面的网络号所指明的网络范围内必须是唯一的。由此可见，一个 IP 地址在整个因特网范围内是唯一的。

子网的划分是对最基本的编址方法的改进。划分子网的基本思路如下：一个拥有许多物理网络的单位，可将所属的物理网络划分为若干个子网。从网络的主机号借用若干位作为子网号，当然主机号也就相应减少了同样的位数。于是两级 IP 地址在本单位内部就变为三级 IP 地址：网络号、子网号和主机号。凡是从其他网络发送给本单位某个主机的 IP 数据报，仍然是根据 IP 数据报的目的网络号找到连接在本单位网络上的路由器。但此路由器在收到 IP 数据报后，再按目的网络号和子网号找到目的子网，把 IP 数据报交付给目的主机。划分子网在一定程度上缓解了因特网在发展中遇到的困难。

构成超网是一种无分类编址方法，正式名字是无分类域间路由选择（CIDR）。在 1993 年提出后很快就得到推广应用，现在已成为因特网建议标准协议。CIDR 消除了传统的 A

类、B 类和 C 类地址以及划分子网的概念，因而可以更加有效地分配 IPv4 的地址空间。CIDR 把网络前缀都相同的连续的 IP 地址组成一个"CIDR 地址块"，这样在路由表中就可以利用 CIDR 地址块来查找目的网络。这种地址的聚合常称为"路由聚合"，也称为"构成超网"，它使得路由表中的一个项目可以表示原来传统分类地址的很多个路由，从而提高了寻址速度。

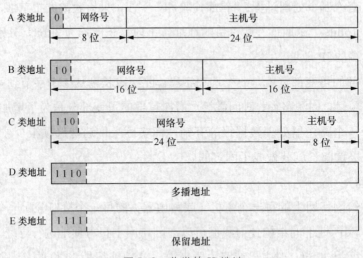

图 5-3　分类的 IP 地址

- 虚拟专用网

由于 IP 地址的紧缺，一个机构能够申请到的 IP 地址数往往远小于本机构所拥有的主机数。而在多数情况下，很多主机主要是和本机构内的其他主机进行通信。假定在一个机构内部的计算机通信也是采用 TCP/IP，那么从原则上讲，对于这些仅在机构内部使用的计算机就可以由本机构自行分配仅在本机构有效的 IP 地址（这种地址称为本地地址），而不需要向因特网的管理机构申请全球唯一的 IP 地址（这种地址称为全球地址）。这样就可以大大节约宝贵的全球 IP 地址资源。

但是，如果任意选择一些 IP 地址作为本机构内部使用的本地地址，那么在某种情况下可能会引起一些麻烦。例如，有时机构内部的某个主机需要和因特网连接，那么这种仅仅在内部使用的本地地址就有可能和因特网中某个 IP 地址重合，这样就会出现地址的二义性问题。

为了解决这一问题，RFC l918 指明了一些专用地址，这些地址只能用于一个机构的内部通信，而不能用于和因特网上的主机通信。在因特网中的所有路由器，对目的地址是专用地址的数据报一律不进行转发。RFC 1918 指明的专用地址如下：

- 10.0.0.0 到 10.255.255.255
- 172.16.0.0 到 172.31.255.255
- 192.168 0.0 到 192.168.255.255

采用这样的专用 IP 地址的互连网络称为专用互联网或本地互联网，或更简单些，就叫做专用网。有时一个很大的机构有许多部门分布在相距很远的一些地点，而在每一个地点都有自己的专用网。假定这些分布在不同地点的专用网需要经常进行通信，可以有两种方法。第一种方法是租用电信公司的通信线路为本机构专用。这种方法的好处是简单方便，但线路的租金太高。第二种方法是利用公用的因特网作为本机构各专用网之间的通信载体，这样的专用网又称为虚拟专用网（Virtual Private Network，VPN），VPN 在实现效果上和真正的专用网一样。一个机构要构建白己的 VPN 就必须为它的每个场所购买专门的硬件和软件，并进行配置，使每一个场所的 VPN 系统都知道其他场所的地址。

- 网络地址转换

网络地址转换（Network Address Translation，NAT）方法是在 1994 年提出的，它使得专用网内部使用本地地址的主机能够和因特网上的主机通信。这种方法需要在专用网连接到因特网的路由器上安装 NAT 软件，装有 NAT 软件的路由器叫做 NAT 路由器，它至少有一个有效的全球 IP 地址。所有使用本地地址的主机在和因特网的主机通信时，都要在 NAT 路由器上将其本地地址转换成全球地址。

如果使用本地地址与全球地址一一对应的转换方式，当 NAT 路由器具有一个全球 IP 地址时，专用网内最多可以同时有一个主机接入到因特网。为更加有效的利用全球 IP 地址，现在常用的转换方法是把运输层的端口号也利用上，采用 IP 地址+端口号的映射方法，就可以使得多个使用本地地址的主机共用一个全球地址同时接入因特网。

（2）IPv6 协议

IETF 早在 1992 年就提出制定下一代的 IP，现在正式称为 IPv6，1998 年 12 月发表的 RFC 2460-2463 已成为因特网草案标准协议。IPv6 主要是为了解决 IPv4 协议 32 位 IP 地址不足的问题而提出的。

- IPv6 引入的主要变化

IPv6 最显著的变化是采用了更大的地址空间，IP 地址长度为 128bit，是 IPv4 地址长度的 4 倍，这样大的地址空间在可预见的将来是不会用完的。IPv6 仍然支持无连接的传送，但也支持资源的预分配，具有 QoS 保证，能够支持实时视频业务应用。IPv6 还改进了 IPv4 的一些协议细节，如数据报的格式、改进的选项等，增加了新的特性。

- IPv6 的数据报

IPv6 数据报的一般形式如图 5-4 所示。IPv6 数据报主要由基本首部和数据部分构成，扩展首部根据需要确定是几个，也可以没有，而且所有扩展首部不属于 IPv6 数据报的首部，而是与数据部分一起形成了 IPv6 数据报的有效载荷。

IPv6 数据报的基本首部由 8 个字段构成，长度为 40 个字节，如图 5-4 所示。"版本"字段，长度为 4bit，对 IPv6 该字段值是 6；"通信量类"字段，长度为 8bit，是为了区分不同的

IPv6 数据报的类别或优先级；"流标号"字段，长度为 20bit，用于支持资源的预分配，对于实时音视频数据的传送特别有用；"有效载荷长度"字段，长度为 16bit，指明 IPv6 数据报有效载荷的字节数；"下一个首部"字段，长度为 8bit，用于指明数据报的向后兼容性；"跳数限制"字段，长度为 8bit，用于防止数据报在网络中无限制存在；"源地址"和"目的地址"字段，长度均为 128bit，分别表示该数据报的发送端和接收端的 IP 地址。

IPv6 扩展首部的功能对应的是 IPv4 首部中选项的功能，但在 IPv4 中，首部选项需要路由器处理，而 IPv6 扩展首部由发送端和接收端处理，这样就大大提高了路由器的处理效率。在 RFC 2460 中定义了 6 种扩展首部，分别是逐跳选项、路由选择、分片、鉴别、封装安全有效载荷、目的站选项。

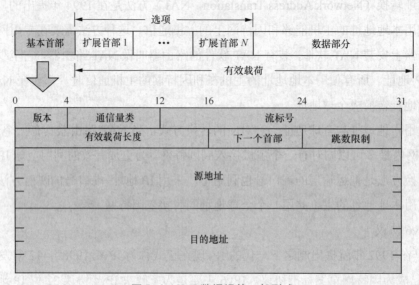

图 5-4　IPv6 数据报的一般形式

- IPv6 地址

在 IPv6 中，每个 IP 地址长度为 128bit，使用点分十进制记法就不够方便了，它采用的是冒号十六进制记法，就是把每个 16 位的值用十六进制值表示，各值之间用冒号分隔。例如，68E6:8C64:FFFF:FFFF:0:1180:960A:FFFF。为了使记法简洁，还可以允许零压缩，即一连串连续的零可以用一对冒号来代替。

一般来说，IPv6 数据报的目的地址有 3 种基本类型：单播、多播和任播，其中，任播是 IPv6 新增加的一种类型，任播的终点是一组计算机，但数据报只交付给其中的一个，通常是距离最近的一个。

根据 2006 年 2 月公布的 RFC 4291，IPv6 的地址分配情况如表 5-1 所示。可以看出，现在分配的地址还只是一小部分。

表 5-1 IPv6 地址分配

前　缀	地 址 类 型	占地址空间的份额
0000 0000	IETF 保留 .	1/256
0000 0001	IETF 保留	1/256
0000 001	IETF 保留	1/128
0000 01	IETF 保留	1/64
0000 1	IETF 保留	1/32
0001	IETF 保留	1/16
001	全球单播地址	1/8
010	IETF 保留	1/8
011	IETF 保留	1/8
100	IETF 保留	1/8
101	IETF 保留	1/8
110	IETF 保留	1/8
1110	IETF 保留	1/16
1111 0	IETF 保留	1/32
1111 10	IETF 保留	1/64
1111 110	唯一本地单播地址	1/128
1111 1110 0	IETF 保留	1/512
1111 1110 10	本地链路单播地址	1/1024
1111 1110 11	IETF 保留	1/1024
1111 1111	多播地址	1/256

因为单播地址使用得最多，所有 IPv6 把八分之一的地址划分为全球单播地址。2003 年公布的 RFC 3587 建议了 IPv6 单播地址的划分方法，如图 5-5 所示。

图 5-5　IPv6 单播地址的划分方法

- 从 IPv4 向 IPv6 过渡

截至 2010 年 6 月，我国 IPv4 地址数量达到 2.5 亿，IPv6 地址达到 395 块/322，在全球排名第 13 位。

尽管 IPv6 比 IPv4 具有明显的先进性，但是要在短时间内将因特网的路由器一律改用 IPv6

显然是不可能的，因此，向 IPv6 过渡只能采用逐步演进的方法，在过渡期间必须实现 IPv4 与 IPv6 的兼容。双协议栈和隧道技术是两种向 IPv6 过渡的策略。

双协议栈是指在完全过渡到 IPv6 之前，使一部分主机（或路由器）装有两个协议栈，一个 IPv4 和一个 IPv6。因此，双协议栈主机（或路由器）既能够和 IPv6 的系统通信，又能够和 IPv4 的系统通信。双协议栈的主机（或路由器）记为 IPv6/IPv4，表明它具有两种 IP 地址，即一个 IPv6 地址和一个 IPv4 地址。双协议栈主机在和 IPv6 主机通信时是采用 IPv6 地址，而和 IPv4 主机通信时就采用 IPv4 地址。

另一种方法是隧道技术。这种方法的要点就是在 IPv6 数据报要进入 IPv4 网络时，将 IPv6 数据报封装成为 IPv4 数据报（整个的 IPv6 数据报变成了 IPv4 数据报的数据部分）。然后，IPv6 数据报就在 IPv4 网络的隧道中传输。当 IPv4 数据报离开 IPv4 网络中的隧道时再把数据部分（即原来的 IPv6 数据报）交给主机的 IPv6 协议栈。

3．传输控制协议

TCP/IP 运输层的传输控制协议（TCP）和用户数据报协议（UDP）都是因特网的正式标准。TCP 是面向连接的，提供高可靠性的服务，用于一次传输需要交换大量报文的情况，应用层的文件传送协议（FTP）、邮件传输协议（SMTP）、远程终端接入（Telnet）、超文本传输协议（HTTP）等使用 TCP。UDP 是无连接的，提供高效率的服务，用于一次交换少量报文或实时性要求较高的信息，应用层的 IP 电话、视频会议、网络管理协议（SNMP）、路由选择协议（RIP）、域名服务器（DNS）等使用 UDP。

TCP 提供面向连接的服务，而 IP 是无连接的，因此，可靠性传输问题完全由 TCP 负责解决，TCP 需要完成连接管理、流量控制等大量的工作，导致 TCP 非常复杂。

（1）TCP 的主要特点

TCP 是面向连接的运输层协议，应用程序在使用 TCP 之前，必须先建立 TCP 连接；在使用完成之后，必须释放已经建立的连接。TCP 连接不是真正的物理连接，而是虚连接。每一条 TCP 连接只能有两个端点，是一种点对点的连接。通过 TCP 连接传送的数据，无差错、不丢失、不重复、按序到达，提供可靠交付服务。

TCP 提供全双工通信，它允许通信双方的应用进程在任何时候都能发送数据。TCP 连接的两端都设有发送缓存和接收缓存，在发送时，应用进程把数据传送给缓存，TCP 在合适的时候把数据发送出去；在接收时，TCP 把收到的数据放入缓存，上层的应用进程在合适的时候读取缓存中的数据。

应用程序和 TCP 的交互是一次一个数据块，但 TCP 把应用程序交付的数据看成是一连串的无结构字节序列，称为"字节流"，TCP 并不知道所传送的字节流的含义。TCP 不保证接收方应用程序所收到的数据块和发送方应用程序所发出的数据块具有对应大小的关系，但接收方应用程序收到的字节流必须和发送方应用程序发出的字节流完全一样。

（2）TCP 的连接

每一条 TCP 连接有两个端点，这两个端点指的不是主机，也不是主机的 IP 地址，而是套接字（socket）。根据 RFC 793 的定义：端口号拼接到 IP 地址就构成了套接字。因此，套接字的表示方法是在点分十进制的 IP 地址后面写上端口号，中间用冒号或逗号隔开，即

$$套接字=（IP\ 地址：端口号）$$

每一条 TCP 连接唯一地被通信两端的两个端点所确定，因此，一条 TCP 连接可以表示为

$$TCP\ 连接::=\{（IP\ 地址 1：端口号 1），（IP\ 地址 2：端口号 2）\}$$

同一个 IP 地址可以有多个不同的 TCP 连接，而同一个端口号也可以出现在多个不同的 TCP 连接中。

TCP 的连接有连接建立、数据传送和连接释放 3 个阶段。连接建立采用客户服务器方式，主动发起连接建立的应用进程叫做客户，而被动等待连接建立的应用进程叫做服务器。连接的建立需要多次交换报文，其连接建立过程叫做 3 次握手。数据传送阶段的主要问题是实现数据的可靠传输。数据传输接收后，通信双方都可释放连接。TCP 连接的释放过程是 4 次握手。

（3）可靠传输

TCP 下面的网络层 IP 提供的是不可靠传输，因此，为提供运输层之间的可靠通信，TCP 采取确认与重传、流量控制、拥塞控制等技术。

确认与重传机制一般采用"累积确认"的方式，接收方不必对收到的分组逐个发送确认，而是对按需到达的最后一个分组发送确认，接收方未确认的分组，发送方将进行重传。累积确认和超时重传提供了一定的可靠性保证。

流量控制就让发送方的发送速率不要太快，要让接收方来得及接收。接收方决定数据接收的多少，并通知发送方，发送方据此改变发送数据的速率。TCP 接收方每次发送的确认消息包含其接收缓冲区窗口当前的更新值，发送方根据接收窗口的更新值，调整发送缓冲区窗口的大小，从而调整发送数据流量。

当网络数据对链路容量等资源的需求超过网络承载能力时，网络性能明显变坏，这就发生了拥塞。拥塞控制就是防止过多的数据注入到网络中，这样可以使得网络中的路由器或链路不致过载。RFC 2581、RFC 2582、RFC 3390 等建议标准定义了进行拥塞控制的慢开始、拥塞避免、快重传和快恢复 4 种算法。IETF 推荐在因特网路由器使用随机早期检测 RED 机制。

4. 用户数据报协议

用户数据报协议（UDP）几乎直接建立在 IP 之上，只在 IP 的数据报服务之上增加了很少一点功能，这就是复用和分用功能以及差错检测。应用层所有的应用进程都可以通过运输层再传送到 IP 层，这就是复用。运输层从 IP 层收到数据后必须交付给指明的应用进程，这就是分用。

UDP 与 IP 一样，提供无连接数据报传输。使用尽最大努力交付，不保证可靠交付，能够提供高效及时的用户数据报服务。

UDP 是面向报文的。发送方的 UDP 对应用程序交下来的报文，添加首部后就向下交付给 IP 层。UDP 首部开销较小，只有 8 个字节。应用层交给 UDP 多长的报文，UDP 就照样发送，既不合并也不拆分，即一次发送一个报文。在接收方的 UDP，对 IP 层交付的 UDP 用户数据报，在去除首部后就原封不动地交付给上层的应用进程，即一次交付一个完整的报文。因此，应用程序必须选择合适大小的报文。

UDP 没有拥塞控制，因此网络出现的拥塞不会使得源主机的发送速率降低。这对 IP 电话、视频会议等实时应用是很有用的。很多的实时应用要求源主机以恒定的速率发送数据，并且允许在网络发生拥塞时丢失一些数据，但却不允许数据有太大的时延。UDP 的这一特性正好适合这种要求。

UDP 支持一对一、一对多、多对一和多对多的交互通信。

5.1.2 ATM 技术

异步传送模式（Asynchronous Transfer Mode，ATM）是一种高速分组传送模式，被国际电联推荐作为未来宽带网络的信息传送模式，是 20 世纪通信技术发展的重要代表。尽管 ATM 的发展和应用因受到 IP 技术的冲击而受阻，但其基本概念对现在和未来通信技术的发展具有不可忽视的影响力。

1. 基本原理

在 ATM 网络中，需要传送的信息被分解成长度固定的 ATM 信元，每个信元长度为 53 字节，来源不同的信元以异步时分复用的方式汇集在一起，在网络节点缓冲器内排队，然后按照先进先出或其他仲裁原则逐个传送到传输线路上，形成信元流。网络节点根据每个信元所带的虚通路标识符或虚信道标识符，选择输出端口，转发信元。由于信元长度固定，节点队列管理简单，转发部件可采用硬件实现，因此信元的转发速度快，时延小，能够适应语音、数据、图像、视频等各类信息的传送。

信源产生信息的过程是随机的，所以信元到达缓冲队列的时间也是随机的。速率高的业务信元到达频次高，速率低的业务信元到达频次低。这些信元按到达的先后顺序在队列中排队，队列中的信元按输出次序复用在传输线上。由于同一个通信过程的各信元不需要严格按照一定的规律出现，因此称这种传送模式是异步的。不同通信过程的信息标识与它们在时间轴上的位置之间没有任何关系，信息标识只是按信头的标记来区分，称之为统计复用。这样的传送复用方式使得任何业务都能按实际需要来占用资源，对某个业务，传送速率会随信息到达的速率而变化，因此网络资源得到最大限度的利用。此外，ATM 传送模式适用于任何业务，不论其特征如何，网络都可按同样的模式来处理，真正做到业务的完全综合。

2. ATM 协议参考模型

ATM 协议参考模型如图 5-6 所示。水平方向分为 3 个平面，分别表示用户、控制和管理信息 3 个方面的功能。垂直方向从下到上分别为物理层、ATM 层、ATM 适配层和高层。

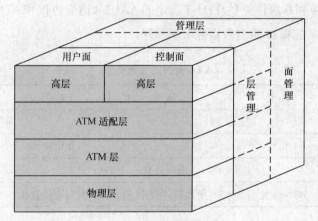

图 5-6 ATM 协议参考模型

用户平面采用分层结构，提供用户所要求的应用、协议和服务。

控制平面也采用分层结构，提供呼叫和连接控制功能，用于信令消息的传送。

管理平面提供面管理和层管理两种功能，面管理不分层，实现与整个系统有关的管理功能，协调各平面之间的关系；层管理采用分层结构，实现网络资源和相关协议参数的管理和协调。

物理层利用通信线路的比特流传送功能实现 ATM 信元的传送，并确保传送连续的 ATM 信元不错序。物理层由物理媒体子层（PMD）和传输汇聚子层（TC）组成。PMD 子层支持与物理媒体有关的比特功能，类似于 OSI 参考模型的物理层。TC 子层完成 ATM 信元流与物理媒体传输比特流的转换功能。

ATM 层利用物理层提供的信元传送功能，向上提供 ATM 业务数据单元的传送能力。主要功能包括：将不同连接的信元复用在一条物理通路上，并向物理层送出单一形式的信元流，及其逆过程；信元标识（VPI/VCI）的翻译变换，以达到 ATM 交换或交叉连接功能；通过信元丢失优先级（CLP）来区分不同服务质量（QoS）的信元；发生拥塞时在用户信元头中增加拥塞指示；将 ATM 适配层递交的业务数据单元（SDU）增加信元头，并在逆向提取信元头；在用户网络接口（UNI）上实施一般流量控制。

ATM 适配层（AAL 层）增强 ATM 的数据传输能力，使得 ATM 能够承载更多的业务。AAL 层分为两个子层：分段重装子层（SAR）和汇聚子层（CS）。SAR 实现 CS 协议数据单元与信元负载格式之间的适配。CS 的基本功能是进行端到端的差错控制和时钟恢复，这与具体的应用有关。如果 ATM 层提供的信元传输能够满足用户业务的需求，可以直接利用 ATM 层的传送功能。

ATM 能够承载的 4 种业务类型如表 5-2 所示。ITU-T 把所有业务划分成 4 种类型进行适配，每类业务对 AAL 有一定的特殊要求。ITU-T 制定了 AAL1 和 AAL2 两种适配协议，分别针对实时业务的 A 和 B 两种类型。ITU-T 制定的 AAL3/4 适配协议和 ATM 论坛提出的 AAL5 适配协议都可以支持 C 和 D 两类数据业务的传送。

表 5-2   **AAL 支持的业务类型**

业务类型	A 类	B 类	C 类	D 类
定时关系	实时		非实时	
比特率	恒定	变比特率		
连接特性	面向连接			无连接
应用举例	64kbit/s 语音	变比特语音/视频	面向连接数据	无连接数据

3. ATM 交换

ATM 交换是 ATM 网络的核心技术，ATM 交换机的性能对 ATM 网络起着决定性的作用。ATM 交换机主要包括 4 个部分：输入处理、输出处理、ATM 交换结构和 ATM 管理控制单元。ATM 交换结构主要有空分交换单元、时分交换单元、总线交换单元和环形交换单元 4 种基本交换单元。根据交换性能和规模的要求，ATM 交换结构通常是选择相应数量的基本交换单元以特定的拓扑结构互连而成，交换结构又称为多级互连网络，主要分为两大类：内部有拥塞网络和内部无拥塞网络。

ATM 交换是面向连接的，ATM 信令是网络设备间进行连接控制和管理的对话语言，其主要功能是控制 ATM 网络的呼叫和接续，在用户和网络、节点和节点之间，动态地建立、保持和释放各种通信连接。用户与网络之间的信令为 ATM 接入信令，ATM 网络节点与节点之间的信令为局间信令。

5.1.3　IP 与 ATM 的融合

ATM 作为一种快速分组交换技术具有特定的技术优势，因此曾被认为是处处适用的技术，但事实上并非如此。首先，纯 ATM 网络的实现过于复杂，导致应用价格高，难以普及；其次，在网络发展的同时相应的业务开发没有跟上，导致目前 ATM 发展举步维艰；第三，虽然 ATM 交换机作为网络的骨干节点已经被广泛使用，但 ATM 信元到桌面的业务发展却十分缓慢。尽管如此，但 ATM 所具有的端到端 QoS 保证、完善的流量控制和拥塞控制、灵活的动态带宽分配与管理等方面的优势，仍然是 IP 技术所不及的。为适应宽带网络的发展，IP 与 ATM 实现了融合。

1. 融合方式

第 1 种方式是重叠模型，核心思想是将 ATM 网络作为传统 TCP/IP 网络体系中的传输子网。重叠模型采用标准的 ATM 信令，IP 和 ATM 各自定义自己的地址和路由协议。ATM 端系统需要分配 IP 地址和 ATM 地址，需要地址解析协议（ARP）进行地址转换，ATM 端系统实际上就是路由器，通过路由器之间的转发实现不同 IP 子网间互连。ATM 端系统路由器并不一定处于同一 IP 网段，两个路由器之间的通信可能需要通过其他路由器转发，这就发挥不了 ATM 原有的优势。为此可以引入下一跳地址解析协议（NHRP），以便在不同 IP 网段路由器间直接建立虚电路。当然在 IP 骨干网中，可以把骨干路由器设置在同一 IP 网段，路由器之间互连适应静态路由表，用永久虚电路直接相连，形成全互连结构。但此时永久虚电路的数量是 $N(N-1)$，N 为路由器的数量，路由表和永久虚电路维护工作量很大，这就是所谓的 N^2 问题。重叠模式就是在物理的 ATM 网络上，叠加了一个逻辑的 IP 网络，两个网络之间是各自封闭的，这就造成了重复的地址和路由协议、传送 IP 的效率相对较低等缺陷。

第 2 种方式是集成模型，即把第三层路由选择和第二层交换功能集成在一起。集成模型在建立连接时不采用标准 ATM 信令，仅仅利用了 ATM 的信元交换基本功能；采用 IP 路由协议，ATM 端系统仅需要标识 IP 地址，网络不再需要 ATM 的地址解析规程，ATM 交换机是一个多协议的路由交换机。集成模型的优点是不需要 IP 与 ATM 间的地址解析，传送 IP 的效率较高。

在 ATM 和 IP 融合技术方面，ATM 论坛推出了局域网仿真（LAN Emulation，LANE）和 ATM 上多协议（Multi Protocol Over ATM，MPOA）；IETF 推出了 ATM 上经典 IP（IP over ATM，IPOA），以及多协议标签交换（Multi Protocol Label Switch，MPLS）。LANE、MPOA、IPOA 都是重叠模型，MPLS 是集成模型。MPLS 较好地将二层交换与三层路由结合起来，是目前主流的宽带交换技术。

2．多协议标签交换

多协议标签交换（MPLS）将路由控制和分组转发分离，用标签来识别和标记 IP 分组，并把标签封装后的报文转发到已升级改造过的交换机或路由器，在第二层进行转发，有利于采用硬件实现高速转发。标签的产生和分配所需的网络拓扑和路由信息则是通过现有 IP 路由协议获得的，不用进行二层地址和三层地址之间的转换就可以实现 IP 地址和标签之间的映射，避免了地址解析问题，而且通过等价转发类（FEC）可以实现标签及路径的复用，提高了可扩展性。

MPLS 组网的基本原理是在网络边缘对 IP 分组进行分类并打上标签，在网络核心按照标签进行分组的快速转发。其网络由标签边缘交换路由器（LER）和标签交换路由器（LSR）组成。当一个 IP 分组进入到 MPLS 网络时，入口节点 LER 给它打上标签，并按照转发表把它转发到下一个 LSR，以后所有的 LSR 都按照标签进行转发。一个标签仅仅在两个 LSR 之间才有意义，一个分组经过 LSR 转发的同时，更换新的标签。当分组离开 MPLS 网络时，出口节点 LER 把 MPLS 的标签去除，IP 分组按照普通方法转发。

等价转发类（FEC）是所有需要进行相同转发处理、并转发到相同下一个节点的分组的集合。MPLS 规定，IP 分组仅仅在 MPLS 网络边缘节点 LER 处通过路由表查询并分配相应的 FEC，同时采用固定长度的标签表示，并将此标签附加到 IP 报头的前面，IP 报头信息不再用于网络中后续 LSR 的路由查找操作。在每个 LSR 中建立一个类似于传统路由表的标签路由表，转发分组时，查找固定长度的标签其速度远快于传统路由查找所采用的最长前缀匹配法。

MPLS 具有 3 个方面的特点：支持面向连接的服务质量、支持流量工程平衡网络负载和有效地支持虚拟专用网。2001 年 1 月，MPLS 成为因特网的建议标准，并已在许多宽带网络的组网中获得了广泛应用。

5.2 接入网

5.2.1 接入网概述

1．接入网的功能与组成

整个电信网按网络功能可分为传输网、交换网和接入网 3 个部分。接入网负责将电信业务透明传送到用户，具体而言，接入网即为本地交换机端口到用户终端之间的网络，通常包括用户线传输系统、复用设备、交叉连接设备或用户/网络终端设备。其物理跨度一般为几百米到几公里，因而被形象地称为"最后一公里"。

随着通信技术迅猛发展，电信业务向综合化、数字化、智能化、宽带化和个人化方向发展，人们对电信业务多样化的需求也不断提高，同时由于主干网上 SDH、ATM、无源光网络（PON）及 DWDM 技术的日益成熟和使用，为实现语音、数据、图像"三线合一，一线入户"奠定了基础。如何充分利用现有的网络资源增加业务类型、提高服务质量，已成为电信专家和运营商日益关注的研究课题，"最后一公里"解决方案是大家最关心的焦点。因此，接入网成为网络应用和建设的热点。

根据国际电联关于接入网框架建议（G.902），接入网是由业务节点接口（SNI）和相关用户网络接口（UNI）组成的，为传送电信业务提供所需承载能力的系统，经 Q 接口进行配置和管理。因此，接入网可由 3 个接口界定，即网络侧经由 SNI 与业务节点相连，用户侧由 UNI 与用户相连，管理方面则经 Q 接口与电信管理网（TMN）相连。

业务节点是提供业务的实体，可提供规定业务的业务节点有本地交换机、租用线业务节点或特定配置的点播电视和广播电视业务节点等。SNI 是接入网和业务节点之间的接口，可分为支持单一接入的 SNI 和综合接入的 SNI。支持单一接入的标准化接口主要有提供 ISDN 基本速率（2B+D）的 V1 接口和一次群速率（30B+D）的 V3 接口，支持综合业务接入的接口目前有 V5 接口，包括 V5.1、V5.2 接口。

接入网与用户间的 UNI 接口能够支持目前网络所能够提供的各种接入类型和业务，接入网的发展不应限制现有的业务和接入类型。

接入网的管理应该纳入 TMN 的范畴，以便统一协调管理不同的网元。接入网的管理不但要完成接入网各功能块的管理，而且要附加完成用户线的测试和故障定位。

2. 接入网的特征

根据接入网框架和体制要求，接入网具有以下重要特征：

接入网对于所接入的业务提供承载能力，实现业务的透明传送；

接入网对用户信令是透明的，除了一些用户信令格式转换外，信令和业务处理的功能依然在业务节点中；

接入网的引入不应限制现有的各种接入类型和业务，接入网应通过有限的标准化的接口与业务节点相连；

接入网有独立于业务节点的网络管理系统，该系统通过标准化的接口连接 TMN，TMN 实施对接入网的操作、维护和管理。

3. 接入网结构及特点

总线形结构：是指以光纤作为公共总线、各用户终端通过耦合器与总线直接连接的网络结构。其特点是共享主干光纤，节约线路投资，增删节点容易，动态范围要求较高，彼此干扰效小。缺点是损耗积累，用户对主干光纤的依赖性强。

环形结构：是指所有节点共用一条光纤链路，光纤链路首尾相连自成封闭回路的网络结构。特点是可实现自愈，即无须外界干预，网络可在较短的时间自动从失效故障中恢复所传业务，可靠性高。缺点是单环所挂用户数量有限，多环互通较为复杂，不适合 CATV 等分配型业务。

星形结构：这种结构实际上是点对点方式，各用户终端通过位于中央节点具有控制和交换功能的星形耦合器进行信息交换。特点是结构简单，使用维护方便，易于升级和扩容，各用户之间相对独立，保密性好，业务适应性强。缺点是所需光纤代价较高，组网灵活性较差，对中央节点的可靠性要求极高。

树形结构：类似于树枝形状，呈分级结构，在交接箱和分线盒处采用多个分路器，将信号逐级向下分配，最高级的端局具有很强的控制协调能力。特点是适用于广播业务。缺点是功率损耗较大，双向通信难度较大。

5.2.2 宽带接入技术

1. xDSL 技术

xDSL 技术就是用数字技术对现有的模拟电话用户线进行改造，使它能够承载宽带业务。标准模拟电话信号的频带被限制在 300~3400Hz 的范围内，但用户线本身实际可通过的信号频率超过 1MHz。因此，xDSL 技术就把 0~4kHz 低端频谱留给传统电话使用，而把原来没有被利用的高端频谱留给用户上网使用。DSL 是数字用户线（Digital Subscriber Line）的缩写，而 x 则表示在数字用户线上实现的不同宽带方案，有 ADSL、HDSL 和 VDSL。

（1）ADSL

ADSL（不对称数字用户线）是一种利用电话铜线的高速不对称用户环路传输技术。由于上行和下行的传输码率不相等，即所谓的不对称，避免了用户侧的近端干扰问题，从而得以提高传输码率，延长了传输距离。我国目前采用的线路调制方案是离散多音调（Discrete Multi-Tone，DMT）调制技术，下行可支持 1.5~6Mbit/s 的传输速率，上行速率为 64~384kbit/s，与此同时可进行电话通信。目前，在 0.5mm 线径上可将 6Mbit/s 的传输速率信号传送 3.6km。

ADSL 在铜质电缆的普通电话用户线上传送电话业务的同时，可向用户提供单向宽带（6Mbit/s）业务和交互式低速数据业务，可传送一套 HDTV 质量的 MPEG-2 信号，或 4 套录像机（VCR）质量的 MPEG-1 信号，或 2 套体育节目质量的实时电视信号，能满足普通住宅用户近期内对视像通信业务的需求。

一般认为每条电缆可采用 ADSL 技术的比例（或称出现率）为 10%～60%，与距离、线径、桥接及噪声有关。下行带宽在 2km 范围内一般传输速率最高能达到 2Mbit/s，并随着传输距离的增加而下降。由于 ADSL 技术利用的是铜线的频宽，因而损耗和电信号之间的串绕问题也严重影响了 ADSL 的出线率，当超过 20%的用户要使用带宽时，ADSL 将受到较大的影响。

ADSL2 和 ADSL2+等第二代 ADSL 通过提高调制效率得到了更高的数据率，ADSL2 支持下行 8Mbit/s、上行 800kbit/s，ADSL2+支持下行 16Mbit/s、上行 800kbit/s。

（2）HDSL

HDSL（高速数字用户线）是 xDSL 家族中开发比较早的一种，采用回波抑制、自适应滤波和高速数字处理技术。利用两对双绞铜线，可无中继传送 2Mbit/s 速率的宽带信号，是一种双向对称的传输方式，HDSL 的无中继传输距离在 0.4mm 线径的铜双绞线对上为 4～5km，主要采用 2B1Q 线路编码技术。

为了解决 HDSL 存在的缺陷，北美地区标准化组织（ANSI）发布了 HDSL2 技术，实现了设备的标准化，解决互通性问题。它采用 CAP 编码，增加了传输距离，并且可以允许语音和数据同时传输，可以使用一对或两对双绞线，采用频谱互锁重叠脉冲幅度调制技术（OPTIS）。

（3）VDSL

VDSL（甚高速数字用户线）是在 ADSL 的基础上发展起来的，可在 300m 以下传送比 ADSL 更高的速率，其最大的下行速率为 51～55Mbit/s，当传输速率降为 13Mbit/s 以下时，传输距离可达 1500m；上行速率为 1.6Mbit/s 以上。VDSL 系统的上行和下行频谱是利用频分复用技术分开的。线路码可采用 DMT（离散多音调调制）、CAP（无载波幅度相位调制）和 DWMT（离散小波多音调制）3 种编码方式。其下行速率有 52Mbit/s、26Mbit/s、13Mbit/s 3 挡，上行速率也有 3 挡，即 19.2Mbit/s、2.3Mbit/s、1.6Mbit/s。VDSL 是一种传输距离很短的宽带接入技术，当光网络单元（ONU）离终端用户很近时，可与 FTTC、FTTB 等结合使用。

G.993.2 标准定义了新一代的 VDSL 技术 VDSL2，采用的是 DMT 技术。相比 VDSL，VDSL2 在性能上有了较大的提高，部分特性和 ADSL2+相似。VDSL2 支持的频段最高为 30MHz，支持的速率最高达到 200Mbit/s。

表 5-3 所示为 xDSL 的技术指标。

表 5-3   **xDSL 的技术指标**

xDSL	对称性	下行带宽（bit/s）	上行带宽（bit/s）	极限传输距离（km）
ADSL	非对称	1.5M	64k	4.6～5.5
ADSL	非对称	6～8M	640k～1M	2.7～3.6
HDSL（2 对线）	对称	1.5M	1.5M	2.7～3.6
HDSL（2 对线）	对称	768k	768k	2.7～3.6
SDSL	对称	384k	384k	5.5
SDSL	对称	1.5M	1.5M	3
VDSL	非对称	12.96M	1.6～2.3M	1.4
VDSL	非对称	25M	1.6～2.3M	0.9
VDSL	非对称	52M	1.6～2.3M	0.3
DSL（ISDN）	对称	160k	160k	4.6～5.5

2. HFC 网

HFC 网，是光纤同轴混合（Hybrid Fiber Coax）网的缩写，是在目前覆盖面很广的有线电视网（CATV）的基础上开发的一种居民宽带接入网。HFC 网除可传送有线电视信号外，还可提供电话、数据和其他宽带交互型业务。

原有的 CATV 网是树形拓扑结构的同轴电缆网络，它采用模拟技术的频分复用对电视节目进行单向传输。而 HFC 网则需要对 CATV 网进行改造，其主要特点如下。

（1）HFC 网的主干线路采用光纤

CATV 网所使用的同轴电缆系统具有以下一些缺点：首先，原有同轴电缆的带宽对居民所需的宽带业务仍嫌不足；其次，线路中的大量放大器使得整个网络的可靠性下降、信号质量在远离头端处较差；第三，要将电视信号的功率很均匀地分布给所有的用户，在设计上和操作上都很复杂。

HFC 网将原 CATV 网中的同轴电缆主干部分改换为光纤，并使用模拟光纤技术。在模拟光纤中采用光的振幅调制（AM），这比使用数字光纤更为经济。模拟光纤从头端连接到光纤节点，它又称为光分配节点（ODN）。在光纤节点光信号被转换为电信号。在光纤节点以下就是同轴电缆。一个光纤节点可连接 1～6 根同轴电缆。采用这种网络结构后，从头端到用户家庭所需的放大器数目只有 4～5 个，大大提高了网络的可靠性和电视信号的质量。

HFC 网还要在头端增加一些智能，以便实现计费管理和安全管理，以及用选择性的寻址方法进行点对点的路由选择。此外，还要能适应两个方向的接入和分配协议。

（2）HFC 网采用节点体系结构

HFC 引入了节点体系结构（node architecture）的概念。这种体系结构的特点是：从头端到各个光纤节点用模拟光纤连接，构成星形网。光纤节点以下是同轴电缆组成的树形网。连接到一个光纤节点的典型用户数是 500 左右，但不超过 2 000。这样，一个光纤节点的所有用户组成了一个用户群（cluster）或称为邻区（neighborhood area）。光纤节点与头端的典型距离为 25 km，而从光纤节点到其用户群中的用户则不超过 2～3 km。

采用节点体系结构的好处首先是能够提高网络的可靠性。由于每一个用户群都独立于其他的用户群，因此某一个光纤节点或模拟光纤的故障不会影响其他的用户群。这也对整个网络可靠性的提高起到了重要的作用。

节点体系结构的另一个优点是简化了上行信道的设计。HFC 网的上行信道是用户共享的，划分成若干个独立的用户群就可以使用价格较低的上行信道设备（因为共享上行信道的用户数减小了），同时每一个用户群可以采用同样的频谱划分而不致相互影响。这点与蜂窝无线电通信的频率重复使用是相似的。

（3）HFC 网具有比 CATV 网更宽的频谱，且具有双向传输功能

原来的 CATV 网的最高传输频率是 450 MHz，并且是用于电视信号的下行传输。HFC 网要具有双向传输功能，就必须扩展其传输频带。目前，HFC 网的频带划分还没有国际标准。

（4）每个家庭要安装一个用户接口盒

用户接口盒要提供 3 种连接：使用同轴电缆连接到机顶盒，然后再连接到用户电视机；用双绞线连接到用户的电话机；用电缆调制解调器连接到用户计算机。

电缆调制解调器（Cable Modem）是为 HFC 网而使用的调制解调器，CM 的传输速率高，下行速率一般在 3～10Mbit/s 之间，最高可达 50Mbit/s；上行速率一般为 0.2～2Mbit/s，最高可达 10Mbit/s。然而电缆调制解调器比在普通电话线上使用的调制解调器要复杂得多，并且不是成对使用，只安装在用户端。

3．无源光网络接入

无源光网络（Passive Optical Network，PON）是指在光线路终端（OLT）和光网络单元（ONU）之间的光分配网络（ODN）中没有任何有源电子设备，实现点对多点的宽带接入。PON 是一种纯光介质网络，通过一根光纤可以为多个客户提供接入服务，具有节省光缆资源、带宽资源共享、节省机房投资、安全性高、综合建网成本低、维护成本低等优点。PON 接入系统是当前实现 FTTx（光纤到某处）的主要技术手段，能够满足用户的多种业务接入。

目前，PON 接入系统主要采用功率分配型无源光网络（PS-PON）技术，其下行采用广播方式，上行采用时分多址接入（TDMA）方式，下行信号的功率平均分配给每个分支，典型的拓扑结构为星形、树形结构。光分路器采用星形耦合器分路，随着分支 ONU 的增多，使得每个 ONU 实际接收的光功率下降将十分明显，因此分路比受到光功率预算的限制。图

5-7 所示为 PON 接入技术的一种拓扑示意图。

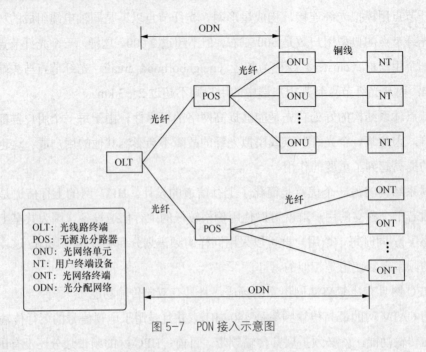

图 5-7　PON 接入示意图

OLT 是指用于连接主干光纤的局端设备，一般放置在服务提供商的中心机房，主要完成向 ONU 分发数据、测距、为 ONU 分配带宽等功能。

ONU 指的是局端设备到用户终端设备之间的中间设备，主要功能是选择接收 OLT 的广播数据、响应 OLT 的测距及功率控制命令、向 OLT 转发用户数据。ONT 指的是位于用户端的光终端设备。

POS 指的是无源光分路器，位于点到多点拓扑中的分路点，在下行方向进行分光，在上行方向实现合光。目前，无源光分路器一般以 1∶2、1∶8、1∶32、1∶64 居多，常用的光分路器根据制作工艺不同，可分为熔融拉锥式光纤分路器和平面光波导（PLC）分路器。

ODN 是指用于连接 OLT 与 ONU 的光缆分配网络。从功能上分，整个 ODN 从局端到用户端可以分为馈线光缆子系统、配线光缆子系统、入户线光缆子系统和光纤终端子系统。

PON 技术始于 20 世纪 80 年代，目前已发展了多种类型，按照采用的技术不同，主要分为 APON、EPON 和 GPON。为克服现采用的 PS-PON 技术的缺陷，人们提出了波分复用无源光网络接入（WDM-PON）的技术构想。

（1）APON

使用 ATM 技术的无源光网络称为 APON。APON 接入网的分层结构如图 5-8 所示，分为传输媒质层和通道层，传输媒质层可以分为传输汇聚（TC）子层和物理媒质（PM）子层，其中，TC 子层又可分为适配子层和 PON 传输子层。在 APON 中，通道层相当于 ATM 中的虚通道（VP），TC 子层相当于在 I.321 宽带综合业务数字网（B-ISDN）规范中的传输汇聚层。

PON 传输子层完成 PON 的测距、同步、带宽分配、保密、安全等功能，PM 子层完成光电转换、单纤双向传输时的 WDM 功能。

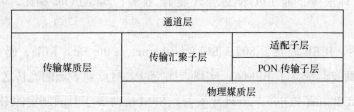

图 5-8 APON 分层结构图

APON 线路传输速率为 8kHz 的整数倍，可供选择的线路速率有上/下行均为 155.52Mbit/s 的对称速率、上行为 155.52Mbit/s 和下行为 622.08Mbit/s 的非对称速率、上/下行均为 622.08Mbit/s 的对称速率。上/下行方向均采用扰码的非归零（NRZ）编码。

APON 是第一种无源光网络，基于 APON 技术出现了宽带无源光网络（BPON），BPON 支持动态上行带宽分配，并在 OLT 与 ONU/ONT 之间创立了管理接口标准 OMCI，使得在 OLT 和 ONU/ONT 之间由不同设备商的设备混合组网成为可能。一个典型的 BPON 采用上行为 155.52Mbit/s 和下行为 622.08Mbit/s 的非对称速率。

APON 是 20 世纪 90 年代中期就被 ITU 和全业务接入网（FSAN）论坛标准化的 PON 技术，经过多年的发展，仍没有真正进入市场。主要原因是 ATM 协议复杂，相对于接入网市场来说设备还较昂贵。同时，由于以太技术的高速发展，使得 ATM 技术完全退出了局域网。而吉比特及 10 吉比特标准的推出为以太技术走向主干打开了大门，因此，如何把简单经济的以太技术与 PON 的传输结构结合起来，自 2000 年始引起技术界和网络运营商的广泛重视。同时，业界普遍认为 ATM PON 的很多缺点，如缺乏视频传输能力、带宽有限、系统复杂、价格昂贵等，在 EPON 中将不会存在。

（2）EPON

EPON（以太无源光网络）是一种新型的光纤接入网技术，它采用点到多点结构、无源光纤传输，在以太网之上提供多种业务。它在物理层采用了 PON 技术，在链路层使用以太网协议，利用 PON 的拓扑结构实现了以太网的接入。因此，它综合了 PON 技术和以太网技术的优点：低成本、高带宽、扩展性强、灵活快速的服务重组、与现有以太网兼容、方便管理等。由于 EPON 网络结构的特点，宽带入户的特殊优越性，以及与计算机网络天然的有机结合，使得全世界的专家都一致认为，无源光网络是实现"三网合一"和解决信息高速公路"最后一公里"的最佳传输媒质。

EPON 和 APON 的主要区别是，在 EPON 中，传送的是可变长度数据包，最长可为 1 526 个字节；而在 APON 中，传送的是固定长度为 53 字节的 ATM 信元。APON 如果要传送

IP 业务，必须把 IP 数据包按每 48 字节为一组拆分，然后在每组前附加 5 字节的信头，构成若干个 ATM 信元。这个过程费时，而且增加 OLT 和 ONU 成本，而且 5 字节的信头也是对带宽的一种浪费。而 EPON 适合开展 IP 业务，与 APON 相比，极大地减少了额外开销。

2000 年 11 月，IEEE 成立了 802.3 EFM（Ethernet in the First Mile）研究组，业界有 21 个网络设备制造商发起成立了 EFMA，实现吉比特以太网点到多点的光传送方案，所以又称 GEPON（GigabitEthernet PON）。2004 年 6 月，EFM 历时 3 年时间制定的 IEEE802.3ah 标准正式被 IEEE 标准协会批准，该标准于 2005 年并入 IEEE 802.3-2005 标准。2006 年，IEEE 成立了一个 TaskForce 工作组，进行 10Gbit/s EPON 标准 IEEE802.3av 的研究和制定工作。2009 年 9 月 10Gbit/s EPON 标准正式发布。

EPON 将以太网和 PON 技术相结合，在无源光网络体系架构的基础上，定义了一种新的、应用于 EPON 系统的物理层（主要是光接口）规范和扩展的以太网数据链路层协议，以实现在点到多点的 PON 中以太网帧的 TDM 接入。此外，EPON 还定义了一种运行、维护和管理（OAM）机制，以实现必要的运行管理和维护功能。EPON 系统的分层结构如图 5-9 所示。

在物理层，IEEE 802.3—2005 规定采用单纤波分复用技术（下行 1490 nm，上行 1310 nm）实现单纤双向传输，同时定义了 1000 Base-PX-10 U/D 和 1000 Base-PX-20 U/D 两种 PON 光接口，分别支持 10 km 和 20 km 的最大距离传输。在物理编码子层，EPON 系统继承了吉比特以太网的原有标准，采用 8B/10B 线路编码和标准的上下行对称 1 Gbit/s 数据速率（线路速率为 1.25 Gbit/s）。

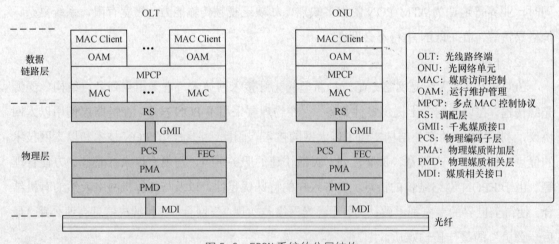

图 5-9　EPON 系统的分层结构

在数据链路层，多点 MAC 控制协议（MPCP）的功能是在一个点到多点的 EPON 系统中实现点到点的仿真，支持点到多点网络中多个 MAC 客户层实体，并支持对额外 MAC 的控制功能。MPCP 主要处理 ONU 的发现和注册，多个 ONU 之间上行传输资源的分配、动态带宽分配，统计复用的 ONU 本地拥塞状态的汇报等。

利用其下行广播的传输方式，EPON 定义了广播 LLID（LLID=0xFF）作为单拷贝广播（SCB）信道，用于高效传输下行视频广播/组播业务。EPON 还提供了一种可选的 OAM 功能，提供一种诸如远端故障指示和远端环回控制等管理链路的运行机制，用于管理、测试和诊断已激活 OAM 功能的链路。此外，IEEE 802.3—2005 还定义了特定的机构扩展机制，以实现对 OAM 功能的扩展，并用于其他链路层或高层应用的远程管理和控制。

EPON 关键技术介绍如下。

- 多点控制协议

IEEE 802.3ah 在 MAC 控制层上定义了多点控制协议（MPCP），它是 MPMC 子层的重要组成部分，也是一种支持 EPON 多种带宽分配算法的协议。MPCP 使用消息、状态机、定时器来控制访问点到多点（P2MP）的拓扑结构。在 P2MP 拓扑中，每个 ONU 都包含一个 MPCP 实体，用以和 OLT 中 MPCP 的一个实体相互通信。通过 MPCP 可以实现一个可控制的网络配置，如 ONU 的自动发现、查询、监控、带宽分配等。

OLT 处于主动地位，控制 ONU 发送数据帧的时间；ONU 处于从动地位，在 OLT 授权下才能发送帧。这一功能由"授权处理过程"负责。OLT 若发现新加入的 ONU，首先 ONU 要办理注册手续，然后才能发送帧。这一功能由"发现处理过程"负责。EPON 采用反馈机制，ONU 不断地向 OLT 反馈报告其带宽需求、拥塞情况，以有效调节带宽分配。这一功能由"报告处理过程"负责。

采用 TDMA 技术发送以太网帧，可以是数据帧，也可以是用于运行维护管理的控制帧。控制帧主要有 OLT 授权 MAC 控制帧、ONU 报告 MAC 控制帧、ONU 注册请求 MAC 帧、OLT 注册 MAC 控制帧、ONU 注册确认 MAC 控制帧等，控制帧的长度是以太网帧的最小长度，用于授权处理、发现处理、报告处理等，比数据帧具有更高的优先级。

- 同步和测距

EPON 网络中一个 OLT 连接多个 ONU，ONU 至 OLT 之间的距离最短可以是几米，最长的可达 20km。光信号的传输时延随着传输距离和环境温度的变化而变化，为了保证每一个 ONU 的上行信号在公用光纤汇合后，插入指定的时隙且彼此不发生冲突，必须对每个 ONU 与 OLT 的距离进行准确测定，控制 ONU 发送上行信号的时刻。

采用时间标记法同步 OLT 侧与 ONU 侧的时钟，OLT 和 ONU 两端具有同频的系统时钟，OLT 定期给 ONU 发送时钟计数器值，ONU 根据接收到的时间值设置本地的计数器。

EPON 系统的测距包括 ONU 初始测距和 ONU 动态测距，采用时间标记法，利用 OLT 与 ONU 时间标记同步，用 ONU 反馈时间标记的方法测量环路延迟，计算 ONU 到 OLT 的距离。时间标记在 MPCP MAC 控制帧中传输。

新 ONU 在收到 OLT 发送的 ONU 注册授权帧时，因为该授权含有 OLT 同步时间标记，新 ONU 以此时间标记值设置时间标记计数器，完成首次时间标记同步。新 ONU 注册请求帧中，带有 ONU 的时间标记信息，保证了 OLT 在收到 ONU 注册请求的同时，完成了首次测距。

运行中的 ONU 由于系统的传输光纤和收发模块会受环境温度变化影响，使得信号传输时延发送变化，影响到 ONU 到 OLT 的逻辑距离。OLT 周期性地发送 Gate 帧给 ONU，对 ONU 授权；ONU 周期性地上报 Report 帧给 OLT，报告其对带宽的需求。利用 Report 帧包含的时间标记进行动态时间标记测距，测距时间间隔是 Gate 帧或 Report 帧的周期。EPON 系统毫秒级的周期能够满足 EPON 测距精度的要求。

- 动态带宽分配

动态带宽分配方式根据 ONU 突发业务量的需求，动态调整 ONU 的上行接入带宽，因此可提供 PON 上行带宽使用的效率。由于更有效的使用带宽，网络操作者可以增加更多的用户到 PON 上。用户也可以要求得到超过固定带宽分配的最大带宽，享受更好的服务。

目前，EPON 动态带宽分配算法都是状态报告型。ONU 通过上行报告帧向 OLT 报告其带宽需求，OLT 根据各 ONU 带宽需求报告和带宽分配策略决定给各 ONU 授权，通过下行授权帧通知 ONU。EPON 承载的业务信息大部分是数据业务，各种业务都封装成以太网帧格式，而以太网帧长不固定，最长 1 526 个字节，最短 72 个字节，如定义固定的 TC 帧长，则需要进行以太网帧拆分、重装，或者剩余部分时隙有可能浪费。因此，IEEE802.3ah 标准没有定义 TC 帧，也没有规定动态带宽分配策略。现有的 EPON 动态带宽分配算法，基本思想都是以最大带宽利用率为主要目标进行设计。

- 运行维护和管理

以太网技术最初是为局域网设计，没有考虑运行维护和管理方面的问题，而应用于 EPON 之后，就不得不考虑运行维护和管理。IEEE 802.3ah 规范了 OAM（运行维护和管理）子层，但并不像 ITU 对电信公网的标准那样对 OAM 子层规范的那么严格全面，而且还是作为可选的要求。在我国的接入网技术要求中，EPON 的 OAM 是必需的。OAM 子层为网络操作者提供了检测网络状况和迅速判断失效链路或情况的能力。

IEEE 802.3ah 规定的 OAM 功能有远端故障指示、远端环回测试、链路监测等。OAM 信息通过 OAM 协议数据单元（OAM PDU）的慢协议帧传递。OAM PDU 包括控制和状态信息，用于对 OAM 链路进行监测、测试和故障检修。但 OAM 不包括保护切换、站点管理、带宽分配、数据保密和认证功能，也不支持对远端管理信息库（MIB）变量的设置等功能。

- 承载 TDM 业务

目前，对 EPON 多业务能力质疑最多的就是它传输传统 TDM 业务的能力。 TDM 业务是电路交换业务，而 EPON 是基于以太网分组交换技术。电路交换业务对时延和抖动很敏感，而以太网不提供端到端的包延时、包丢失率和带宽控制能力，IEEE 802.3ah 没有涉及 EPON 承载 TDM 业务。

在 EPON 上传送语音信号有带内法和带外法两种方法。带内法是将语音信息封装成标准的以太网帧，与数据信息一起传送，采用时钟标记法或自适应时钟恢复方法完成 E1 信号的同步定时，通过带宽分配算法设定语音业务的优先级、预留带宽等，来保证其服务质量。带外法是基于硬件的实现方法，把 TDM 语音数字信号与以太网数据信号在物理层复接，然后通过 EPON 的光路传送。

目前，EPON 设备厂商采用各种 TDM over Ethernet 的专利技术提供了 EPON 单一网段的 TDM 业务传输通道，从测试结果来看，其性能完全满足 1.5ms 时延等指标要求，完全符合传统 TDM 业务的应用标准。在安全性方面，EPON 也使用标准的基于 AES 的加密技术，其安全性和 GPON 无区别。

（3）GPON

GPON（Gigabit-Capable PON）技术是基于 ITU-T G.984.x 标准的最新一代宽带无源光网络接入标准，具有高带宽、高效率、大覆盖范围、用户接口丰富等众多优点，是实现接入网业务宽带化、综合化改造的一种理想技术。GPON 最早由 FSAN 组织于 2002 年 9 月提出，借鉴了 APON 技术的研究成果。ITU-T 在此基础上于 2003 年 3 月完成了 ITU-T G.984.1 和 G.984.2 的制定，2004 年 2 月和 6 月完成了 G.984.3 的标准化，从而最终形成了 GPON 的标准族。

在 GPON 标准中，明确规定需要支持的业务类型包括数据业务（Ethernet 业务，包括 IP 业务和 MPEG 视频流）、PSTN 业务（POTS、ISDN 业务）、专用线（T1、E1、DS3、E3 和 ATM 业务）和视频业务（数字视频）。GPON 中的多业务映射到 ATM 信元或 GEM 帧中进行传送，对各种业务类型都能提供相应的 QoS 保证。

GPON 系统的分层结构如图 5-10 所示，它由控制/管理（C/M）平面和用户（U）平面组成，控制/管理平面管理用户数据流，完成 OAM 功能；用户平面完成用户数据流的传输。用户平面由物理媒质相关层（PMD）、传输汇聚（TC）层和高层组成。传输汇聚层又分为成帧子层和适配子层。高层用户数据和控制/管理信息通过适配子层进行封装。

GPON 有 ATM 模式和 GEM 模式两种传输模式，在传输过程中，可以使用 ATM 模式，或者 GEM 模式，也可以共同使用这两种模式，在 GPON 初始化时进行选择使用。

对于其他的 PON 标准而言，GPON 标准提供了前所未有的高带宽，下行速率高达 2.5Gbit/s，其非对称特性更能适应宽带数据业务市场。提供 QoS 的全业务保障，可以承载 ATM 信元和 GEM 帧，有很好的提供服务等级、支持 QoS 保证和全业务接入的能力。承载 GEM 帧时，可以将 TDM 业务映射到 GEM 帧中，使用标准的 8kHz（125μs）帧能够直接支持 TDM

业务。作为电信级的技术标准，GPON 还规定了在接入网层面上的保护机制和完整的 OAM 功能。

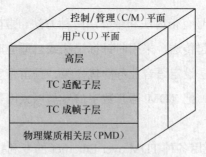

图 5-10　GPON 系统的分层结构

（4）WDM-PON

目前，APON、BPON、EPON、GPON 均属于 PSPON。PSPON 采用星形耦合器分路，上行、下行传送采用 TDMA/TDM 方式，实现共享信道带宽，分路器通过功率分配将 OLT 发出的信号分配到各个 ONU 上。WDM-PON 则是将波分复用技术运用在 PON 中，光分路器通过识别 OLT 发出各种波长，将信号分配到各路 ONU。

WDM-PON 主要有 3 种方案：一种方案是每个 ONU 分配一对波长，分别用于上行和下行传输，从而提供了 OLT 到各 ONU 固定的虚拟点对点双向连接；另一种方案是 ONU 采用可调谐激光器，根据需要为 ONU 动态分配波长，多个 ONU 能够共享波长，网络具有可重构性；还有一种方案是采用无色 ONU，即 ONU 与波长无关方案。

虽然 PSPON 较为成熟，特别是 EPON、GPON 在北美、日本已经有较大规模的部署，但 PSPON 仍然存在关键问题需要解决，如快速比特同步、动态带宽分配、基线漂移、ONU 的测距与延时补偿、突发模式光收发模块的设计等。虽然一些问题得到了解决，但成本较高。而基于波分复用技术的 WDMPON 采用波长作为用户端 ONU 的标识，利用波分复用技术实现上行接入，能够提供较宽的工作带宽，可以实现真正意义上的对称宽带接入。同时，还可以避免时分多址技术中 ONU 的测距、快速比特同步等诸多技术难点，并且在网络管理以及系统升级性能方面具有明显优势。随着技术的进步，波分复用光器件的成本尤其是无源光器件的成本大幅度下降，质优价廉的 WDM 器件不断出现，WDM-PON 技术将成为 PON 接入网一个可以预见的发展趋势。

4．无线宽带接入

伴随着以 Wi-Fi 和 WiMAX 为代表的、不同传输距离的宽带无线接入技术的发展，无线接入已经成为宽带接入领域的重要组成部分。

（1）Wi-Fi

Wi-Fi（WirelessFidelity，无线相容性认证）是一种无线局域网（WirelessLAN，WLAN）接入技术，其信号传输半径只有几百米远。Wi-Fi 的目的是使各种便携设备（手机、笔记本电脑、PDA 等）能够在小范围内接入局域网，从而实现与因特网的连接。

Wi-Fi 技术包括 IEEE 802.11a、802.11b、802.11g 和 802.11n。802.11a 定义了一个在 5GHz ISM 频段上的数据传输速率可达 54Mbit/s 的物理层，802.11b 定义了一个在 2.4GHz 的 ISM 频段上但数据传输速率高达 11Mbit/s 的物理层。2.4GHz 的 ISM 频段被世界上绝大多数国家所使用，因此 802.11b 得到了最为广泛的应用。802.11n 工作在 2.4Ghz 或 5.0Ghz，最高速度可达 600Mbit/s。

Wi-Fi 网络使用无绳电话等设备所使用的公用信道，只要有一个无线接入点，就可在其周围数百米的距离内架设一个 Wi-Fi 网络。随着接入点的增加，Wi-Fi 网络所覆盖的面积就像蜘蛛网一样在不断扩大延伸。Wi-Fi 的传输速度可以达到 11Mbit/s，属于宽带范畴，可以满足个人和社会信息化的需求。Wi-Fi 网络的架构十分简单，在机场、车站、咖啡店、图书馆等人员较密集的地方设置无线接入点后，用户只需要将支持 Wi-Fi 的设备拿到该区域内，便可以接收其信号，高速接入因特网。

（2）WiMax

WiMax 是一种无线城域网（MAN）接入技术，其信号传输半径可以达到 50km，基本上能覆盖到城郊。正是由于这种远距离传输特性，WiMax 不仅能解决无线接入问题，还能作为有线网络接入（Cable、DSL）的无线扩展，方便地实现边远地区的网络连接。企业或政府机构可以在城市中架设 WiMax 基站，所有在基站覆盖范围内的移动设备均可通过基站接入因特网。由于 WiMax 只能提供数据业务，因此语音业务的提供需要借助 VoIP 技术来实现。WiMax 网络建设与 3G 网络一样，均需要架设大型基站。但由于它只需要实现城域覆盖，因此网络建设成本相对 3G 网络比较低。

（3）3G

3G，第三代移动通信，是一种广域网（WideAreaNetwork，WAN）技术。3G 网络是全球移动综合业务数字网，它综合了蜂窝、无绳、集群、移动数据、卫星等各种移动通信系统的功能，与固定电信网的业务兼容，能同时提供语音和数据业务。3G 的目标是实现所有地区（城区与野外）的无缝覆盖，从而使用户在任何地方均可以使用系统所提供的各种服务。3G 采用宽带 CDMA 技术，可以向室内用户提供 2Mbit/s 速率的接入，向室外步行用户提供 384kbit/s 速率的接入，室外运动车辆至少 144kbit/s。3G 具有系统容量大、保密性好、功率密度低、电磁污染小等特点。

现在共有 WCDMA、CDMA2000 和 TD-SCDMA 3 种技术体制存在。WCDMA 即宽带码分多址技术，是在 GSM 技术基础上发展起来的，并且由于 GSM 技术使用早、普及程度高，从而得到了最广泛的支持。CDMA2000 是在 2G/2.5G CDMA 网络技术基础上发展起来的，能够从 2G/2.5G 平滑过渡到 3G 是其最大优点。TD-SCDMA 即时分同步 CDMA，是我国拥有自主知识产权的标准，主要优势在空中接口。

5.3 公众服务网络

5.3.1 因特网

因特网（Internet），是指当前全球最大的、开放的、由众多网络相互连接而成的特定计算机网络，它采用 TCP/IP 协议族作为通信的规则，其前身是美国的阿帕网（ARPANET）。

1. 因特网的历史与现状

因特网的前身是美国国防部高级研究计划局（ARPA）主持研制的 ARPANET。20 世纪 60 年代末，正处于冷战时期。当时美国军方为了自己的计算机网络在受到袭击时，即使部分网络被摧毁，其余部分仍能保持通信联系，便由美国国防部的高级研究计划局（ARPA）建设了一个军用网，叫做"阿帕网"（ARPANET）。阿帕网于 1969 年正式启用，当时仅连接了 4 台计算机，供科学家们进行计算机联网实验用。

到 20 世纪 70 年代，ARPANET 已经有了好几十个计算机网络，但是每个网络只能在网络内部的计算机之间互联通信，不同计算机网络之间仍然不能互通。为此，ARPA 又设立了新的研究项目，支持学术界和工业界进行有关的研究。研究的主要内容就是想用一种新的方法将不同的计算机局域网互连，形成"互联网"。研究人员称之为"internetwork"，简称"Internet"。这个名词就一直沿用到现在。

在研究实现互连的过程中，计算机软件起了主要的作用。1974 年，出现了连接分组网络的协议，其中就包括了 TCP/IP。TCP/IP 的规范和相关技术都是公开的，目的就是使任何厂家生产的计算机都能相互通信，使 Internet 成为一个开放的系统。这正是后来 Internet 得到飞速发展的重要原因。

ARPA 在 1982 年接受了 TCP/IP，选定 Internet 为主要的计算机通信系统，并把其他的军用计算机网络都转换到 TCP/IP。1983 年，ARPANET 分成两部分：一部分军用，称为 MILNET；另一部分仍称 ARPANET，供民用。

1986 年，美国国家科学基金组织（NSF）将分布在美国各地的 5 个为科研教育服务的超级计算机中心互联，并支持地区网络，形成 NSFnet。1988 年，NSFnet 替代 ARPANET 成为 Internet 的主干网。NSFnet 主干网利用了在 ARPANET 中已证明是非常成功的 TCP/IP 技术，准许各大学、政府或私人科研机构的网络加入。

1992 年，美国 IBM、MCI、MERIT 3 家公司联合组建了一个高级网络服务公司（ANS），建立了一个新的网络，叫做 ANSnet，成为 Internet 的另一个主干网。它与 NSFnet 不同，NSFnet 是由国家出资建立的，而 ANSnet 则是 ANS 公司所有，从而使 Internet 开始走向商业化。

1995 年 4 月 30 日，NSFnet 正式宣布停止运作。而此时 Internet 的骨干网已经覆盖了全球 91 个国家，主机已超过 400 万台。

今天的因特网已不再仅仅是计算机人员和军事部门进行科研的领域，而是变成了一个开发和使用信息资源的覆盖全球的信息海洋。因特网已经成为世界上规模最大和增长速度最快的计算机网络，没有人能够准确说出因特网究竟有多大。因特网的迅猛发展开始于 20 世纪 90 年代。由欧洲原子核研究组织 CERN 开发的万维网（WWW）被广泛使用在因特网上，大大方便了广大非网络专业人员对网络的使用，成为因特网指数级增长的主要驱动力。

在因特网上，按从事的业务分类包括了广告公司、航空公司、农业生产公司、艺术、导航设备、书店、化工、通信、计算机、咨询、娱乐、财贸、各类商店、旅馆等 100 多类，覆盖了社会生活的方方面面，构成了一个信息社会的缩影。由于商业应用产生的巨大需求，从调制解调器到诸如 Web 服务器和浏览器的因特网应用市场都分外红火。

2．因特网在我国的发展

1994 年 4 月 20 日，我国用 64kbit/s 专线正式连入因特网。从此，我国被国际上正式承认为接入因特网的国家。同年 5 月，中国科学院高能物理研究所设立了我国的第一个万维网服务器。同年 9 月，中国公用计算机互联网（CHINANET）正式启动。到目前为止，我国陆续建造了基于因特网技术的并可以和因特网互连的 9 个全国范围的公用计算机网络。

- 中国公用计算机互联网（CHINANET）。
- 中国教育和科研计算机网（CERNET）。
- 中国科学技术网（CSTNET）。
- 中国联通互联网（UNINET）。
- 中国网通公用互联网（CNCNET）。
- 中国国际经济贸易互联网（CIETNET）。
- 中国移动互联网（CMNET）。
- 中国长城互联网（CGWNET）。
- 中国卫星集团互联网（CSNET）。

此外，还有一个中国高速互连研究试验网（NSFnet），它是中国科学院、北京大学、清华大学等单位在北京中关村地区建造的为研究因特网新技术的高速网络。

2004 年 2 月,我国的第一个下一代互联网（CNGI）的主干网 CERNET2 试验网正式开通,并提供服务。试验网目前以 2.5~10Gbit/s 的速率连接北京、上海和广州 3 个 CERNET 核心结点,并与国际下一代互联网相连接。这标志着中国在互联网的发展过程中,已逐渐达到与国际先进水平同步。

据统计,2010 年我国国际出口带宽已达到 998,217Mbit/s。截至 2010 年 6 月,我国域名总数超过 1 120 万个,其中.CN 域名超过 724 万个,.COM 域名超过 331 万个,网站数量为 279 万个;中国网民规模达到 4.2 亿,互联网普及率攀升至 31.8%;我国网民的互联网应用表现出商务化程度迅速提高、娱乐化倾向继续保持、沟通和信息工具价值加深的特点,大部分网络应用在网民中更加普及,从网络娱乐、交流沟通、信息获取和商务交易 4 类网络应用的变化来看,商务类应用发展仍然最为突出,网络购物、网上支付和网上银行的使用率分别为 33.8%、30.5%和 29.1%。

3．关键技术及应用

（1）万维网

万维网（World Wide Web，WWW）是因特网上集文本、声音、图像、视频等多媒体信息于一身的全球信息资源网络,是因特网上的重要组成部分。浏览器是用户通向 WWW 的桥梁和获取 WWW 信息的窗口,通过浏览器,用户可以在浩瀚的因特网海洋中漫游,搜索和浏览自己感兴趣的所有信息。

WWW 的网页文件是超文本标记语言（HTML）的缩写,并在超文件传输协议（HTTP）支持下运行的。超文本中不仅含有文本信息,还包括图形、声音、图像、视频等多媒体信息（故超文本又称超媒体）,更重要的是超文本中隐含着指向其他超文本的链接,这种链接称为超链。利用超文本,用户能轻松地从一个网页链接到其他相关内容的网页上,而不必关心这些网页分散在何处的主机中。

WWW 浏览器是一个客户端的程序,其主要功能是使用户获取因特网上的各种资源。常用的浏览器是微软公司 Windows 系统自带的 IE（Internet Explorer）浏览器。

（2）电子邮件

电子邮件（E-mail）是因特网上使用最广泛的一种服务。用户只要能与因特网连接,具有能收发电子邮件的程序及个人的 E-mail 地址,就可以与因特网上具有 E-mail 的所有用户方便、快速地交换电子邮件,可以在两个用户间交换,也可以向多个用户发送同一封邮件,或将收到的邮件转发给其他用户。电子邮件中除文本外,还可包含声音、图像、应用程序等各类计算机文件。此外,用户还能够以邮件方式在网上订阅电子杂志、获取所需文件、参与有关的公告和讨论组,甚至还可浏览 WWW 资源。

收发电子邮件必须有相应的软件支持。常用的收发电子邮件的软件有 Exchange、Outlook

Expres、Foxmail 等。大多数因特网浏览器也都包含收发电子邮件的功能。

邮件服务器使用的协议有简单邮件转输协议（SMTP）、电子邮件扩充协议（MIME）和邮局协议（POP）。POP 服务需由一个邮件服务器来提供，用户必须在该邮件服务器上取得账号才可能使用这种服务。目前，使用得较普遍的 POP 为第 3 版，故又称为 POP3。

（3）Usenet

Usenet 是一个由众多趣味相投的用户共同组织起来的各种专题讨论组的集合。通常也将之称为全球性的电子公告板系统（BBS）。Usenet 用于发布公告、新闻、评论及各种文章供网上用户使用和讨论。讨论内容按不同的专题分类组织，每一类为一个专题组，称为新闻组，其内部还可以分出更多的子专题。

Usenet 的每个新闻都由一个区分类型的标记引导，每个新闻组围绕一个主题，如 comp.（计算机方面的内容）、news.（Usenet 本身的新闻与信息）、rec.（体育、艺术及娱乐活动）、sci.（科学技术）、soc.（社会问题）、talk.（讨论交流）、misc.（其他杂项话题）、biz.（商业方面问题）等。

（4）文件传输协议

文件传输协议（File Transfer Protocol，FTP）是因特网上文件传输的基础，通常所说的 FTP 是基于该协议的一种服务。FTP 文件传输服务允许因特网上的用户将一台计算机上的文件传输到另一台上，几乎所有类型的文件，包括文本文件、二进制可执行文件、声音文件、图像文件、数据压缩文件等，都可以用 FTP 传送。

FTP 实际上是一套文件传输服务软件，它以文件传输为界面，使用简单的 get 或 put 命令进行文件的下载或上传，如同在因特网上执行文件复制命令一样。FTP 最大的特点是用户可以使用因特网上众多的匿名 FTP 服务器。所谓匿名服务器，指的是不需要专门的用户名和口令就可进入的系统。用户连接匿名 FTP 服务器时，都可以用 "anonymous"（匿名）作为用户名、以自己的 E-mail 地址作为口令登录。登录成功后，用户便可以从匿名服务器上下载文件。

（5）远程登录

远程登录（Telnet）是因特网远程登录服务的一个协议，该协议定义了远程登录用户与服务器交互的方式。Telnet 允许用户在一台联网的计算机上登录到一个远程分时系统中，然后像使用自己的计算机一样使用该远程系统。

要使用远程登录服务，必须在本地计算机上启动一个客户应用程序，指定远程计算机的名字，并通过因特网与之建立连接。一旦连接成功，本地计算机就像通常的终端一样，直接访问远程计算机系统的资源。远程登录软件允许用户直接与远程计算机交互，通过键盘或鼠标操作，客户应用程序将有关的信息发送给远程计算机，再由服务器将输出结果返回给用户。一般用户可以通过 Windows 的 Telnet 客户程序进行远程登录。

4．标准化工作

因特网的标准化工作对因特网的发展起到了非常重要的作用。标准化工作的好坏对一种技术的发展有着很大的影响，缺乏国际标准将会使技术的发展处于比较混乱的状态，而盲目自由竞争的结果很可能形成多种技术体制并存且互不兼容的状态，给用户带来较大的不方便。

1992 年，因特网协会（Internet Society，ISOC）成立，这是一个国际性组织，对因特网进行全面管理以及在世界范围内促进其发展和使用。ISOC 下面有一个技术组织叫做因特网体系结构委员会（Internet Architecture Board，IAB），负责管理因特网有关协议的开发。IAB 下面设有两个工程部：

- 因特网工程部（Internet Engineering Task Force，IETF）

IETF 是由许多工作组（Working Group，WG）组成的论坛（forum），具体工作由因特网工程指导小组（Internet Engineering Steering Group，IESG）管理。这个工作组划分为若干个领域，每个领域集中研究某特定的短期和中期的工程问题，主要是针对协议的开发和标准化。

- 因特网研究部（Internet Research Task Force，IRTF）

IRTF 是由一些研究组（Research Group，RG）组成的论坛，具体工作由因特网研究指导小组（Internet Research Steering Group，IRSG）管理。IRTF 的任务是进行理论方面的研究和开发一些需要长期考虑的问题。

所有的因特网标准都是以 RFC 文档的形式在因特网上发表。RFC（Request For Comments）的意思就是"请求评论"。所有的 RFC 文档都可从因特网上免费下载，但并非所有的 RFC 文档都是因特网标准，只有一小部分 RFC 文档最后才能变成因特网标准。RFC 按收到时间的先后从小到大编上序号（即 RFC xxxx，这里的 xxxx 是阿拉伯数字）。一个 RFC 文档更新后就使用一个新的编号，并在文档中指出原来老编号的 RFC 文档已成为陈旧的。现有的 RFC 文档中有不少已变为陈旧的，在参考时应当注意。

制定因特网的正式标准要经过以下的 4 个阶段：

- 因特网草案（Internet Draft）——在这个阶段还不是 RFC 文档；
- 建议标准（Proposed Standard）；
- 草案标准（Draft Standard）；
- 因特网标准（Internet Standard）。

因特网草案的有效期只有 6 个月。只有到了建议标准阶段才以 RFC 文档形式发表。 除了以上 3 种 RFC 外还有 3 种 RFC，即历史的、实验的和提供信息的。历史的 RFC 或者是被后来的规约所取代，或者是从未达到必要的成熟等级因而未成为因特网标准；实验的 RFC 表示其工作属于正在实验的情况，实验的 RFC 不能够在任何实用的因特网服务中进行实现；提供信息的 RFC 包括与因特网有关的一般的、历史的或指导的信息。

5．发展趋势

由于因特网存在着技术上和功能上的不足，加上用户数量猛增，使得现有的因特网不堪重负。因此，1996 年美国的一些研究机构和 34 所大学提出研制和建造新一代因特网的设想，并宣布在今后 5 年内用 5 亿美元的联邦资金实施"下一代因特网计划"，即"NGI 计划"（Next Generation Internet Initiative）。

NGI 计划要实现的主要目标如下。

（1）开发下一代网络结构，以比现有的因特网高 100 倍的速率连接至少 100 个研究机构，以比现有的因特网高 1 000 倍的速率连接 10 个类似的网点。其端到端的传输速率要超过 100 Mbit/s～10 Gbit/s。

（2）使用更加先进的网络服务技术和开发许多带有革命性的应用，如远程医疗、远程教育、有关能源和地球系统的研究、高性能的全球通信、环境监测和预报、紧急情况处理等。

（3）使用超高速全光网络，能实现更快速的交换和路由选择，同时具有为一些实时应用保留带宽的能力。

（4）对整个因特网的管理和保证信息的可靠性及安全性方面进行较大的改进。

5.3.2　公用电话交换网

公用电话交换网（Public Switched Telephone Network，PSTN）是一种主要提供电话业务的公用网络。

1．PSTN 的发展

PSTN 主要由终端设备、交换系统和传输系统 3 大部分组成，为实现可靠的通信，还需要相应的信令系统及配套的协议、标准规范。终端设备主要有固定电话机、磁卡电话机、可视电话机、传真机等，目前使用最普及的终端设备是双音多频电话机。交换系统中的设备主要是电话交换机，随着电子技术的发展，电话交换机经历了磁石式交换机、步进制交换机、纵横制交换机到程控交换机的发展历程。传输系统主要由传输设备和线缆组成，传输设备也由早期的载波复用设备发展到 SDH，线缆也由铜线发展到光纤。数字微波、卫星通信等无线传输系统也是公用电话交换网的重要组成部分。

PSTN 是一个星形网络，每一个用户与其他用户的连接都至少要通过网络中的一个电话局来完成转接，这种转接一般是由数字程控交换机自动完成，在某些特定应用中，转接任务由话务员人工执行。我国的电话网以前采用的是 5 级交换结构，包含省间中心局（C1）、省中心局（C2）、地区中心局（C3）、市中心局（C4）和端局（C5）。目前，长途电话网采用两级机构，包含一级交换中心（DC1）和二级交换中心（DC2），本地电话网也是两级结构，包含汇接局（Tm）和端局（LE）。本地电话网是指在同一个长途电话编号区内，由若干个端局和汇接局以及连接它们的局间中继线和连接用户终端设备的用户线组成的电话网。

2．程控电话交换机

程控电话交换机就是电子计算机控制的电话交换机。它是利用电子计算机技术，用预先编好的程序来控制电话的接续工作。1965 年，美国贝尔系统的 1 号电子交换机问世，它是世界上第一部开通使用的程控电话交换机。采用空分交换，就是用户在打电话时要占用一对线路，也就是要占用一个空间位置，一直到打完电话为止。20 世纪 70 年代，采用时分复用技术和大规模集成电路的数字程控交换机开始投入应用。进入 80 年代，数字程控交换机开始在世界上普及。数字程控交换机是 PSTN 中交换系统的主体，综合采用数字通信、微电子、计算机等技术，能提供多种电信业务，适应通信网向数字化、综合化、智能化和个人化方向发展的要求。

程控交换机由硬件和软件两大部分组成。硬件主要包括话路部分和控制部分。话路部分用于收发电话信号、监视电路状态和完成电路连接，主要包括用户电路、中继电路、交换网络、服务电路（包含收号器、发号器、振铃器、回铃音器、连接器等）、扫描器、驱动器等部件。控制部分用于运行各种程序、处理数据和发出驱动命令，主要包括处理机和主存储器。

程控交换机的软件十分庞大和复杂，总体上分为运行软件系统、支援软件系统和数据库 3 部分。运行软件又称联机软件，指交换系统工作时运行在各处理机中，对交换系统的各种业务运行处理的软件总和。根据功能的不同，运行软件系统又可分为操作系统、数据库和应用软件 3 个子系统。应用软件是软件的主体部分，通常包括呼叫处理程序和维护管理程序，呼叫处理程序包括用户扫描、信令扫描、数字分析、通路选择、路由选择、输出驱动等功能块，维护管理程序的主要功能包括协助实现交换机软硬件系统的更新、计费管理、监督交换机的工作状况，保证交换机的可靠工作。支援软件又称脱机软件，实际上是一个计算机辅助开发、生产及维护软件的系统，主要用于开发和生成交换机的软件和数据，以及开通时的测试等。数据库涉及的数据包括系统数据、交换框架数据、局数据、路由数据和用户数据，主要用于表征交换系统特点、本电话站及周围环境特点、各用户的服务类别等。

目前，通信网中大量采用的数字程控交换机具有如下特点：具有非常灵活的中继组网方式，可以在模拟网、数字网、模数混合网中使用。能够提供多种无线接入方式，如大区制移动通信系统、小区制蜂窝移动通信系统和其他无线接入设备。具有语音、数据、图像等综合业务功能，可实现数据通信、会议电视、多媒体通信等窄带和宽带业务。为智能网提供了统一的交换平台，可作为业务交换点或业务控制点，提供各种智能业务。

3. 信令

信令是电话网上用户终端与交换系统之间，以及交换系统与交换系统之间进行"对话"的语言，它控制电话网的协调运行，完成任意用户之间的通信连接，并维护网络本身的正常运行。

在电话网发展历程中，CCITT/ITU-T 建议了 No.1 至 No.7 信令方式，我国也相应规定了中国 No.1 信令（一号信令）和中国 No.7 信令（七号信令）。目前，我国公用电话交换网的主体采用 No.7 信令，局部和一些专网仍在使用 No.1 信令。

按信令的传送方式不同，可分为随路信令和共路信令。随路信令是传统的信令技术，局间各个话路传送各自的信令，即信令和语音在同一信道上传送。它的技术实现简单，可以满足普通电话接续的需要，但信令效率低，不能适应电信新业务的发展。主要用于模拟和数模混合的交换网。我国采用的 No.1 信令就是一种随路信令。

共路信令是一种新型的信令技术，它采用与语音通路分离的专用信令链路来传送信令，因此，一条信令链路可以同时传递许多话路的信令。共路信令也称为公共信道信令，它采用模块化的功能结构，可以支持多种业务和多种信息传送的需要。这种信令能使网络的利用和控制更为有效，而且信令传送速度快，信令效率高，信息容量大，可以适应电信业务发展的需要。共路信令消息可根据和话路的关系分成两类：一类为电路相关消息，即话路接续控制信令，这类消息均采用逐段转发方式传送；另一类是电路无关消息，包括陆地移动接口信令、智能网中的业务控制信令、网络管理信令、计费信息等，这类消息传送的是指令和数据，与话路没有关系，因此宜采用端到端方式直接传送。

No.7 信令是一种共路信令，采用全双工的数字传输信道传送信令，是一个国际标准化的通用的信令系统。它采用模块化的分层协议结构，实现了在一个信令系统内多种应用的并存。No.7 信令系统基本功能结构由公共的消息传递部分（MTP）和面向不同应用的用户部分（UP）组成。用户部分包括电话用户部分（TUP）、数据用户部分（DUP）、ISDN 用户部分（ISUP）、移动应用部分（MAP）、智能网应用部分（INAP）等。No.7 信令主要用于：电话网、综合业务数字网（ISDN）、移动通信网、智能网，以及网络的操作、管理和维护。尽管 ISDN 的发展和应用没有产生预期的效果，但 ISUP 由于其强大的功能，在电信网中得到了广泛的应用。由于 No.7 信令信息传送逻辑上独立于通信业务网，因此 No.7 信令网就是一个专门用于传送信令信息的网络。鉴于它的重要性，No.7 信令网采用了一些不同于业务网的组网技术和可靠性机制，以确保信令网的可靠性、安全性和高效运行。对于通信网来说，信令网是一个重要的支撑网。

4．智能网

智能网（Intelligent Network，IN）是 1992 年由 CCITT 标准化的概念，是用于产生和提供新业务的体系。这个体系可以为所有的通信网络服务，不仅可以为公用电话网、分组交换数据网、窄带综合业务数字网服务，也可以为宽带综合业务数字网、移动通信网和因特网服务。现在国内外的智能网可提供 60 多种新业务，如 800 号、900 号、300 号业务，大众呼叫、播音、转发信息，虚拟专用业务，回叫、重叫、转移呼叫、主叫跟踪业务，通用号码业务，信用卡呼叫业务等。

智能网是原有通信网的附加网络结构，与程控交换机拥有的智能功能是不同的概念，智能网是依靠 No.7 信令网、大型软件和集中数据库来支持。智能网把业务逻辑控制从交换软件中分离出来，在集中的节点中实现业务控制，这个节点称为业务控制点（SCP），交换机在原有交换软件的基础上增加业务交换功能，称为业务交换点（SSP）。当需要增加新业务时，只需要在业务控制点中增加相应的业务逻辑，而不需要对交换系统的软件进行修改，从而大大加快了新业务的开发。

智能网支持的业务在理论上是无限的，包括语音业务和非话业务。但是真正能开放的业务，取决于用户的需求和潜在的效益，依赖于信令系统、网络节点和相应软件的开发。ITU-T所建议的智能网能力集（IN CS）是智能业务的国际标准。IN CS1 定义了 25 种 IN 业务和 38 种业务特征，14 个业务独立构件（SIB），主要局限于电话网中的业务；IN CS2 定义了 16 种智能业务，增加 8 个 SIB，主要是实现智能业务的漫游，即增加了智能网的网间业务，加入了对移动通信网中的业务支持等；IN CS3 主要是实现智能网与因特网的综合、智能网支持移动的第 1 期目标（窄带业务）；IN CS4 主要是实现智能网与 B-ISDN 的综合、智能网支持移动的第 2 期目标（IMT2000）。

我国原邮电部颁布了智能网上开放智能网业务的业务标准，定义了 7 种智能网业务的含义及业务流程，分别是记账卡呼叫（ACC）、被叫集中付费（FPH）、虚拟专用网（VPN）、通用个人通信（UPT）、广域集中用户交换机（WAC）、电话投票（VOT）及大众呼叫（MAS）。

5.3.3　有线电视网

有线电视网（Cable Television，CATV）指的是利用同轴电缆或光缆来传送广播电视信号的网络，以一点对多点的方式传送业务。

1．发展历史

CATV 是由共享天线的收视系统演变而来。当初设立 CATV 的目的，是为了改善信号接收不良地区的电视收视效果而设立的。一般的电视广播都是利用电波来传送信号，因此很容易受到地形或高楼大厦等建筑物的阻挡，而造成电波干扰、收视效果不佳的现象。为了解决某些地区因地形上的限制而无法得到良好收视效果的问题，于是在适当地点装设高性能的共享天线，再以电缆线将电波送到各用户终端（电视机）。

共享天线电视很简单，由一部安装在主天线近旁的共享天线电视放大器和铺往各住户的有线电缆组成。后来由于大功率宽频放大器技术的发展，出现了传输范围包括一个城市的电缆电视系统。由于共享天线电视系统一样有宽频放大器和传输信号的电缆、信号分配器，可以看成是后来城市范围有线电视的前身。

1964 年，原中央广播事业局立项对共用天线系统进行研究，拉开了我国发展有线电视的序幕。1964 年至 1974 年，为我国有线电视技术研究和系统建设的准备阶段；1974 年，原中央广播事业局设计院等单位在北京饭店安装了我国第一个共用天线电视系统，标志着我国有线电视的诞生；1974 年至 1983 年，共用天线出现在各个居民楼或平房顶上，这一阶段可视为有线电视的初级阶段即共用天线阶段。这一阶段的技术特点是全频道隔频传输，一个共用天线系统可以传输五六套电视节目。1983 年至 1990 年，北京燕山石化建设 1 万户的有线电视网络，1985 年沙市建成有线电视网，标志着有线电视跨出共用天线阶段。这一阶段发展的技术特点是以电缆方式建企业或城域网络、邻频传输，传输的节目套数在十套左右。有的地方开始用光缆作为远程传输；1990 年 11 月颁布的"有线电视管理暂行办法"标志着我国有线电视进入了高速、规范、法制的管理轨道，朝着大容量、数字化、双向功能、区域联网等方向发展。经过多年的发展，我国有线电视已具备相当大的规模，是城市居民接收电视的主要手段。2009 年有线电视用户数已超过 1.7 亿户，稳居世界第一位。

2．数字电视

数字电视，就是电视节目的录制、播放、传输、接收的整个过程，全部采用数字技术，通过数字技术把现行模拟电视信号的平均码率压缩到 4.69～21Mbit/s，其图像质量可以达到电视演播室的质量水平或胶片质量水平，图像水平清晰度达到 500～1 200 线以上，传输 5.1 声道的立体环绕声。2008 年开始，我国全面推进地面数字电视，到 2015 年，我国将关闭现行模拟电视。

（1）数字电视的优势

模拟信号的传输会受到各种因素的干扰，噪声逐步积累，而数字电视信号在传输过程中，没有噪声积累，数字信号的信噪比不会降低，大大提高了电视节目图像接收的清晰度。

● 在有限频道资源里极大增加了播放节目数。在 6～8MHz 的带宽内只能传输一套模拟电视节目，而利用数字信号的复用技术，以及图像压缩编码技术，可以在同样带宽的频带上传输 6～8 套电视信号，大大提高了频道的利用率。

- 基于数字技术，能够开展综合交互式业务。数字电视为视频点播、高速上网、远程教育、电子商务、网络游戏等各种综合交互式业务的开展提供了基础平台。

- 数字电视便于实现科学管理与有偿服务。在前端实现了数字信号的加密加扰，在用户终端利用数字电视机顶盒接收电视节目，促进和保障有线数字电视业务的健康发展。

（2）技术基础

数字电视采用高效率的数据压缩编码技术。国际上对数字图像编码制定了 3 种标准，分别是主要用于电视会议的 H.261、主要用于静止图像的 JPMG 标准和主要用于连续图像的 MPEG 标准。MPEG-2 标准是一种被广泛采用的数字电视音视频压缩编码技术。MPEG-2 是一种既可以用于计算机通信网络，又可以用于电视广播网的图像编解码标准，在保持高压缩比的基础上，提供高质量图像，并且能够满足随机存取的要求。

在标准化方面，DVB 数字电视标准普及范围最大。DVB（Digital Video Broadcasting），即数字视频广播，DVB 标准包括数字电视地面广播（DVB-T）、数字电视卫星广播（DVB-S）、数字电视有线广播（DVB-C）。DVB 标准规定卫星信道采用 QPSK 调制，地面广播数字电视采用 COFDM 调制，有线数字电视采用 QAM 调制。

DVB-C 为数字有线电视广播系统标准，它有 16、32、64QAM（正交调幅）3 种调制方式，工作频率在 10GHz 以下。系统前端可从卫星和地面发射获得信号，在终端利用电视机顶盒来接收和解码。国家广播电影电视总局颁布的《有线数字电视广播信道编码和调制规范》等同于 DVB-C 标准。

有线数字电视网络采用光纤同轴电缆混合网（HFC）作为传输媒体，即主干网络采用光纤传输，用户终端的"最后一公里"采用同轴电缆接入。详细阐述可参考接入网部分。

3. 发展趋势

目前，CATV 网络的带宽资源还没有被充分利用，我国广电系统已开始多功能业务的网络试验，在部分经济发达地区开通了高速因特网接入、视频点播、网络购物等业务，CATV 的网络资源还有待于进一步开发。在城市 HFC 网络采用带有光端口的吉比特路由交换机，可直接利用光纤构建宽带城域网，以吉比特网络高效开展 IP 业务。广电网络的数字化为增值业务奠定了技术基础，增值业务是数字电视服务商提高运营收入的重要手段。

三网融合是通信网络发展的大趋势，表现为在技术上趋于一致，网络层上可以实现互连互通，业务层上相互渗透和交叉，应用层上趋向统一。三网融合不仅使得语音、数据和图像 3 大基本业务的界限逐渐消失，也使得网络层和业务层的界面变得模糊，各种业务层和网络层正走向功能乃至物理上的融合，整个网络正向下一代网络演进。

练 习 题

1. 简述 TCP/IP 参考模型的构成，以及各层主要完成的功能。

2. IP 地址分为几类？IP 地址的主要特点是什么？

3. IPv6 与 IPv4 的主要区别是什么？在数据报的结构形式上有什么区别？

4. 简述从 IPv4 向 IPv6 过渡的两种方法。

5. 简述 UDP 和 TCP 的区别与联系。

6. 简述 ATM 的基本原理。

7. 简述 ATM 协议参考模型。

8. IP 与 ATM 融合的方式有哪几种？请分别进行简单叙述。

9. 简述多协议标签交换（MPLS）的基本原理与主要特点。

10. 接入网在整个网络功能结构中具有什么作用？有哪些主要特征？

11. 宽带接入技术主要有哪几种？简述其主要特点。

12. 结合因特网的实际应用，简述因特网的几种关键应用技术。

13. 简述因特网标准制定的几个阶段。

14. 简述程控电话交换机的发展过程。

15. 简述程控电话交换机的主要构成。

16. 什么是智能网？智能网业务有哪些？

17. 数字电视的特点与优势有哪些？

18. 结合"三网融合"工作的进展情况，谈一谈"三网融合"的发展前景。

第 6 章 多媒体通信的质量保证

多媒体信息的类型多、数据量大，为保证多媒体通信的服务质量，对通信网络系统的性能要求较高。一般采用服务质量（QoS）来衡量通信网络的性能。由于不同的应用对于网络性能的要求不同，对网络所提供的服务也就有不同的要求，这些要求使用一组 QoS 参数表示。保持通信数据的同步是多媒体通信中的重要问题，多媒体同步控制机制既要保证数据流的媒体内同步，又要保证数据流的媒体间同步。视频相关的应用业务日益广泛，为保证服务质量，视频传输可采用一系列的差错控制技术，涉及编码、传输、解码等。

6.1 通信的服务质量

6.1.1 服务质量的概念

服务质量（Quality of Service），简称 QoS，ITU 给出的定义是"一个决定用户满意程度的服务质量的总效果"，是通信网络传输多媒体数据及其支持多媒体应用的好坏程度的度量。

因特网创建初期，整个网络运作以"尽力而为"的机制提供网络服务，提供的是无 QoS 保证的业务，如 Web 应用或 E-mail 服务等，并没有特定的时间限制。数据包从起点到终点的传输过程中如果出现差错，可采取丢包的方法处理。但随着因特网的快速发展，出现了一些对时间要求较高的应用，如 IP 电话、视频点播等，这些应用常常需要固定的传输率，对延时比较敏感。因此，QoS 的保证就十分重要，当网络过载或拥塞时，通过 QoS 的管理能确保重要数据包不受延迟或丢弃，同时保证网络的高效运行。

从支持 QoS 的角度，多媒体网络系统必须提供 QoS 参数定义和相应的管理机制。用户能够根据应用需要使用 QoS 参数定义 QoS 需求，网络系统要根据系统可用资源容量来确定是否能够满足应用的 QOS 需求。经过双方协商最终达成一致的 QoS 参数值应该在数据传输过程中得到基本保证，或者在不能履行所承诺的 QoS 时应能提供必要的提示信息。

6.1.2　QoS 参数

在一个分布式多媒体系统中，通常采用层次化的 QoS 参数体系结构来定义 QoS 参数，分别对应应用层、传输层、网络层和数据链路层。

1．应用层

应用层 QoS 参数是面向端用户的，应当采用直观、形象的表达方式来描述不同的 QoS，供端用户选择。例如，通过播放不同演示质量的音频或视频片断作为可选择的 QoS 参数，或者将音频或视频的传输速率分成若干等级，每个等级代表不同的 QoS 参数，并通过可视化方式提供给用户选择。

2．传输层

传输层协议主要提供端到端的、面向连接的数据传输服务。通常，这种面向连接的服务能够保证数据传输的正确性和顺序性，但以较大的网络带宽和延迟开销为代价。传输层 QoS 必须由支持 QoS 的传输层协议提供可选择和定义的 QoS 参数。传输层 QoS 参数主要有吞吐量、传输延时、抖动、差错率等。

3．网络层

网络层协议主要提供路由选择和数据报转发服务。通常，这种服务是无连接的，通过路由器等设备的存储转发来实现。在分组转发过程中，路由器将会产生延迟、丢失、差错等。网络层 QoS 同样也要由支持 QoS 的网络层协议提供可选择和定义的 QoS 参数，如吞吐量、延迟、延迟抖动、分组丢失率、差错率等。

网络层协议主要是 IP，其中 IPv6 可以通过报头中优先级和流标识字段支持 QoS。一些连接型网络层协议，如 RSVP 可以较好地支持 QoS，其 QoS 参数通过保证服务和被控负载服务两个 QoS 类来定义。它们都要求路由器也必须具有相应的支持能力，为所承诺的 QoS 保留带宽、缓冲区等资源。

4．数据链路层

数据链路层协议主要实现对物理介质的访问控制功能，也就是解决如何利用介质传输数据问题，与网络类型密切相关，并不是所有网络都支持 QoS，即使支持 QoS 的网络其支持程度也不尽相同。ATM 网络能够较充分地支持 QoS，提供面向连接的服务，在建立虚连接时可以使用一组参数来定义 QoS。主要的 QoS 参数有峰值信元速率、最小信元速率、信元丢失率、信元传输延时、信元延时变化范围等。

在 QoS 参数体系结构中，通信双方的对等层之间表现为一种对等协商关系，双方按所承诺的 QoS 参数提供相应的服务。同一端的不同层之间表现为一种映射关系，应用的 QoS 需求自顶向下地映射到各层相对应的 QoS 参数集，各层协议按其 QoS 参数提供相对应的服务，共同完成 QoS 保证。

6.1.3　QoS 管理

QoS 的管理分为静态和动态两大类。静态资源管理负责处理流建立和端到端 QoS 再协商过程，即 QoS 提供机制。动态资源管理处理媒体传递过程，即 QoS 控制和管理机制。

1．QoS 提供机制

（1）QoS 映射

QoS 映射完成不同级（如操作系统、传输层和网络）的 QoS 表示之间的自动转换，即通过映射，各层都将获得适合于本层使用的 QoS 参数，如将应用层的帧率映射成网络层的比特率等，供协商和再协商之用，以便各层次进行相应的配置和管理。

（2）QoS 协商

用户在使用服务之前应该将其特定的 QoS 要求通知系统，进行必要的协商，以便就用户可接受、系统可支持的 QoS 参数值达成一致，使这些达成一致的 QoS 参数值成为用户和系统共同遵守的约定。

（3）接纳控制

接纳控制首先判断能否获得所需的资源，这些资源主要包括端系统以及沿途各节点上的处理机时间、缓冲时间、链路的带宽等。若判断成功，则为用户请求预约所需的资源。如果系统不能按用户所申请的 QoS 接纳用户请求，那么用户可以选择"再协商"较低的 QoS。

（4）资源预留与分配

按照用户 QoS 规范安排合适的端系统、预留和分配网络资源，然后根据 QoS 映射，在每一个经过的资源模块（如存储器和交换机等）进行控制，分配端到端的资源。

2．QoS 控制机制

QoS 控制是指在业务流传送过程中的实时控制机制。

（1）流调度控制机制

调度机制是向用户提供并维持所需 QoS 水平的一种基本手段，流调度是在终端以及网络节点上传送数据的策略。

（2）流成型

流成型基于用户提供的流成型规范来调整流，可以给予确定的吞吐量或与吞吐量有关的统计数值。流成型的好处是允许 QoS 框架提交足够的端到端资源，并配置流安排以及网络管理业务。

（3）流监管

流监管是指监视是否正在维护提供者同意的 QoS，同时观察是否坚持用户同意的QoS。

（4）流控制

多媒体数据，特别是连续媒体数据的生成、传送与播放具有比较严格的连续性、实时性和等时性，因此，信源应以目的地播放媒体量的速率发送。即使发收双方的速率不能完全吻合，也应该相差甚微。为了提供 QoS 保证，有效的克服抖动现象的发生，维持播放的连续性、实时性和等时性，通常采用流控制机制，这样做不仅可以建立连续媒体数据流与速率受控传送之间的自然对应关系，使发送方的通信量平稳地进入网络，以便与接收方的处理能力相匹配，而且可以将流控和差错控制机制解耦。

（5）流同步

在多媒体数据传输过程中，QoS 控制机制需要保证媒体流之间、媒体流内部的同步。

3．QoS 管理机制

QoS 管理机制和 QoS 控制机制类似，不同之处在于，QoS 控制机制一般是实时的，而QoS 管理机制是在一个较长的时间段内进行的。当用户和系统就 QoS 达成一致之后，用户就开始使用多媒体应用。然而在使用过程中，需要对 QoS 进行适当的监控和维护，以便确保用户维持 QoS 水平。QoS 维护可通过 QoS 适配和再协商机制实现，如由于网络负载增加等原因造成 QoS 恶化，则 QoS 管理机制可以通过适当地调整端系统和网络中间节点的 CPU 处理能力、网络带宽、缓冲区等资源的分配与调度算法进行细粒度调节，尽可能恢复 QoS，即 QoS适配。如果通过 QoS 适配过程依然无法恢复 QoS，QoS 管理机制则把有关 QoS 降级的实际情况通知用户，用户可以重新与系统协商 QoS，根据当前实际情况就 QoS 达成新的共识，即QoS 再协商。

另外，可以使用 QoS 过滤，降低 QoS 要求。过滤可以在收、发终端上进行，也可以在数据流通过时进行。在终端进行过滤的一个例子是，当源端接到 QoS 失败的指示后，通过丢帧过滤器丢掉 MPEG 码流中的 B 帧/P 帧，将输出数据流所需的带宽降低。

6.2　多媒体通信的同步

6.2.1　同步的概念

在多媒体系统中，同步的内涵比较复杂。一般说来，同步可认为是相对时间而言，而广义的内涵是，在多媒体系统中应包含多媒体表现的内容、空间和时间关系。这里需区分时相关媒体和时无关媒体。时相关媒体流中的连续单元之间有相应的时间关系，如视频信号包括一定数量的帧，每一帧均具有固定的时间段。时无关媒体是一些诸如文本、图形等类的媒体，其"表现"的意义，并不取决于时间段。在时相关媒体和时无关媒体之间则往往存在相应的内容上的同步关系，如图表与语音合释，图像或语音与旁白文字注释等。当然从另一角度上看，这两者之间的内容关系也反映两者在时间段的关系。多媒体信息间的空间意义也可有多种反映，如某可视媒体在显示器屏幕上的显示位置，先后出现的关系等；而对于声音这一不可视媒体，则安排它在听觉空间与一些可视媒体同步。可视媒体之间也有空间关系，如表现大型建筑的画面，可从大门开始，然后拉伸镜头，反映建筑物与地面之间类似"上下文"的关系。

在多媒体系统中，同步的内涵还应含有多层次或多级的划分。诸如，用户级同步、复合对象内部同步、系统同步等。从多媒体节目的创作到演示，涉及了一系列的过程，其中有节目的脚本、拍摄、数据取样处理，媒体的存储、传送、演示再现等。在其中，应指出信息交互。用户可以控制和使用信息，如反复调用有兴趣的进球、冲刺画面，快速掠过不感兴趣的部分等，用户级同步是交互性参与的同步，在脚本的制作时就应考虑用户的需求。

媒体的处理或传送是以信息元，也称逻辑数据单元为基本单位，媒体对象可以划分为若干不同的信息元，并依次序进行串行通信，那么在再现时就会有媒体间的同步问题。

此外，在通信中媒体不可避免地受到干扰，产生延迟或抖动，乃至逻辑数据单元的次序变化等，这就需引入系统同步的概念。

总之，多媒体的同步是指协调时序关系的机制，而空间通常可考虑融合入时间概念之中，因此，同步的方法主要是基于时间上的方式。

6.2.2 同步的类型

1. 用户级同步

用户级同步是最上层的同步，又称交互同步或表现级同步。该同步需从用户的角度出发，来设计模型框架。所设计的模型要能反映和满足用户的交互性，容易为用户所理解，这种模型一般以时间为控制线索，重点在于表现与交互。用户级同步的同步机制是由多媒体信息中的脚本信息提供的。

多媒体的脚本，类似于电影的脚本，对小说的内容，结合了故事情节的变化发展，考虑到何种场景、次序、人物的形象语言等因素，以一个个的镜头来呈现给观众。但是多媒体脚本还应考虑允许用户的交互参与活动。用户可以根据场次的控制，借用菜单选择等具体手法来控制流程，如反复观察某一动作细节，放大局部的图像，掠过用户所不愿意或没有多大兴趣的场面等。诸如在外语教学中，可以反复收听难以理解的听力段落；在欣赏足球比赛的实况转播中，可固定住"越位"或"进球"动作的场面；在了解侦察破案的镜头中，可仔细观察其中的局部细节等。这种交互性的参与导致了脚本的场次并非按原定的线性关系延续，而可有多条路径。这是多媒体脚本的表现和电影中剧本的表现所不同之处，可以作为多媒体表现的特征。多媒体的表现或演示，相对于电影或电视完全受制于导演的安排而言，允许用户的介入，正是其魅力之所在。用户级的同步扩展了多媒体演示的功能。

2. 媒体间同步

媒体间同步，又称合成同步，是逻辑数据单元的合成，或不同媒体类型的数据之间的合成，其中蕴含了空间、时间的合成。该同步涉及不同类型的媒体数据，侧重于它们在合成表现时的时间关系的描述。

要进行数据传输，必然要把图像、语音、文字等多媒体信息转换为数据流形式，并依串行方式在通信系统中传送至用户端。逻辑数据单元作为数据块，其大小与应用有关，可以是一帧、一复帧或分镜头等。在连续的媒体流中逻辑数据单元播放的时间是相同的，逻辑数据单元之间的时序关系在捕获或生成的过程中业已形成，并要求在播放时得到精确的重现。在连续的逻辑数据单元之间，任何时间的抖动将会影响播放的质量。而与时间无关的媒体没有媒体内部的同步问题，媒体间同步反映了各不同媒体对象之间的同步关系。唇同步是在自然客观的情况中，所获取的视频和音频之间的时间关系。而在很多情况中，各个独立生成的诸如文字、图像、旁白等媒体对象，则是依脚本的要求，来指定这些媒体对象之间的时间关系。

另外，在计算机支持协同工作中，所有的参加者在自己的桌面上都有一个相同内容的窗口，在该窗口中，有一个公用的指针标志，即有一个指针同步。指针同步实质上反映了媒体对象之间在时间上的同步关系。

为了进一步理解媒体间的同步，可以对静态和动态的媒体对象，以及它们之间的同步相合成，作更多的描述。静态和动态是相对于时间轴而言的。若在某个时间段上表现保持不变，则为静态，而在不同时刻表现的内容在不断地变化，则为动态。文字注释属于静态对象，音频和视频则可属于动态对象。对象的合成包含了静态对象和动态对象的 3 种组合方式，即静态与静态、动态与动态及静态与动态，可分别称之为静态型合成、动态型合成以及混合型合成，静态型合成对象的表现主要涉及对象各成分之间的空间组织，如黑板与黑板上的粉笔字之间的位置关系；动态型合成对象的表现主要考虑对象成分之间的时间依赖关系，如运动图像和语音解说及音乐烘托之间的时序关系；混合型合成对象则需要同时考虑在空间和时间两个方面，如文字与语音的结合。文字的显示有空间关系，而文字的显示与语音播放相匹配，也就是"写到哪儿，念到哪儿"，具有时间上的依存关系。

静态与动态是相对的，静态对象在表现时，由于与动态对象的表现在时间上的关联性，而具有了动态性，而动态对象可以看做是许多静态对象的组合，在动态图像的处理上，动态图像往往作为某一时刻上的静止图像来进行加工。同样，空间合成与时间合成不是相互隔离的，而是统一的。多媒体对象在表现过程中与时间相关，同时在每个表现点上也与空间相关。多媒体之间的合成或同步，其调度策略是以时间为主线，附加各自的空间。

3. 系统同步

系统同步，又称多媒体内部同步，是底层同步。所谓系统同步，是指该层的同步如何根据各种输入媒体对应的系统设备的性能指标来协调实现其上层合成同步所描述的各媒体对象间的时序关系。在单机条件下，同步技术要涉及媒体的存取速度、压缩解压的生成和还原时间、图像的显示和声音的播放等时间因素，而在通信系统中，则要考虑多媒体数据段在传输变换中的延迟、抖动、分组中的时间次序错位、丢失等情况，要考虑不同类型的媒体数据段对于通信中的吞吐量、最大时延、最大抖动、允许误比特率、允许误分组率的不同的实际要求。此外，还要进一步分析研究经过压缩编解码的多媒体数据在数据通信中所受到的影响及其带来的严重性。多媒体通信的同步机制是相当复杂的。对于传送多媒体的通信平台，应根据不同媒体对象的需求特点，分析其所需 QoS，决定传输策略，安排不同的传输信道，采用合适的通信规约，选择相应的交换方式等。例如，对语音可采取延迟短、延迟变化小的传输方式，而对数据要采用可靠保序的传输方式。在通信中需要认真考虑多媒体的同步问题，而在用户端的媒体输出时，计算机终端也应考虑协作，承担多媒体同步问题的处理。

在现实情况中，多媒体通信系统是个资源受限的系统。所谓资源受限表现在以下两个方面，其一是通信信道带宽受限，其二是终端计算机存储容量受限。如果这两方面不受限制，同步的情况要好得多。比如说，若信道带宽不受限制，那么就可以比较好地安排各种媒体信息间的关系，各种类型媒体流可以及时到达终端，以便于忠实地再现脚本的内容。而若存储的容量足够大，就可以通过先把所有信息全部接收下来，然后再组织各类媒体数据流的方法实现同步播放。当然，两者不可偏废，若仅仅是容量足够大，而传输带宽不够，在存储器的多媒体数据播送完毕，后续的数据流就不能及时跟上，这就可能出现存储器的"饿死"现象，相当于出现一台放映机放映完毕之后，而另一台放映机没有电影胶片，放出"空片"，从而造成断片现象。若传输带宽非常大，显然是不经济的；若存储容量过小，又有可能"拥塞"，尚未输出的部分缓存数据会被覆盖。存储容量对于带宽，或者说是对媒体逻辑数据单元的先后到达，特别在媒体对象类型不同的情况下，起到了补偿，或者说是缓冲作用。

6.2.3　多媒体同步控制机制

多媒体同步控制机制的作用是将各个媒体的同步误差控制在它所能容忍的范围内。同步机制实际上是一种服务过程，它能够了解同步描述数据所定义的时域特征，并根据用户所要求的同步容限，完成对该特征的维护（即在运行过程中保证时域特征不受破坏）。

一般而言，所使用的同步控制机制既要保证多媒体数据流的媒体内同步，又要保证多媒体数据流的媒体间同步。媒体内的同步关系表现为媒体流的连续性和实时性，媒体间的同步关系表现为各种媒体流中同步点的同时播放。

1．媒体内同步

（1）基于播放时限的同步方法

一个连续媒体数据流是由若干逻辑数据单元构成的时间序列，逻辑数据单元之间存在着固定的时间关系。当网络传输存在延时抖动时，连续媒体内部逻辑数据单元的相互时间间隔会发生变化。这时，在接收端必须采取一定的措施，恢复原来的时间约束关系。一个方法是让接收到的逻辑数据单元先进入一个缓存器对延时抖动进行过滤，使从缓存器向播放器（或解码器）输出的逻辑数据单元序列是一个连续的流。

通过缓存器会带来播放的延迟，因此，必须适当地设计缓存器的容量，既能消除延时抖动的影响，又不过分地加大播放时延时间。这种方法适用于收发时钟同步、且延时抖动在一个确定的范围之内的情况，不仅可以解决传输延时抖动，而且可以解决由数据提取、数据处理等原因引起的延时抖动。

（2）基于缓存数据量控制的同步方法

采用基于缓存数据量控制方法的系统，其信宿端缓存器的输出按本地时钟的节拍连续地向播放器提供媒体数据单元，缓存器的输入速率则由信源时钟、传输延时抖动等因素决定。由于信源和信宿时钟的偏差、传输延时抖动或网络传输条件变化等影响，缓存器中的数据量是变化的，因此，需要周期性地检测缓存的数据量。如果缓存器超过预定的警戒线，如快要溢出或快要变空，就认为存在不同步的现象，需要采取再同步手段。

2. 媒体间同步

媒体之间的同步包括静态媒体与实时媒体之间的同步和实时媒体流之间的同步。到目前为止，对于媒体流之间同步的方法还未形成通用的模式，许多方法都是基于特定的应用环境提出的。

（1）时间戳同步技术

时间戳同步技术是指在每个媒体的数据流单元中加进统一的时间戳，具有相同时间戳的信息单元将同时予以表现。不同的媒体流通过分离的信道传输，媒体间同步是通过所有媒体流的数据单元都达到一样的端端延时这一间接的方法而完成的。数据分组在发送端打上时间戳，接收方在从发送时计起的一个固定延迟后，才将数据分组提交给用户。时间戳同步技术的最大特点是接收方基于时间戳实现媒体间同步中一起传输，不要附加信道，不需要另外的同步信息，不改变数据流。

时间戳可以采用绝对时间或从开始起的相对时间，因此该同步技术又分为绝对时间戳同步技术和相对时间戳同步技术。在具有统一网络时钟的同步通信网中，可以加上绝对时间标记（时戳），这种方法称为绝对时戳方法。在没有统一时钟的网络中，可以在多媒体的各类信息中选择一种作为主媒体，其他为从属媒体，在主媒体上的各个单元按时间顺序打上时戳，从属媒体则由系统视其和哪个主媒体时间单元一致而打上该单元的时戳，使用这种方法建立的同步关系就称为相对时间戳同步。

在发送端，设想将各个媒体都按时间顺序分成若干小段，放在同一根时间轴上。给每个单元都做一个时间记号，即时间戳。处于同一时标的各个单元具有相同的时间戳。各个媒体到达接收端时，具有相同时间戳的媒体单元同时进行表现，由此达到媒体之间同步的目的。这种方法实施的前提是：所有信源和信宿的本地时钟都与一个全局时钟同步，以此来解决信源和信宿的时钟偏差问题。在网络中使用时钟同步协议来解决时间同步问题。

比较常见的是在因特网上运行的网络时间协议（Network Time Protocol，NTP）。该协议规定用中央时间服务器来维护一个高精度和高稳定度的时钟，并向网上的站点周期性地广播定时信号，各站点将这个定时信号作为调整本地时钟的基准。实践表明，经过这样的调整，各站点的时钟同步的精度可保持在 10ms 之内。在这么微弱的时间偏差范围内，接收端根据发送端在发送媒体数据流时设定的时间戳信号来恢复媒体数据流间的时间关系，能够符合用户对播放质量的要求。

（2）基于反馈的流间同步方法

基于反馈的同步机制是网络环境下常用的同步方法。在接收端要进行失调检测是这种方法的关键。根据失调检测信息，可以在发送端进行同步控制，也可以在接收端进行同步控制。

发送端根据接收端反馈回来的失调检测信息采取相应的措施进行同步控制。一般是在信源和信道之间增加适当容量的缓冲区，当网络负载严重时，可以把发送的数据流先存入缓冲区，等网络空闲了再发送。也就是说，发送端根据网络当前的拥塞情况来动态调节数据流的发送速率，因此可能会降低部分媒体的质量，如只传送图像基本层或者降低图像分辨率，以满足用户对媒体数据流的同步需求。但这种控制手段因为需要反馈，延迟了发送端的反应，具有一定的滞后性。所以尽可能早的让发送端发现问题，及时做出调整，是较新的一种同步设想。

在接收端也可进行同步控制。这种同步控制实际上是一种对传输过程中出现的各种不同步问题的补偿性措施，可以称其为再同步。接收端的再同步技术有不同的同步算法，如有基于神经网络和模糊逻辑的同步机制，有基于特定算法的同步机制（以实时数据流的播放时间大于它们的到达时间为原则）等。一般来说，网络发生的最大延时和最大延时抖动是进行同步控制的根据，在接收端设置一个容量适当的缓冲器用于缓存接收到的媒体数据，然后根据播放情况和网络当前运行情况由同步调度器来控制播放速度。这样做，往往会增大端到端的通信延时，从而使实时性较差。因此，这种方法不太适合于多媒体会议系统这类实时性应用。如果根据网络的当前状况，动态地调整缓冲器的大小，即用动态可调缓冲器替代缓冲器，则可以达到减小端到端延时的目的，但这样会使控制机制复杂化。

（3）基于 RTP/RTCP 的同步机制

RTP 报头的序列号、时间戳和 SSRC 字节，以及 RTCP 中的网络监测等字段在多媒体同步中需要用到。一般来说，媒体内同步使用"序列号"字段，接收端根据它对单种媒体流进行重组；媒体间同步使用"时间戳"字段，接收端根据各媒体流的这个字段来寻找应该同时播放的逻辑数据单位；媒体源使用"SSRC"字段用于标识不同的来源。

该同步机制实质上也是一种基于反馈的同步机制。RTCP 轻载信息就是它的反馈信息，这就是 RTP 的同步机制与其他基于反馈同步机制的不同之处。它的控制策略是：各个接收端周期地将一种称为接收者报告的轻载信息反馈给发送端，在接收端轻载信息中包含有接收者观察到的网络失调状态信息，发送端将接收者报告提交给上层应用程序，应用程序据此进行失调检测评价。如果出现了失调现象，就要进行强制性同步控制。

通过改变数据发送速率、控制传输带宽等方法来实施发送端强制同步，发送端应用程序可以完成这些功能。也可以在接收端采取诸如静帧、跳帧和分级传输这些再同步控制方法来满足接收端演示质量（QoP）的要求。在 RTP 中，为了保证实时数据流的传输质量，规定 RTCP 数据报只占整个通信带宽的 5%。通俗地说，这种方法就是利用 RTCP 的收、发报文来判断网络的 QoS，用错误隐藏的方法来解决短时冲击，用减小多媒体载荷的方法来解决长时拥塞。

6.2.4　同步多媒体集成语言

同步多媒体集成语言（Synchronized Multimedia Integration Language，SMIL）是一种媒体组合的描述语言，其核心是用标记语言来控制多媒体片段的时间同步关系和空间布局。SMIL 是由 3W（World Wide Web Consortium）组织制定的，最新版本是 2008 年 12 月推出的 SMIL 3.0。

SMIL 与网页上使用的 HTML 的语法格式非常相似。HTML 主要针对普通的网络媒体文件进行操纵（文字、图片、声音、动画、视频的机械堆砌）。而 SMIL 则操纵多媒体片断（对多媒体片断的有机的、智能的组合），它包含具有简单而规范的标记，用于说明多媒体片段在什么时间、什么位置、以什么方式播放，其主要功能与特点如下。

（1）多媒体集成

多媒体文件的格式非常多，视频格式有 wmv、rm、mov 等，声音格式有 mp3、wav 等，图片格式有 jpg、png 等。如果想把若干个视频、声音、图片文件集成起来播放，以前的办法是用编辑软件把这些文件整合成一个视频文件，而这个整合后的文件往往很难恢复成源文件。如果采用 SMIL 来组织这些多媒体文件，那么可以在不对源文件进行任何修改的情形下，达到集成播放的效果。

（2）时间控制

SMIL 的时间控制描述能力很强，通过简单的 SMIL 描述可以很容易的规定媒体的显示开始时间、持续时间，还可以指定播放某个视音频文件的某一片段。

（3）空间布局

布局就是在显示屏幕上定出各个多媒体片断显示的位置，通过 SMIL 能够实现图文混排、视频画中画、视频叠加字幕等特殊效果。

（4）链接控制

SMIL 提供链接控制功能，能够很好的实现大部分流媒体的交互性，可以为某个视频添加超链接，当播放器播放该视频时，如果把鼠标移动到播放画面上，鼠标指针形状将变为小手形状，单击鼠标左键，播放器将停止播放当前视频而播放链接到的视频文件。这就是一个简单的链接示例。通过链接，SMIL 能够实现播放在不同服务器上的多媒体片断。

（5）智能流

由于用户连接到因特网的方式不尽相同，所以连接速度的差别也较大。为了让用户都能够流畅地看到演示，可以制作适应不同传输速度的演示文件。在传统的方法中，往往要用户自己选择他的机器连接所对应的传输速度，然后播放相应的演示文件。而采用 SMIL，是播放器检测用户的连接速度后，就同服务器"协商"，要求传输并播放相应的演示文件。

（6）多语言选择

SMIL 支持语言选择。在 SMIL 播放器播放 SMIL 文件时，检测播放器设置的是什么语言，如果是美国英语（en-us），那么就从服务器下载相应的英文版视频文件播放；如果是简体中文（zh-cn），那么就从服务器下载中文版视频文件播放。这些设定是通过 SMIL 的简单语法设置的，SMIL 规范提供了很多国家的选项。

关于 SMIL 的具体规范与描述可以在因特网上查阅，以下网址提供了 SMIL3.0 的介绍与规范：http://www.w3.org/TR/2008/REC-SMIL3-20081201/smil-introduction.html。

6.3　视频通信的差错控制

6.3.1　视频差错控制技术

随着因特网的普及和第三代移动通信业务的开展，基于流媒体传输的视频应用得到了迅速发展，视频差错控制技术是保证视频通信质量的关键技术。

视频差错控制技术是指编码器通过增加相应的编码策略或改进视频码流的结构，使视频解码器便于检测差错，并利用视频中的时间空间相关性来恢复因差错而丢失或毁坏的数据，降低信道差错对视频传输质量影响的技术。

根据控制机制作用的位置和工作方式的不同，视频差错控制主要有 3 类方法：编码端在编码过程中附加冗余控制码或采用特殊编码方式以保证码流的正确传输或帮助纠错，如前向纠错（FEC）、混合纠错（HEC）等；在解码端利用插值、估计等重构算法恢复丢失的数据或覆盖差错数据，如差错隐藏、数据恢复等；通过编码器与解码器之间的控制信息交互重发差错数据，如自动重传（ARQ）等。

6.3.2　基于编码端的差错控制

传统编码器的设计目标是尽最大可能去除冗余信息，以达到最大的压缩比。如果以此作为编码器设计的唯一准则，势必造成解码器不易恢复误码。基于编码器的差错控制技术通过在信源或信道编码器码中添加一定的冗余信息，提高视频流对信道差错的健壮性。其设计目标是以最少的冗余信息产生最好的抗误码效果。很多方式可以在视频流中引入冗余使得视频流的抗误码能力增强或给解码器的差错隐藏提供有用的信息来增强隐藏效果。

1. 前向纠错编码

前向纠错（Forward Error Correction），简称 FEC。FEC 在编码端发送能纠正错误的编码，在解码端根据接收到的码和编码规则，能自动纠正传输中的错误。其特点是不需要反馈信道，实时性好。

FEC 被广泛应用于通信系统中，主要被用于纠正信号在传输过程中出现的误码。在互联网中，误码是由低层协议来处理的，对上层协议来说丢包是最主要的问题。由于丢失的数据在整个数据流中的位置是已知的，因而，前向纠错技术起的是纠删的作用，它被用于恢复丢失的数据。在基于 IP 网的视频传输系统中，一帧视频图像信息往往被分成若干个 IP 包进行传输。IP 包的丢失将严重影响视频图像帧的质量。因此，对一帧视频图像的若干 IP 包进行前向误差校验处理，以此来恢复丢失的或出现差错的 IP 包，从而保障视频传输的质量。前向纠错技术的基本原理是在一帧图像 k 个源数据包中插入 $n-k$ 个冗余包，并将这 n 个包一并发送给接收端，其中 $n-k$ 个冗余包是由 k 个源数据包经过编码计算后得到的。这样，一帧图像共包括 n（$n>k$）个分组包，其中包含 $n-k$ 个校验包。我们把这 n 个数据包称为一个数据块，每个包在块中都有一个编号。由于网络传输的不可靠，一个数据块中的一些数据包在传输过程中丢失。接收端通过编号可以确定这些丢失的数据包在数据块中的位置，在丢包数量不超过纠错能力极限的情况下，由于冗余包的存在，接收端可以利用冗余包来恢复丢失的源数据包。即接收端只要接收到 n 个分组包中的任意 k 个分组包就可以再生出视频图像帧原来的 k 个分组包数据，从而恢复出正确的视频图像信息。

在采用 FEC 编码保证数据传输的可靠性的同时，应注意选择编码方案的策略。一般来说，FEC 编码的冗余度越大其纠错能力也越强，但冗余度越大，意味着冗余数据占用的带宽也越大，带宽利用率越低。为提高视频传输质量，可以采用一些优化方案，比如动态 FEC 机制、自适应模型等。

2. 分层编码

分层编码是指将视频信号分成一个基本层和一个或几个增强层，其中基本层包含视频信号的基本信息，通过它可以恢复出可接收但质量较低的视频信号，增强层包含视频信号的细节信息，它可以逐步提高视频的恢复质量。为了抵抗信道干扰，在传输过程中分层码流必须具有不等差错防护（UEP）的特性，基本层码流应该受到最高级别的保护，如分配更多的带宽，用更强的前向纠错码，对增强层应用不是很强的差错控制机制。

层次的划分可以用不同的方法实现。如果在时域分层，那么基本层包含低帧率比特流，增强层包含增量信息。如果在空域分层，基本层是原始分层信号的子采样，或者基本层采用粗量化步长，把细节部分留给增强层。如果按频率分层，把低频系数和低频带子信号放在基本层。如果使用运动补偿的编码器，编码模式和运动矢量放在基本层。

3．多描述编码

多描述编码将同一个视频信号编码成多个相关的子流（称为描述），具有同等重要性，并且分别在独立的信道上传输。任何一个单独的描述必须提供一个基本级别的视频质量，多个描述一起提供改善的视频质量。这种方法的前提是在信源和信宿之间有几个并行的通道，不同通道之间的差错事件是相互独立的，因此，所有信道同时发生错误的概率是非常小的，从而增加了数据成功接收的可能性。

多描述编码可采用以下方法。

（1）通过交织子采样技术，独立的将子图编码，这样如果一个子图丢失，可以从相邻的子图中恢复过来。

（2）多描述标量量化。在不同的量化级别上生成子码流，如果所有的子码流都收到，那么重建质量是精细的，如果只收到一部分，那么重建质量是粗糙的。

（3）使用引入关联的线性转换。通过线性转换，把相关联的转换系数分到不同的组里，如果系数组丢失，可以从正确收到的组里估计出来。

多描述编码相对于分层编码的优点是它不需要网络提供可靠的子信道，缺点是编码效率低。

4．健壮的熵编码

健壮的熵编码是指在熵编码阶段加入冗余以检测错误或防止差错传播，以下是几种常用的熵编码方法。

（1）自同步的熵编码。在像素域或比特流域等间距的插入同步码，在同步码的后面包含空间和时间信息以标识解码后的数据属于哪个宏块。

（2）差错恢复熵编码。把变长比特流分成相同大小的分段，编码数据放在预定的分段里，然后预定义一个偏移序列寻找空的分段放置剩余比特。解码端的解码器根据相同的算法在分段里寻找剩余的数据，从而恢复原始数据。

（3）可逆变长编码。该编码方法在发生错误的时候，可以先到下一个同步点，然后从反方向解码，从而最大程度的利用可用数据。

（4）定长编码。由于下一个码字的起始点已知，所以重同步很容易。

6.3.3 基于解码端的差错控制

基于解码端的差错控制的目标是恢复受损的信息和隐藏差错引起的视觉失真，主要是采用差错隐藏技术。在以人眼为最终信宿的视频通信中，差错隐藏技术利用人眼的差错遮蔽特性以及视频信号空间和时间上的相关性，通过从先前接收到的无差错视频信息中提取有用信息，来颇为近似地恢复丢失或出错数据，提高解码后的图像质量。

1. 差错检测

实施差错控制的前提是检测是否发生了差错以及对差错发生位置的准确定位。因此，差错隐藏的第一步是差错检测。差错检测技术一般分为两种：传输编解码器上的差错检测和视频解码器上的差错检测。

（1）传输编解码器上的差错检测

一种方法是利用数据包的头部信息。视频发送端对压缩视频流打包时，在每个数据包前加上头部信息，头部信息包含着一个连续的数据包序号，当数据包丢失时，连续到达传输层解码器的数据包的序号将不再保持连续，从而可以判断数据包丢失。例如，H.223 就采用了这种差错检测方法。

另一种方法是利用前向纠错技术。对编码器输出的视频流分段进行纠错编码，为每个数据段提供纠错码，传输层解码器根据纠错码判断差错的发生及其发生位置。例如，H.263 为每 493bit 的视频流添加 18bit 的前向纠错码。

（2）视频解码器上的差错检测

视频解码器上的差错检测主要是利用视频信号本身的特点，如计算宏块与边缘 4 个宏块的像素差值以检测 DCT 系数是否被破坏。频域上的差错检测方法为每个块加一个同步码，块数与预定义的块数比较，如果发现差异则表明出现了错误；还可以利用变长编码的特性，一旦检测到视频码字不在编码表里，则出现错误。

2. 差错隐藏

基于解码器的差错隐藏是指在解码端利用先前接收的无差错视频信息来对差错信息进行恢复或估计，使这些差错信息在视觉上尽量不被察觉出来。如果编码方法采用的是基于块的视频压缩编码，要恢复一个损坏的块，必须对 3 种信息进行恢复：编码模式、运动信息（主要是运动矢量 MV）、纹理信息（主要是 DCT 变换系数）。视频信号主要由低频分量组成，具有平滑特性，也就是除了边缘在时间和空间上相邻像素值的变化是平滑的，而且运动矢量的变化也是平滑的。利用这个特点，可以用插值的方法对纹理信息和运动信息进行恢复。

（1）编码模式

一种简单有效的恢复编码模式的方法是认为受损块是帧内编码模式，再用空间插值对其进行恢复；另一种方法是在相邻块的编码模式已知的前提下，根据相邻块编码模式的统计分布，估计受损块最有可能的编码模式。

（2）运动矢量 MV 的恢复

最直接和简单的方法是假定丢失的 MV 为零矢量，对运动量较小的视频序列，可以取得很好的隐藏效果。另一种方法是用前一帧中空间对应 MB 的 MV 来代替丢失的 MV。第三种方法是用从空间相邻的 MB 中所得 MV 的平均值来代替丢失的 MV。第四种方法是用从空间相邻的 MB 中所得 MV 的中值来代替丢失的 MV。其中，最后一种方法在所有 MV 恢复方法中能取得最好的重构效果。

（3）纹理信息的恢复

差错的时间隐藏法：该方法是基于运动补偿的时间预测，利用受损块的运动信息对图像进行恢复。具体可分为无运动补偿和有运动补偿两种情况。无运动补偿的时间隐藏方法简单有效，特别是针对相对静止的图像序列。一般有运动补偿的时间隐藏法要优于无运动补偿的时间隐藏方法。时间隐藏法的局限性在于必须保证运动矢量的正确传输，在运动矢量受损的情况下就需要利用空间隐藏法。

差错的空间隐藏法：主要采用空间内插，用受损块的 4 个相邻块的像素值进行插值来估计受损像素的值。通常只有邻近块的边界像素被用来作空间内插。

差错的运动自适应隐藏法：时间隐藏法对不运动及中等程度运动物体的效果较好，空间隐藏法只有在物体运动速度很快时效果好于时间隐藏法。可以将两者结合起来使用，根据图像的运动情况以及编码类型，自适应地选择某种误码隐藏方法或它们的加权组合，以达到最好的隐藏效果。

6.3.4　基于编解码端交互的差错控制

如果在解码器和编码器之间可以交互，那么编码器和解码器在差错隐藏的过程中可以交流信息，差错控制的效果会更加理想，如在源编码层，编码器可以根据反馈信号调整编码参数，在传输层反馈信号可以用来改变用于前向纠错和差错重传所占用的带宽。

1. 有条件的自动请求重传（ARQ）

有条件的自动请求重传（ARQ）是一种简单的交互式差错控制，但会导致延时，可能对实时交互视频通信产生较大影响。如果时延允许，可以采用 ARQ，重传损坏的信息，只要这些重传数据在解码器使用之前到达，就能部分地消除差错影响。

在使用时，考虑到实时的需要，重传的数据应该是最重要的，且数据量相对较小，比如与 LC 编码结合，只重传基本层的数据。

2. 基于反馈信息的参考帧选择

如果编码器通过反馈了解到某个编码帧 n 受到损坏，那么它就可以不使用 n 帧，而是用更前一帧（解码器已正确接收）作为参考帧来编码下一个 p 帧，这种方法称为参考帧选择。该方法要求编码端和解码端能缓存多个已编码帧或解码帧，它不会引入处理时延。因为对当前帧的编码不需要等待已编码帧的信息，而是直接根据反馈信息利用受损帧的前一帧作为参考帧进行编码。如果预测距离不是太远并且没有场景变换，该方法比直接使用 I 模式刷新编码，效率更高。

3. 误码跟踪

编码器跟踪第 n 帧中损坏的数据对其后的 d 帧的影响，并采用下列某种方法。

（1）对第 $n+d$ 帧中将用第 $n+d-1$ 帧中损坏的像素进行预测编码的块，采用 I 模式编码。

（2）尽量避免用第 $n+d-1$ 帧中的损坏块预测第 $n+d$ 帧。

（3）对帧 $n+1$ 到 $n+d-1$ 进行与解码器相同的错误隐藏，这样编码器中的参考帧在进行第 $n+d$ 帧编码时将与解码器一致。

通过这些处理，都能使解码端从第 $n+d$ 帧起完全从差错中恢复过来。3 种方法中，前两种方法只要求编码器跟踪受损块的位置，第 3 种方法要复杂一些。

6.3.5 视频编码标准中的差错控制机制

1. H.263+的差错控制机制

前向纠错模式（FEC）；分片结构模式（SS）：用分片结构代替 GOB 结构，它自由地将图像块划分到不同的分片结构中，分片之间无重叠，在每个分片结构中，头信息后面紧跟完整的宏块，两个额外的子模式用于标记传输的顺序，在数据流中，分片之间彼此独立，运动补偿只在分片结构内部进行；独立段解码模式；参考帧选择模式（PRS）。

2. H.263++的差错控制机制

增强参考帧可选模式（EPRS）：当使用反向信道传送信号时，PRS 可工作在 ACK 或

NACK 模式，无反向信道时，使用视频冗余编码模式（VRC）；数据分割模式；可附加增强信息模式，如重复头信息，特别适用于无线和 IP 网络的视频传输。

3．MPEG-4 的差错控制机制

重同步；数据分割模式；头信息扩展编码（HEC）：视频头信息可以在特定的视频包中重复发送，即使头信息发生错误，也能够及时被后面重复的 HEC 验证和纠正；可逆变长编码（RLVC）；自适应 INTRA 更新（AIR）；NEWPRED，该方法类似于 H.263 中的参考帧选择（PRS）。

4．H.264 的差错控制机制

基于数据分割的不等差错保护；帧内编码模式刷新：帧内刷新模式是基于块组或宏块的刷新，通过固定的或者随机帧内编码方式，能够有效地控制差错扩散，但是它以增加码率为代价；切换预测帧（SP）的引入：SP 帧的编码类似于 P 帧，是基于帧间预测的运动补偿编码，但它能够在使用不同参考帧的情况下重构相同的图像，可以实现码流的随机切换，即 SP 帧可以在码流的切换、拼接、随机接入、差错恢复等应用中取代 I 帧，当码流中出现误码时，通过反馈信道通知编码器，使其在对后续编码帧进行编码时参考差错出现以前的正确解码帧；全局率失真优化方法：传统的率失真优化的模式判决方法中只考虑量化失真，不考虑信道失真，编码器使用该方法不能获得很好的健壮性。基于全局率失真优化的模式判决，简称 GRDO 法，考虑了信道误码率和丢包率对视频质量的影响，使码率、质量和抗误码特性有较好的均衡，并且对编码器的复杂度增加不多。

练　习　题

1．简述 QoS 的概念及其在多媒体网络系统中的作用。
2．简述 QoS 提供机制、控制机制和管理机制。
3．多媒体通信的同步有哪几种类型？分别进行简单叙述。
4．简述媒体内同步控制方法。
5．简述媒体间同步控制方法。
6．简述同步多媒体集成语言（SMIL）的主要功能与特点。
7．根据控制机制作用的位置和工作方式的不同，视频差错控制方法主要有哪几类？
8．基于编码器的差错控制技术主要有哪几种编码？简述其主要特点。
9．简述 3 种基于编解码端交互的差错控制方法。

第7章 多媒体通信终端

在多媒体通信系统中，多媒体通信终端是重要的组成部分，它是具有集成性、交互性、同步性的通信系统。随着网络技术、移动通信技术的发展和多媒体通信各类标准的不断完善，多媒体通信终端技术得到了很大的发展，并且出现了新的发展趋势。

7.1 多媒体通信终端简介

多媒体通信终端是多媒体硬件系统中的客户端硬件系统、多媒体操作系统和用户应用软件相互融合形成的系统，是指接收、处理和集成各种媒体信息，并通过同步机制将多媒体数据同步呈现给用户，同时具有交互式功能的通信终端。

7.1.1 多媒体通信终端的组成

一般来说，多媒体通信终端包括搜索、编解码、同步、准备和执行 5 个部分，涉及接口协议、同步协议、应用协议 3 种协议。

搜索部分是指人机交互过程中的输入交互部分，包括各种输入方法、菜单选取等输入方式。

编解码部分是指对多种信息表示媒体进行编解码。编码部分主要将各种媒体信息按一定标准进行编码并形成帧格式，解码部分主要对多媒体信息进行解码并按要求的表现形式呈现给人们。

同步处理部分是指多种表示媒体间的同步问题。多媒体终端的一个最大的特点是多种表示媒体通过不同的途径进入终端，由同步处理部分完成同步处理，送到用户面前的就是一个完整的声、文、图、像一体化的信息，这就是同步部分的重要功能。

准备部分的功能体现了多媒体终端所具有的再编辑功能。例如，一个影视编导可以把从多个多媒体数据库和服务器中调来的多媒体素材加工处理，创作出各种节目。

执行部分完成终端设备对网络和其他传输媒体的接口。

接口协议是多媒体终端对网络和传输介质的接口协议。同步协议传递系统的同步信息，以确保多媒体终端能同步地表现各种媒体。应用协议管理各种内容不同的应用。

7.1.2 多媒体通信终端的特点

多媒体通信终端由于要处理多种具有内在逻辑联系的多种媒体信息，与传统的终端设备相比，有以下几个显著的特点。

1. 集成性

指多媒体通信终端可以对多种信息媒体进行处理和表现，能通过网络接口实现多媒体通信。这里的集成不仅指各类多媒体硬件设备的集成，而且更重要的是多媒体信息的集成。

2. 同步性

指在多媒体终端上显示的图、文、声、像等以同步的方式工作。它能保证多媒体信息在空间上和时间上的完整性。它是多媒体通信终端的重要特征。

3. 交互性

指用户对通信的全过程有完整的交互控制能力。多媒体终端与系统的交互通信能力给用户提供了有效控制使用信息的手段。它是判别终端是否是多媒体通信终端的一个重要准则。

7.1.3 多媒体通信终端的关键技术

多媒体通信终端所涉及的关键技术概括起来包括以下几方面。

1. 开放系统模式

为了实现信息的互通，多媒体通信终端应按照分层结构支持开放系统，模式设计的通信协议要符合国际标准。

2. 人—机和通信的接口技术

多媒体通信终端包括两个方面的接口：与用户的接口和与通信网的接口。多媒体通信终端与最终用户的接口技术包括输入法和语音识别技术、触摸屏技术、最终用户与多媒体终端的各种应用的交互界面设计技术。多媒体通信终端与通信网的接口包括电话网、分组交换数据网、N- ISDN 和 B-ISDN、LAN、无线网络等通信接口技术。

3. 多媒体通信终端的软、硬件集成技术

多媒体通信终端的基本硬件、软件支撑环境，包括选择兼容性好的计算机硬件平台、网络软件、操作系统接口、多媒体信息库管理系统接口、应用程序接口标准及设计、开发等。

4. 多媒体信源编码和数字信号处理技术

多媒体通信终端设备必须完成语音、静止图像、视频图像的采集和快速压缩编解码算法的工程实现，以及多媒体通信终端与各种表示媒体的接口，并解决分布式多媒体信息的时空组合问题。

5. 多媒体通信终端应用系统

要使多媒体终端能真正地进入使用阶段，需要研究开发相应的多媒体信息库、各种应用软件（如远距离多用户交互辅助决策系统、远程医疗会诊系统、远程学习系统）、管理软件等。

7.2 多媒体通信终端的标准

7.2.1 框架性标准

众所周知，接入通信网的设备（电话机、传真机、交换机等）必须遵从相应的国际标准，否则不同国家和不同厂家的设备之间将不能互通，也就不能达到通信的目的。对于多媒体通信终端也是如此。ITU-T 第 15 研究组从 20 世纪 80 年代末期开始，为几种主要网络环境下使用的多媒体通信终端制定了一系列标准，这些标准都归结在 H 系列建议中。主要框架性标准如下。

- ITU-T H.323：不保证服务质量的局域网可视电话系统和终端。
- ITU-T H.320：窄带可视电话系统和终端（N-ISDN）。
- ITU-T H.322：保证服务质量的局域网可视电话系统和终端。
- ITU-T H.324：低比特率多媒体通信终端（PSTN）。

- ITU-T H.321：B-ISDN 环境下 H.320 终端设备的适配。

7.2.2 基于特定网络的多媒体通信终端标准

1. H.323

随着 IP 网络通信质量的改善，IP 网络已成为目前最重要的一种网络形式，不论是网络运营商还是增值服务提供商都对 IP 网络情有独钟，因此 ITU-T 制定了基于 IP 网络的多媒体通信的 H.323 标准。

H.323 是 ITU-T 的一个标准簇，它是 1996 年由 ITU-T 的第 15 研究组通过，最初叫做"工作于不保证服务质量的 LAN 上的多媒体通信终端系统"。1997 年年底通过了 H.323V2，改名为"基于分组交换网络的多媒体通信终端系统"。H.323V2 的图像质量明显提高，同时也考虑了与其他多媒体通信终端的互操作性。1998 年 2 月正式通过时又去掉了版本 2 的"V2"称呼，就叫做 H.323。

由于基于分组交换的网络逐步主宰了当今的桌面网络系统，包括基于 TCP/IP、IPX 分组交换的以太网、快速以太网、令牌网、FDDI 技术，因此，H.323 标准为 LAN、MAN、Intranet、Internet 上的多媒体通信应用提供了技术基础保障。

H.323 标准定义了 4 种基本功能单元：用户终端、网关（Gateway）、网守（Gatekeeper）和多点控制单元（MCU），如图 7-1 所示。

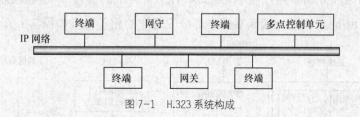

图 7-1 H.323 系统构成

H.323 多媒体通信终端之间可以进行实时的、双向的语音和视频通信。一个完整的 H.323 多媒体通信终端包含了分别负责音频、视频、数据应用和系统控制的 4 类协议的应用。H.323 多媒体通信终端的构成如图 7-2 所示。

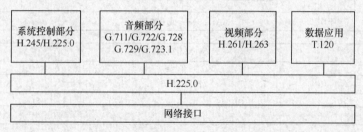

图 7-2 H.323 多媒体通信终端的构成

对于音频部分来说，由于音频信号包含了数字化和压缩的声音，H.323 支持的音频压缩算法都符合 ITU 标准。为进行语音压缩，H.323 终端必须支持 G.711 语音标准，也可选择采用 G.722、G.728、G.729.A 和 G.723.1 进行音频编解码。因为视频编码处理比较复杂，所需时间比音频处理时间长，为了解决唇音同步问题，在音频编码器上必须引入一定的时延。H.323 标准规定其音频可以使用不对称的上下行码率进行工作。每个为音频数据而开放的逻辑信道同时还伴有一个为音频控制而开放的逻辑信道。H.323 终端可同时发送或接收多个音频信道信息。

对于视频部分来说，视频编码标准采用 H.261/H.263，为了适应多种彩电制式，并有利于互通，图像采用 SQCIF、QCIF、CIF、4CIF、16CIF 等公用中间格式。每个为视频而开放的逻辑信道同时还伴有一个为视频控制而开放的逻辑信道。H.261 标准利用 $P \times 64\text{kbit/s}$（$P=1$，2，…，30）通道进行通信，而 H.263 由于采用了 1/2 像素运动估计技术、预测帧以及优化低速率传输的哈夫曼编码表，使 H.263 图像质量在较低比特率的情况下有很大的改善。

由于 T.120 是 H.323 与其他多媒体通信终端间数据互操作的基础，因此，通过 H.245 协商可将其实施到多种数据应用中，如电子白板、应用共享、文件传输、静态图像传输、数据库访问、音频图像会议等。

2. H.310

H.310 是工作在宽带网络上的视听多媒体系统和终端标准。该系统由 H.310 终端、ATM/B-ISDN 网络部分和多点控制单元组成。H.310 终端的音频、视频编解码器、用户到网络信令部分、复用/同步单元、端到端信令部分应遵守的相关标准如图 7-3 所示。

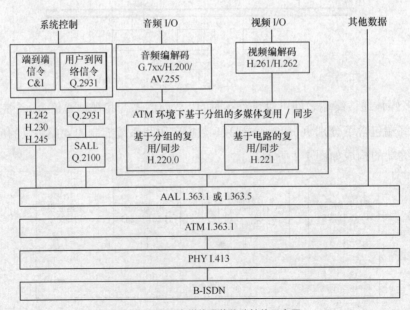

图 7-3 H.310 多媒体通信终端结构示意图

由于 H.310 终端是宽带网络下的多媒体通信终端，因此，H.310 终端允许更高质量的视频和音频编码方式。视频标准除了 H.261 外，还可以采用 H.262 压缩编码标准，即可以采用 HDTV 标准规定的一些编码方案。在音频信号方面，可以采用 MPEG 音频，即可以支持多声道的音频编码。

H.310 标准规定其传输速率很高，同时它应该支持 H.320/H.321 所采用的 N-ISDN 的 B、2B 和 H_0 等速率，而 H_{11} 和 H_{12} 是可选的，因此，它支持与 H.320/H.321 标准终端的互通。H.310 通常采用的速率为 6.144Mbit/s 和 9.216Mbit/s 两种，它们分别对应 MPEG-2 标准的中等质量和高质量的视频信号。当然，它还可以采用其他速率，这时需要在通信建立时通过 H.245 与接收端进行协商，以保证接收端具备接收该速率的能力。

3．H.320

1990 年 12 月 ITU-T 批准了针对窄带 ISDN 应用的 H.320 标准。它是基于电路交换网络的会议终端设备和业务的框架性协议。它描述了保证服务质量的多媒体通信和业务。它是 ITU-T 最早批准的多媒体通信终端框架性协议。

H.320 多用于会议电视终端。会议电视终端的基本功能是能够将本会场的图像和语音传到远程会场，同时，通过终端能够还原远程的图像和声音，以便在不同的地点模拟出在同一个会场开会的情景。因此，任何一个终端必须具备视音频输入/输出设备。视音频输入设备（摄像机和麦克风）将本地会场图像和语音信号经过预处理和 A/D 转换后，分别送至视频、音频编码器。视频、音频编解码器依据本次会议开会前系统自动协商的标准（如视频采用 H.261 或者 H.263，音频采用 G.711、G.722、G.723.1、G.728 或者 G.729），对数字图像和语音依据相关标准进行数据压缩，然后将压缩数据依据 H.221 标准复用成帧传送到网络上。同时，视频、音频编解码器还将远程会场传来的图像和音频信号进行解码，经过 D/A 转换和处理后还原出远程会场的图像和声音，并输出给视音频输出设备（电视机和会议室音响设备）。这样，本地会场就可以听到远程会场的声音并看到远程会场的图像。但是，在完成以上任务以前，系统还需要其他相关标准来支持。如果是两个会场之间，不经过多点控制单元（MCU）开会，就需要用 H.242 标准来协商系统开会时用何种语言或者参数。如果是两个以上会场经过多点控制单元（MCU）开会，终端就需要 H.243、H.231 等标准来协商开会时会议的控制功能，如主席控制、申请发言等功能。如果使用的是可控制的摄像机，一般而言，还需要 H.281 标准实现摄像机的远程遥控。如果系统除开普通的视音频会议之外，还需要一些辅助内容如数据、电子白板等功能，系统就需要采用 T.120 系列标准。依据网络的不同，所有数据进入网络时需要依据相关的网络通信标准进行通信，如 G.703 或者 I.400 系列协议。

可见，一个完整的 G.320 终端功能和结构是相当复杂的，图 7-4 所示为基于 H.320 标准的多媒体电视会议系统终端的结构。从图上可以看出，II.320 多媒体通信终端所涉及的标准相当多。

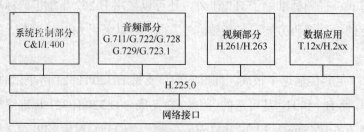

图 7-4　H.320 多媒体电视会议系统终端结构示意图

4. H.324

用于低速率电路交换网络的 H.324 于 1995 年通过，是第二代 ITU-T 多媒体会议标准中最早的标准，当前版本 1998 年 2 月通过。H.324 定义了基于低比特率电路交换网络（CSN）的多媒体终端，开始用于最大速率为 33.6kbit/s 的 V.34 调制解调器的公共电话交换网（PSTN）模拟线路（即简易老式电话业务 POTS）。H.324 已经扩展到其他 CSN 网络，如 ISDN 和无线网络（数字蜂窝通信和卫星通信）。

与 H.323 所涉及的包交换网络不同，电路交换网络的主要特征是直接点对点同步数据连接，在长时间内以恒定比特率工作。CSN 连接上的端对端延迟是固定的，并且不需要执行路由，所以这里不需要包转发寻址或者其他处理不可预测到达时间或乱序传送额外开销。H.324 的设计目的是在低比特率时尽可能提供最好的视频和音频质量等性能。

H.324 是一个"工具箱标准"，它支持实时视频、音频、数据以及它们的任意组合，允许实现者在给定的应用中选择所需要的部分。视频、音频和数据流都是可选的，可以同时使用这几种类型。H.324 支持许多类型终端设备的互操作，包括基于 PC 的多媒体视频会议系统，便宜的语音/数据调制解调器、加密电话、支持视频现场直播的 WWW 浏览器、远程视频监控摄像机、电视电话等。

7.2.3　复接/分接标准

在 H 系列的系统中复接/分接方式可以分为两大类，一类是 H.221，通过在固定的比特位传送特定种类的媒体数据来实现复接；另一类称之为包（或分组）复接，即将各种媒体（或逻辑信道）的数据分别打成包，然后将各类包复接成一个串行的比特流。H.220 属于包复接/分接方式。

1. H.221

在此标准中，每 80B（10ms）的数据构成 1 帧。每个字节的对应比特构成一个 8kHz 的子信道，如所有字节的第 1 比特构成第 1 个子信道。第 8 个子信道称为公务子信道（Service Channel，SC）。在 SC 中，前 8 个比特作为帧校准信号（Frame Alignment Signal，FAS）。FAS 给出帧的校准信息、告警信号、错误检测等。SC 的第 2 个 8 比特称为比特率分配信号（Bit-rate Allocation Signal，BAS）。BAS 实际上是通信控制信息，用来描述终端具备的能力、信道的构成、控制与指示信号等。SC 的第 3 个 8 比特可以作为加密控制信号（Encryption Control Signal，ECS）。SC 的剩余带宽可以由用户数据所占用。

图 7-5 所示为 N-ISDN 基本接口的两个 B 信道（128kbit/s）共同使用时，子信道的占用情况。除了公务子信道外，第 1 个 B 信道的第 0～5 子信道传输音频数据，其余子信道传输视频数据，图中 A_1，A_2，…和 V_1，V_2，…分别代表音频和视频数据的第 1，2，…个比特。从图上可以看出，这实际上是一种同步时分复用的方法。不同媒体的数据分别在所分配的固定的时隙中传送，因而它们各自占有的带宽是固定的。如果需要传送数据，数据可以占用某一个或几个子信道。依照与图 7-5 相类似的方法，相邻的 n×64kbit/s 信道可以组合以获得更高的信道容量，如 H_0，H_{12}/H_{11} 等。复接的码流在接收端按 BAS 中的属性分离成单一媒体的数据流。

2．H.222.0

H.222.0 实际上是 MPEG-2 的系统层（ISO/IEC 13818-1）协议，它在视频压缩、存储、传输以及数字电视广播和 HDTV 中都得到应用。

（1）复接/分接方式

在 H.222.0 中，首先将不同的媒体流分别按一定的长度分组，每一组码的前面加上包头，然后在同一信道上轮流传送不同媒体类型的包。这可看成是一种异步的时分复用。在接收端根据包头信息将各种包区分开来，去掉包头重新组合成各自的码流。这种异步时分复用的方法使得带宽分配比较灵活。

	B信道								B信道							
	0	1	2	3	4	5	6	7	0	1	2	3	4	5	6	7
80B	A_1	A_2	A_3	A_4	A_5	A_6	V_1	FAS	V_2	V_3	V_4	V_5	V_6	V_7	V_8	FAS
	A_7	A_8	A_9	A_{10}	A_{11}	A_{12}	V_9		V_{10}	V_{11}	V_{12}	V_{13}	V_{14}	V_{15}	V_{16}	
	…	…	…	…	…	…	…	BAS	…	…	…	…	…	…	…	BAS
	…	…	…	…	…	…	…	ECS	…	…	…	…	…	…	…	ECS
	…	…	…	…	…	…	…		…	…	…	…	…	…	…	
	A_{49}	A_{50}	A_{51}	A_{52}	A_{53}	A_{54}	V_{129}	V_{130}	V_{131}	V_{132}	V_{133}	V_{134}	V_{135}	V_{136}	V_{137}	V_{138}
	…	…	…	…	…	…	…	…	…	…	…	…	…	…	…	…
	…	…	…	…	…	…	…	…	…	…	…	…	…	…	…	…

图 7-5 两个 B 信道构成的帧结构

将不同媒体，如视频和音频的基本比特流（Elementary Bit Stream）复接的方式有两种，如图 7-6 所示。图 7-6（a）所示为复接系统的结构。首先将基本比特流按应用的需要打成长度不同的包，形成包基本码流（Packet Elementary Stream，PES）。然后，第一种复接方式是直接轮流传送不同类型的 PES 包，形成复接的 PES，如图 7-6（b）所示；第二种方式是将 PES 包连同 PES 的包头都看成是数据，将这些数据分成等长度的段，重新打成长度固定的包，并加上包头，称为传送包（Transport Packet）。然后轮流传送传送包，形成传送流（Transport Stream，TS），如图 7-6（c）所示。一般规定，PES 包的始端要放在传送包的起始处，因此，如果上一个传送包还未填满的话，则要插进一些冗余比特将其填满。

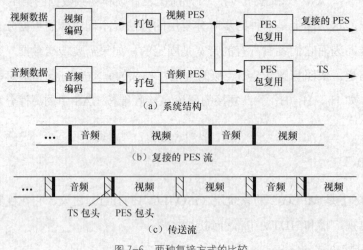

图 7-6　两种复接方式的比较

除了视频和伴音信号以外，其他附加数据、控制数据等也都可以在经过打包之后复接到同一个信道上。由于传送包头中含有标识符 PID（Packet Identification），所复接数据的类型不必事先限制，只要给以适当的 PID，就可以随时插入。例如，在传输一个需要付费的节目之前，可以先插入密钥的传送。

直接将 PES 包复接的方式比较简单，但在信道产生误码或失去同步的情况下，由于包长不固定，检错、纠错和再同步处理都比较复杂，因此这种方式适用于几乎无误码的环境（如DVD）中使用。而传送包复接的方式比较适于通信或存储时存在误码的情况。传送包是等长的，在检测到误码时，因为已知包的长度，从下一个无误码包开始就可以使数据流恢复正常。采用固定长度的包还有利于信道容量的动态分配和接收机分接设备的简化。

（2）PES 包和传送包的结构

PES 包的长度可随业务类型的不同而不同，其允许的最大长度为 2^{16} 个字节。PES 包的包头中用 Stream ID 表示码流的类型（例如是视频、伴音还是数据），同时还包含包的长度等需要说明的其他信息。

传送包的长度规定为 188 个字节。包长太短会降低传输效率，因为每个包都要加上包头，包头在短包内占的比例较大，则要降低每个包所能携带的有用信息的比例。包长也不能规定得太长，否则受到信道干扰时产生误码的概率会增高。此外，包长最好与典型的信道纠错编码所需要的块长相协调，以便于传输过程中的检错和纠错处理。最后，由于多媒体业务很可能在 ATM 网上传送，因此包长应当与 ATM 信元长度相协调。

传送包的包头中包含包同步的标志、PID、对具有同一 PID 的数据包的计数（用来检测包在传输中是否丢失）、加扰控制指示等。在有些情况下，节目必须有条件地接收，如收费节目只有交费后才能收看，为此，发送端将传送包中的有效数据加扰。所谓加扰，是将数据流按某种规律变成伪随机序列。解扰时利用传送包头中的一个专门区域（或另一个专门的 PES 流），将解扰的密钥传给收端，使已交费的收端能将加扰的数据恢复成正常信号。解扰的密钥还可以随时间不断变换。传送包头中的加扰控制指示用来标志该包中的数据（包头信息永远不加扰）是否加扰；如果已加扰，应该用哪一种密钥来解扰。

（3）复接/分接过程

传送流的复接分两个层次进行。在底层，将所有共用同一时间基准（即使用同一时钟）的基本码流（例如视频和伴音的 PES）复接成一个节目传送流。在高层，使用不同时钟的节目传送流再采用异步包复接方式汇合成一个复接的 TS 流，或称为系统码流。除了基本码流之外，还有一个控制码流。控制码流传送一个节目映射表（Program Map Table，PMT），用来说明组成这个节目的基本码流的 PID 号，以及这些基本码流之间的关系等。除了节目传送流之外，还有一个 PID=0 的系统控制流，用来传送节目关联表（Program Association Table，PAT）。该表给出了携带不同的节目映射表的节目控制码流的 PID。要分离出某个节目的码流，首先从节目关联表中查到节目映射表的 PID，再从节目映射表中找到构成该节目的所有基本码流的 PID，分接设备就可以根据查到的 PID 将所需要的节目流分离出来。

7.2.4　通信控制标准

通信控制的主要功能包括：能力交换与通信模式的确定、子通道（逻辑通道）管理、身份认证、密钥分发、动态模式转换（参加、退出会议、速率转换等）、远程应用功能控制、流量控制、多点控制/响应等。所谓能力交换，是指通信的双方将自己的能力（如总传输速率、是否具备语音和视频信号同时通信的能力、可处理的压缩编码/解码方式、数据传输是否采用 T.120 协议、实时媒体采用的是复接的 PES 还是 TS，以及 AAL 类型等）互相交换、协商，以确定此次通信采用哪些模式。通信过程中 QoS 的缩放（如传输速率的变化）通过动态模式转换实现。远程应用功能包括对远端摄像机的控制、冻结图像、快速刷新、静噪，以及维修时信号的环回等。而多点会议控制则包括会议的申请、加入和退出、发言权控制、主席控制、数据令牌控制、同时打开多个会议等。

ITU-T 最早制定的控制协议是用于 H.320 系统的 H.242/H.243/H.230，而用于其他 H 系列系统的控制协议为 H.245。此外，针对多媒体会议中的数据传输，即对共享数据的控制，ITU-T 还制定了 T.120 系列的协议。下面对这 3 类控制协议分别作简单的介绍。

1. H.242/H.243/H.230

在对 H.221 的分析中我们已经了解到，公务子信道中的 BAS 码携带着通信控制的消息，而 H.242/H.243/H.230 协议则规定了实现控制的过程，二者必须结合使用。由于一个 BAS 码只有 8bit，所能表达的信息有限，要传送较为复杂的控制信息时，需要采用单字节扩展或多字节扩展的 BAS 码。不过，尽管可以扩展，使用 BAS 码的方式所能表达的控制消息仍然是有限的，此外扩展也不够灵活。

H.242/H.243/H.230 能够实现的主要控制功能包括：能力交换与通信模式确定、模式转换、远程应用功能控制和多点会议控制。早期的多媒体业务着重于语音和会话者图像的传递，数据的交互是很少的。因此，这组协议具有良好的实时性，发端和收端可以同步地进行模式转换，适合于对连续媒体流的通信控制，但是它对数据的多点控制能力较差。这组协议广泛地应用于会议室型的系统，实现起来也比较简单。

2. H.245

H.245 是 H.323 和 H.324 系统的控制协议，同时它也在 v.70（使用调制解调器的）多媒体终端中采用，并被 H.324/M 所采用。它的设计思想与 H.242 有显著的区别。首先，它与复接标准不相关，通信控制消息和通信控制过程均在 H.245 中定义。其次，控制消息在一个专有的逻辑通道中传送，该通道在通信一开始就打开，在整个通信过程中不关闭。采用专有的逻辑通道显然可以比 BAS 码传送更多种类和更复杂的控制信息。同时，该信道总是建立在可靠的传送层服务之上，因此在定义控制消息和过程时不需要考虑差错控制。

H.245 分为 3 个基本部分，即句法、语义和过程。第一部分是用 ASN.1 定义的控制消息句法。语义部分描述句法元素的含义，并提供句法的制约条件。过程部分则用 SDL（Specification and Description Language）图定义交换控制消息的协议。在句法中规定了扩展标志和标识版本号的协议标识（Protocol Identifier）域，以便于将来对 H.245 功能进行扩展和应用于新类型的系统。过程部分不仅定义了正常操作，还定义了异常事件的处理。

H.245 实现的控制功能主要有：能力交换与通信模式确定、对特定的音频和视频模式的请求及模式转换、逻辑通道管理、对各个逻辑通道比特率的控制、远端应用控制、确定主/从终端、修改复接表等。不同的控制功能对应于不同的实体，每个实体负责产生、发送、接收和解释与该功能有关的消息。实体间相对独立，相互之间只通过与 H.245 的使用者间的通信进行联系。模块化的结构与封装使得 H.245 具有良好的扩展性和实时性。

H.245 有管理多个逻辑通道的功能。逻辑通道可以是单向的，也可以是双向的。每一个逻辑信道号代表一个特定的信道。在进行能力交换之后、多媒体数据的实际传输之前，终端通过逻辑信道信令（打开/关闭）为编码/解码分配资源。在要求打开一个逻辑信道的请求中包含着对所要传输的数据类型的描述（如 6Mbit/s 的 H.262 MP@ML），此信息提供给接收端以分配解码资源。发送端收到接收端的肯定确认信号之后，才正式开始数据的传送。接收端也可以拒绝发端建立逻辑信道的要求。多个逻辑通道可以按复接标准复接成单一的比特流，打开逻辑通道的请求消息中标明该信道复接时的位置。逻辑通道的建立与在该通道上传送的数据类型是相关联的，因此 H.245 既适合于对连续媒体的控制，也适于对突发数据和大块数据流的通信控制。

H.245 用复接表来描述信息流的复接方式。一个复接表包含 16 个复接项，即 16 种复接方式。转换复接模式时（如网络拥塞需要转换到低速率模式时），复接层只需要在这 16 种方式中选一种即可，因此模式转换速度很快。H.245 考虑了加密控制，可以打开/关闭加密控制逻辑通道。在模式转换的速度和加密控制两个方面，H.245 与 H.242 同样具有较好的性能。

3. T.120 系列

T.120 系列标准是 ITU-T 针对音图（Audiographic）会议而制定的多点通信控制协议，它由一组协议构成，通常作为可选项对数据（Data/Telematic）进行控制。

T.120 协议的系统模型如图 7-7 所示，其中由 T.123、T.122/T.125 和 T.124 构成的通信基础设施（Communication Infrastructure）是整个体系结构的核心。

T.123 负责向上层提供可靠、有序和具有流量控制的数据传输服务，对数据单元没有长度的限制。T.123 规定了不同类型网络的协议栈配置，使会议可以建立在 PTSN、N-ISDN、B-ISDN、LAN 等多种网络上。

T.122/T.125 定义了多点通信服务（Multipoint Communication Service，MCS）。MCS 支持任意多个应用实体之间的全双工多点通信，这些互连的应用实体可以存在于不同的网络环境之中。MCS 将若干个点到点的传送层连接组成多点域（Multipoint Domain），每个多点域对应于一个独立的会议，而域内的数据传输是通过 MCS 通道来完成的。MCS 通道可以分为静态和动态两种类型。静态通道随着多点域的创建而产生，而动态通道是在会议进行过程中，根据应用实体的申请而创建的。

T.124 提供通用会议控制（Generic Conference Control，GCC）服务，具有创建、控制和终止会议的功能。T.120 协议还定义了一些具体应用的标准，如静态图像传输（T.126）、多点的二进制文件传输（T.127）等，并在 T.121 中提供了一般性应用模板（Generic Application Template）。其目的在于使具体应用的开发者能够更充分地利用 MCS 服务，和确保不同应用之间的互操作性。

可以看出，T.120 多点通信的控制能力是很强的。通过 T.122/T.125 的 MCS 域管理可以灵活地组网；通过分层的 MCS 结构和顶节点可以方便地组成多级多点会议；通过 MCS 域融合和域分离可以将两个同时召开的会议合成一个，或将一个会议分成两个。MCS 还支持多个同时召开的会议，但是，由于协议的复杂性，T.120 不宜应用在实时性要求较高的连续媒体传输中，这就是在 H 系列系统中只采用它作为数据通信控制的原因。

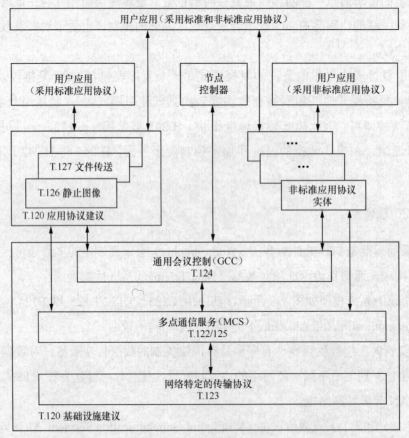

图 7-7 H.120 协议系统模型

7.3 基于计算机的多媒体通信终端

多媒体计算机是指能够对文本、音频、视频等多种媒体进行逻辑互连、获取、编辑、存储、处理、加工和显示的一种计算机系统，并且多媒体计算机还应具备良好的人机交互功能。

在普通计算机的基础上，增加一些软件和硬件就可以把普通计算机改造为多媒体计算机。随着社会的发展和网络的普及，多媒体计算机的家庭拥有率已经非常高，它的通信功能也日益显现。

7.3.1 硬件组成

在多媒体计算机系统上，增加多媒体信息处理部分、输入/输出部分，以及与网络连接的通信接口等部分，就构成了基于计算机的多媒体通信终端。多媒体通信终端要求能处理速率不同的多种媒体，能和分布在网络上的其他终端保持协同工作，能灵活地完成各种媒体的输入/输出、人机接口等功能。基于计算机的多媒体通信终端，主要包括主机系统和多媒体通信子系统两个部分，如图 7-8 所示。

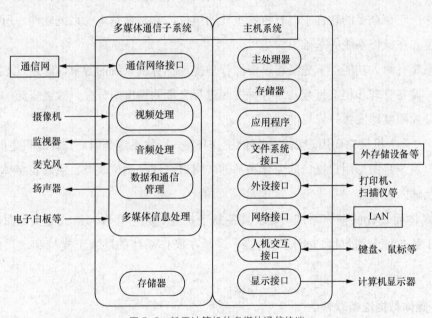

图 7-8 基于计算机的多媒体通信终端

主机系统是一台计算机，包括主处理器、存储器、应用程序、文件系统接口、外设接口、网络接口、人机交互接口和显示接口。

多媒体通信子系统主要包括通信网络接口、多媒体信息处理和存储器部分。其中，多媒体信息处理包括：视频的 A/D、D/A、压缩、编解码，音频的 A/D、D/A、压缩、编解码，各种多媒体信息的成帧处理以及通信的建立、保持、管理等。用这样的终端设备可作为实现视频、音频、文本的通信终端，如进行不同的配置就可实现可视电话、会议电视、可视图文、因特网等终端的功能。

7.3.2 软件平台

多媒体通信终端不仅需要强有力的硬件支持，还要有相应的软件支持。只有在这两者充分结合的基础上，才能有效地发挥出终端的各种多媒体功能。多媒体软件必须运行于多媒体操作系统之上，才能发挥其多媒体功效。多媒体软件综合了利用计算机处理各种媒体的新技术（如数据压缩、数据采样等），能灵活地运用多媒体数据，使各种媒体硬件协调地工作，使多媒体系统形象逼真地传播和处理信息。多媒体软件的主要功能是让用户有效地组织和运转多媒体数据。多媒体软件大致可分成以下 4 类。

1．支持多媒体的操作系统

操作系统是计算机的核心，它控制计算机的硬件和其他软件的协调运行，管理计算机的资源。因此，它在众多的软件中占有特殊重要的地位，它是最基本的系统软件。所有其他系统软件都建立在操作系统的基础上。

操作系统有两大功能：首先是通过资源管理提高计算机系统的效率，即通过 CPU 管理、存储管理、设备管理和档案管理，对各种资源进行合理的调度与分配，改善资源的共享和利用状况，最大限度地发挥计算机的效率。

其次，改善人机接口向用户提供友好的工作环境。操作系统是用户与计算机之间的接口，常见的窗口系统是图形用户接口的主体和基础。窗口系统控制位映像、色彩、字体、游标、图形资源及输入设备。

为多媒体而设计的操作系统，要求具备易于扩充、数据存取与格式无关、面向对象的结构、同步数据流、用户接口直观等特点。这是在操作系统的层次上支持和增设的多媒体功能。

2．多媒体数据准备软件

多媒体数据准备软件主要包括以下几个部分：数字化声音的录制软件；录制、编辑 MIDI 文件的软件；从视频源中获得视频的软件；录制、编辑动态视频片段的软件等。

3．多媒体编辑软件

多媒体编辑软件又称为多媒体创作工具，它的主要作用是支持应用开发者从事创作多媒体应用软件。一套实用的多媒体编辑软件，应具备以下功能。

- 编程环境。提供编排各种媒体数据的环境，能对媒体元素进行基本的信息控制操作，包括循环分支、变量等价、计算机管理等。此外，还具有一定的处理、定时、动态文件输入/

输出等功能。

- 媒体元素间动态触发。所谓动态触发，是指用一个静态媒体元素（如文字图表、图标甚至屏幕上定义的某一区域）去启动一个动作或跳转到一个相关的数据单元。在跳转时用户应能设置空间标记，以便返回到起跳点。多媒体应用经常要用到原有的各种媒体的数据或引入新的媒体，这就要求多媒体编辑软件具有输入和处理各种媒体数据的能力。

- 动画。能通过程序控制来移动媒体元素（位图、文字等），能制作和播放动画。制作或播放动画时，应能通过程序调节物体的清晰度、速度及运动方向。此外，还应具有图形、路径编辑，各种动画过渡特技（如淡入淡出、渐隐渐现、滑入滑出、透视分层）等能力。

- 应用程序间的动态连接。能够把外面的应用控制程序与用户自己创作的软件连接，能由一个多媒体应用程序激发另一个应用程序，为其加载数据文件，然后返回第一个应用程序。更高的要求是能进行程序间通信的热连接（如动态数据交换），或另一对象的连接嵌入。

- 制作片段的模块化和面向对象化。多媒体编辑软件应能让用户编成的独立片段模块化，甚至目标化，使其能"封装"和"继承"，使用户能在需要时独立取用。

- 良好的扩充性。多媒体编辑软件能兼顾尽可能多的标准，具有尽可能大的兼容性和扩充性。此外，性能价格比较高。

- 设计合理，容易使用。应随附有详细的文档材料，这些材料应描述编程方法、媒体输入过程、应用示例及完整的功能检索。

由上述可见，多媒体编辑软件的基本思想是将程序的"底层"操作模块化。总之，多媒体编辑软件应操作简便、易于修改、布局合理。

4．多媒体应用软件

多媒体通信的应用软件是将多媒体信息最终与人联系起来的桥梁，多媒体应用范围极广，包括教育、出版、娱乐、咨询、演示等许多方面。多媒体应用软件的开发，不仅需要掌握现代软件技术，而且需要有很好的创意，需要技术和文化、艺术巧妙结合，才能真正发挥多媒体技术的魅力，达到一种新的意境和效果，可以说，多媒体应用是一个高度综合的信息服务领域。

7.4　多媒体通信终端的现状与发展趋势

随着光通信技术的发展，通信网络的带宽已不再是制约通信业务发展的瓶颈。随着我国

"三网融合"逐渐步入快车道，光纤到户、百兆到桌面、十兆到移动终端已不再遥远，人们对多媒体通信的兴趣和需求自然而然越来越大，因此多媒体通信的相关技术近年也随之发展迅速，图像语音压缩算法更加实用，对带宽需求更低，质量更好，DSP 处理器、FPGA 处理性能从原来的几十兆指令数到现在的几千兆指令数。同时，多媒体通信协议的迅速制定和出台也给多媒体通信发展以保证。可以预见在未来几年内，随着网络带宽的不断增加，人们对多媒体业务的需求将呈现爆炸性的增长。

从目前看，基于 PSTN 的可视电话、基于专线的会议电视和基于 ISDN 的会议电视等传统多媒体通信业务，由于画面质量差、价格较高、使用不方便等原因呈现逐渐萎缩的态势。而基于 IP 的可视电话、会议电视等多媒体通信业务，由于使用灵活、价格便宜等原因，正成为几大运营商竞相发展的主要电信业务。随着移动通信和互联网的迅猛发展，以及固定和移动宽带化的发展，通信网络和业务正在发生着根本性的变化，移动通信网正在迅速成为一个宽带互联网业务平台，正迅速向 3G 乃至 4G 转变。目前，国内 3G 智能手机终端依托三大移动运营商的网络，正获得越来越多用户的青睐。智能手机终端操作系统不仅有 Windows Mobile、Symbian、Palm 以及 Linux，谷歌推出的 Android 智能手机终端更有后来居上之势。移动多媒体通信终端的硬件水平近年来也有了极大的提高。目前，智能手机不仅采用了 1GHz 的 CPU，还出现了双核手机平台，内存也达到了 1GB 以上。这些新的智能手机已经可以流畅的解码 1080i 的高清影片，这在过去是不敢想像的。这些 3G 手机终端不仅能实现通信功能（如移动即时通信、移动电子邮件等），还可以接收移动广告、新闻，进行移动支付，开展在线视听及游戏娱乐，完成移动互联网访问（如移动社区、移动博客等）。

移动宽带终端已成为集语音通信、数据通信、图像处理等多种功能于一体的多媒体应用平台；其硬件性能要求越来越高，软件系统也越来越复杂，不但有操作系统，还发展了应用运行平台及大量应用软件等；其功能也越来越强大，在具备通信、上网功能的同时，还开发了个人电脑具备的处理能力和功能。目前，国内外各大通信设备制造企业都在研发新型无线移动终端。由于研发企业众多，对制式、功能、应用的实现有各自不同的解决方案，对业务的互联互通造成了一些影响，因此，相关技术、业务、应用的标准化是发展趋势之一。技术和产品的标准化将简化终端集成的技术难度，芯片、协议栈、操作系统等核心技术将可能作为标准的软硬件模块简单移植集成到各种终端产品中，增加核心模块的通用性。目前的终端已经具有智能化功能，但有些操作系统和硬件是相对绑定的，不利于对软件的统一支持。随着终端技术发展和标准化工作的推进，以后终端的智能化程度将会更高，移动终端操作系统必然更加开放，功能更加强大。在 3G 网络中，通信、计算机、广播电视和传感器网络的融合成为发展的大趋势。网络融合带来的结果就是业务上的融合，业务的融合最终由移动终端实现。通信终端正在从通话工具变为个人综合信息平台，逐渐融合了数码相机、MP3、电视机等消费类电子产品的功能，以及来自计算机的更为强大的功能。移动宽带终端将会增加对通信类、信息类、交易类、娱乐类、移动互联网类等各类业务的支持功能，尤其在信息类、交易类和移动互联网方面，会让用户直接体验网络融合带来的好处。随着新业务、新应用的日益丰富，整机厂商和终端设计公司产品类别不断增加，对元器件厂商的要求不断提高，迫切需要元器件厂商紧跟其研发步伐，根据应用需求提供相应的元器件，使移动宽带终端的硬件技术更加先进，主要表现在基频处理器性能更高，内存容量更大，显示屏的技术更新，终端功耗更小，电池续航能力强，移动终端更环保，成本更低。

练 习 题

1. 简述多媒体通信终端由哪些部分组成？多媒体通信终端的特点有哪些？
2. 简要说明多媒体通信终端所涉及的几个关键技术。
3. 试画出任一基于 H.3xx 标准的多媒体通信终端的系统构成框图。
4. 画图并说明两种视音频基本比特流的复接方式。
5. 简述基于计算机的多媒体通信终端的硬件组成。

第8章 多媒体通信应用系统

当今社会，都市中的人们，不论是在生活中还是工作中，几乎无时无刻不处在多媒体应用"包围"之中。当你离开家乘坐公共汽车时，可以观看到车载电视播放的新闻、娱乐及广告信息，这就是多媒体信息发布系统所提供的功能；当你来到办公室工作时，你或许要利用会议电视系统与远在异地的同事讨论工作；下班后去商场逛逛，一般来说，你逃不掉商场安防监控系统的"监视"；回到家想放松一下，打开计算机看部电影吧，应该又是 P2P 流媒体系统在为你服务了……

8.1 视频会议系统

视频会议系统的历史可追溯到 20 世纪 60 年代初，当时美国电报电话公司（AT&T）曾推出过模拟视频会议系统 Picturephone。进入 70 年代以后，视频会议开始采用数字信号处理技术和数字传输方式。到 80 年代中期，通信技术发展迅猛，信息编解码技术的成熟，使得视频会议设备的实用性大为提高。但此时的视频会议系统由于价格和技术的因素，仍只限于高档会议室的视频会议应用，从而限制了视频会议的进一步普及。在 90 年代初期，第一套国际标准 H.320 获得通过，不同品牌产品之间的兼容问题得到解决。配合 H.261 视频压缩集成电路技术的开发，视频会议系统呈现小型化发展的趋势。在 1992—1995 年期间，中小型视频会议系统成为视频会议应用中的主要产品。视频会议系统在 90 年代中期的另一个发展趋势是桌面型产品开始成熟。到了 90 年代后期，随着 IP 网络的迅速发展和普及，人们对视频业务的需求量急剧增加，这促进了基于 TCP/IP 的视频会议标准的形成和视频会议产品的发展。进入 21 世纪以来，随着国家级骨干网、宽带城域网以及接入网的建设和完善，视频会议作为一种便捷、高效的应用系统在各个国家各行各业都开始广为普及。基于传统电路交换的高清晰度会议电视系统已经得到广泛应用，基于 IP 网络的 H.323 标准的视频会议系统逐渐成为视频会议产品的主流。目前，从大型会议室型视频会议系统到桌面型视频会议系统，从嵌入式产品到计算机平台上的软件产品，应有尽有。作为系统应用支撑的视频会议技术，在不同带宽范围其发展的侧重点不同。在高带宽（2～10Mbit/s）领域，将重点研制更好的算法以产生更高质量的图像、声音，满足如实时转播、远程医疗等高级应用的需要；在中带宽（384kbit/s～2Mbit/s）领域，研究的重点是对现有的会议电视进行改进，以提供更高分辨率和更高帧数的图像，更好的声音；在低带宽（384kbit/s 以下）领域（多用于手机等移动通信终端），重点研究如何在保证基本图像、声音质量的前提下，尽可能多地压缩数据，使其能以更低的速率传输。

8.1.1　视频会议系统的功能与结构组成

1. 视频会议系统的功能

视频会议系统的主要功能是通过终端向用户呈现所需的视频画面、声音以及各种数据，为此需要视频会议终端具有各种特定会议功能并支持多种通信协议及会议控制方式，因此视频会议系统的功能有时也称为视频会议终端的功能。

（1）应用层协议支持功能

视频会议系统的运行一般来说必须遵循一定的国际标准，如 H.320 或 H.323 等协议。以基于 IP 网络运行的视频会议系统为例，系统要支持 H.323 协议，提供在 H.255.0 建议中描述的服务，对 H.245 控制信道、数据信道和呼叫信令信道，必须提供可靠的端到端服务；对音频信道、视频信道和 RAS 信道，必须提供可靠的端到端服务。服务可以是双工或单工、单播或多播，取决于应用、终端能力和网络配置。

（2）参加会议能力

系统应该具备预约会议的能力，能够进行点对点呼叫和多点音视频会议呼叫，能够实现自动或人工控制应答呼叫的功能，能够选择音频会议或视频会议。

（3）语音编解码功能

终端可以根据需要选择支持 G.7XX 系列标准编码格式或其他非标准专用编码格式。对于基于 IP 网络的视频会议终端，可以根据会议需要在 MC 的控制下进行声音编码动态转换，即在较高速率编码与较低速率编码方式之间进行切换。当网络拥塞时，可将高速率编码方式转换为低速率编码方式，以便从媒体流的源端进行流量控制以缓解拥塞状况；当网络资源宽松时，可以将低速率编码方式转为高速率编码方式，以提高语音质量。

（4）图像编解码功能

终端必须支持 H.261QCIF，可以根据需要支持 H.261CIF、H.263QCIF、H.263CIF、H.264CIF

等编码格式，也可以采用其他技术成熟、互通性好的压缩编码格式。对于基于 IP 网络的视频会议终端，还应该可以根据会议需要在 MC 的控制下进行编码速率的动态转换。当网络拥塞时，可将高速率编码方式转换为低速率编码方式，以便从媒体流的源端进行流量控制以缓解拥塞状况；当网络资源宽松时，可以将低速率编码方式转为高速率编码方式，以提高图像质量。随着通信网络带宽的增加和视频压缩技术的飞速发展，更高的视频图像分辨率（如 4CIF）和帧速率（如 PAL 视频为 25 帧/秒）成了许多终端必备的能力。

（5）数据通信功能

数据通信功能用于支持诸如静态图像、二进制文件等的传输，以及实现电子白板等。例如，H.323 协议规定支持数据通信功能是可选的；数据通信采用 T.12X 系列协议，其中的 T.126 对应多点电子白板，T.127 对应多点文件传输，T.128 对应多点应用共享。

（6）QoS 功能

服务质量控制已逐渐成为视频会议终端的必备功能，如基于 IP 网络的视频会议终端支持 RTP/RTCP 流控制传输。RTP 是 H.323 标准中规定的在传输时延较低的 UDP 上实现实时传输的协议，其目的是提供时间信息和实现流同步；提供数据传输和服务质量的端到端监控，用于管理传输质量的提供 QoS 信息，增强 RTP 的功能。当应用程序开始一个 RTP 会话时将使用两个端口，一个给 RTP，另一个给 RTCP。RTP 本身不能为按顺序传送数据包提供可靠的传送机制、流量控制和拥塞控制，只能通过 RTCP 来提供。

（7）主席控制功能

视频会议系统一般应具备主席功能，终端在会议中可通过申请成为主席。主席终端应具备如下基本的会议控制功能：选看会场、广播会场、查询终端列表、点名发言、申请发言、释放主席令牌（交回主席控制权）；还可以具备一些扩展的会议控制功能，如添加和删除会场、声音控制、延长会议、摄像机远程遥控等。非主席终端可以具备的功能有申请主席、查询终端列表、申请发言、退出会议、数据会议等。

（8）维护管理功能

视频会议终端应该能够与网守进行交互，完成系统控制和连通性保证，能够进行故障处理，通过环回测试进行资源维护和故障定位，进行本地维护、系统升级和远程维护管理。

2．视频会议系统的结构组成

视频会议系统一般依托通信网络由具有不同功能的实体组成，主要的功能实体有终端、网守、多点控制单元和网关几部分组成。

终端是视频会议系统的基本功能实体，为会场提供基本的视频会议业务。它在接入网守的控制下完成呼叫的建立与释放，接收对端发送的音视频编码信号，并在必要时将本地（近

端）的多媒体会议信号编码后经由视频会议业务网络进行交换。终端可以有选择地支持数据
会议。终端属于用户数据通信设备，在视频会议系统中处在会场的图像、音频、数据输入/
输出设备和通信网络之间。由于终端设备的核心是编解码器，所以终端设备常常又称为编解
码器。来自摄像机、麦克风、数据输入设备的多媒体会议信息，经熵编码器编码后通过网络
接口传输到网络；来自网络的多媒体会议信息经编解码器解码后通过各种输出接口连接显示
器、扬声器和数据输出设备。

网守是视频会议系统的呼叫控制实体。在 H.323 标准中，网守提供对端点和呼叫管理功
能，它是一个任选部件，但是对于公用网上的视频会议系统来说，网守是必不可少的组件。
在逻辑上，网守是一个独立于端点的功能单元，然而在物理实现时，它可以装备在终端、MCU
或网关中。网守相当于 H.323 网络中的虚拟交换中心，其功能是向 H.323 节点提供呼叫控制
服务，主要包括呼叫控制、地址翻译、带宽管理、拨号管理等。

多点控制单元（MCU）是多点视频会议系统的媒体控制实体。MCU 是多点视频会议系
统的核心设备，其作用类似于普通电话网中的交换机，但本质不同。MCU 对视频图像、语
音和数据信号进行交换和处理，即对宽带数据流进行交换，而不对模拟语音信号或 PCM 数
据语音信号进行切换。MCU 可以由单个多点控制器（MC）组成，也可以由一个 MC 和多个
多点处理器（MP）组成。MCU 可以是独立的设备，也可以集成在终端、网关或网守中。MC
和 MP 只是功能实体，而不是物理实体，都没有单独的 IP 地址。

网关是不同会议系统间互通的连接实体。例如，要实现一个 H.323 标准的视频会议系统
与一个 H.320 标准的视频会议系统之间的数据连接，就需要设置一个 H.323/H.320 网关。

8.1.2　视频会议系统的主要技术支撑

视频会议是多媒体通信的一种主要应用形式，因此多媒体通信中作用的关键技术也是
视频会议中的关键技术，主要包括音视频数据压缩技术、同步技术、传输技术、通信控制
技术等。

1. 音视频数据压缩技术

音频和视频信号数字化以后的数据量是非常大的（详见本书第 2 章、第 3 章），要在一般
的通信网络中实时传输，不进行数据压缩是无法实现的。另外，视频和音频信号的原始数据存
在很大的信息冗余度，人的视觉和听觉特性都使得数据压缩得以实现。从 20 世纪 80 年代起，
视频会议领域技术进步的中心内容之一，就是如何在保证图像质量和声音质量的前提下，寻求
一种更有效的压缩算法，将视频、声音数据量压缩到最小。视频会议系统中常用的视频压缩算
法有 H.261、H.263、H.263+、H.264 等，常用的音频压缩算法有 G.711、G.722、G.723.1、G.728、

G.729 等。目前，越来越多的视频会议终端使用了 H.264/AVC 算法。H.264 具有可变长编码与基于上下文的自适应二进制算术编码方案，高精度、多模式的运动估计以及整数变换、分层编码语法等优点。在相同图像质量下，H.264 所需的码率约为 MPEG-2 的 36%、H.263 的 51%，优势相当明显。

2．同步技术

在视频会议系统中，除了音视频媒体的同步（唇音同步）外，由于不同地区的多个用户所获得的不同媒体信息也需要同步显示，因而一般采用存储缓冲和时间戳标记的方法来实现信息的同步。存储缓冲法在接收端设置一些大小适宜的存储器，通过对信息的存储来消除来自不同地区的信息时延差。时间戳标记法把所有媒体信息打上时间戳（RTS），凡具有相同 RTS 的信息将被同步显示，以达到不同媒体间的同步。

3．传输技术

现有的各种通信网络可以在不同程度上支持视频会议传输。公共交换网（PSTN）由于信息传输速率较低，因而只适于传输语音、静态图像、文件和低质量的视频图像。传统的共享介质计算机局域网在基于分组交换的 H.323 标准出台之后，也可胜任视频会议。窄带综合业务数字网采用电路交换方式，其基本速率接口可以传输可视电话质量级的音视频信号，基群速率接口可以传输家用录像机质量级和会议电视质量级的音视频信号。采用异步传输模式技术的宽带综合业务数字网，也能够灵活地传输和交换不同类型、不同速率、不同性质、不同性能要求、不同连接方式的多媒体信息。IP over ATM、IP over SDH 等宽带 IP 网络是视频会议业务应用最广泛的网络。分布式组网技术的应用更加有利于视频会议业务的开展，这个技术与信令媒体分离的技术是相关的。在一个典型的三级视频会议系统（如省—市—县，或者集团总部—分公司—支公司）中，目前常见的是采用 MCU 进行级联。这种 MCU 级联的一个弊端是，如果某个下层网络的 MCU 出现故障，则整个下层网络均无法参加会议。如果把信令和数据分离，那么对于数据量小但可靠性要求高的信令可以由最高级中心进行集中处理，而对数据量大但可靠性要求较低的媒体数据则可以交给各个低级中心进行分布处理，这样既提高了可靠性又减少了对带宽的需要，可实现资源的最优利用。

4．通信控制技术

视频会议终端通过 H.225、H.242、H.245 等协议完成通信控制，通过 MCU（或级联的 MCU）实现多点视频会议通信。传统的通信控制是通过"硬交换"实现的，现在已经出现了新的基于"软交换"思想的媒体与信令分离技术。在传统的交换网络中，媒体数据与控制信令一起传送，由交换机集中处理。而在下一代通信网络中（NGN）的核心构件却是软交换，其核心理念是采用"媒体与信令分离"的架构,信令由软交换集中处理,媒体数据则由分布于各地的媒体网关(MG)进行处理。相应地,传统的 MCU 也被分离成为完成信令处理的 MC 和进行媒体处理的 MP 两部分,MC 可以采用 H.248 协议远程控制 MP。MC 处于网络中心,MP 则根据各地的带宽、业务流量分布等信息合理地分配媒体数据的流向,从而能够实现一个"无人值守"的视频会议系统,还可以减少会议系统的维护成本和维护复杂度。另外,交互式组播技术也开始有了应用。传统的视频会议设备大多只能单向接收,采用交互式组播技术则可以把本地会场开放或上传给其他会场观看,从而能够实现一个极具真实感的"双向会场"。

8.1.3 视频会议系统的几种运用方式

常见的视频会议系统可分为软件视频会议系统、硬件视频会议系统及软硬件混合视频会议系统。

1. 软件视频会议系统

软件视频会议系统是基于计算机平台构成的视频通信方式,主要依靠 CPU(+GPU)处理视音频编解码工作。其最大的特点是系统建设成本较低,且使用费用低廉甚至免费,系统开放性好,软件集成方便。系统可采用 C/S 或 B/S 两种架构,也就是说用户既可以通过运行客户端进行会议,也可以通过访问 Web 网页进入会议。但软件视频会议系统在稳定性、可靠性方面还有待提高,视频质量普遍无法达到硬件视频会议系统的效果。软件视频会议系统的主要用户为个人和中小企业,不过政府、中大型企业也逐渐开始接受这种应用模式。

2. 硬件视频会议系统

硬件视频会议终端一般是基于嵌入式架构的视频通信方式,依靠 DSP+嵌入式软件来实现视音频处理、网络通信和各种会议功能。其最大的特点是性能高、可靠性好,大部分中高端视讯应用都采用了硬件视频会议终端。其主要用户为政府、军队和大型企业等。但硬件视频会议系统建设成本高,通常需要通信专线为系统提供网络通信支持,另外,数据功能相比软件视频会议系统较弱,随着技术的发展,其应用有逐步萎缩的趋势。

3. 软硬件混合视频会议系统

软硬件混合视频会议系统,顾名思义,就是既采用硬件视频会议终端,也可以采用软件视频会议终端,用户根据实际需要选择合适的终端设备,但 MCU 一般采用硬件实现。这类系统兼具软件视频会议系统和硬件视频会议系统的优点,目前很多企业及各类政府部门多采用这种系统。图 8-1 所示为某公司视频会议系统拓扑图,这是一个典型的软硬件混合型视频会议系统拓扑图。

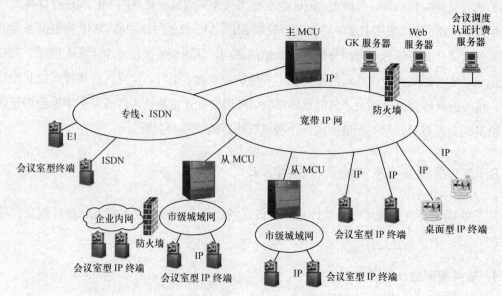

图 8-1　某公司视频会议系统拓扑图

　　随着信息技术的不断进步，开始出现了云计算视频会议，它将云和视频会议的各种优势完美结合在一起，以更灵活多变的会议形式、更快捷的数据处理方式，促使视频会议的数据处理能力、资源调配能力全面提升，帮助用户以最低的价格换取最优的服务，被普遍认为是视频会议行业最值得期待的新形式。

8.2　视频监控系统

　　视频监控系统是安全技术防范体系中的一个重要组成部分，是一种先进的、防范能力极强的综合系统，它可以通过遥控摄像机及其辅助设备（镜头、云台等）直接观看被监视场所的一切情况，可以令被监视场所的情况一目了然。同时，视频监控系统还可以与入侵报警系统等其他安全技术防范体系联动运行，使其防范能力更加强大。视频监控以其直观、方便、信息内容丰富的特点广泛应用于许多场合。

　　视频监控技术自 20 世纪 80 年代进入我国以来，其发展大致经历了以下 3 个阶段。

　　第一代视频监控系统采用模拟信号传输，通过视频监视器监视现场的情况，这是全模拟的监控系统，也称为闭路电视监控系统。这种系统所获得的视频信息只能集中于监控中心，扩展传输和远程控制能力都比较差。20 世纪 80 年代至 90 年代初期，该系统广泛应用在公安、边防、银行、军事、交通、酒店等重要单位和部门。

第二代视频监控系统主要是基于 PC 的多媒体主控台系统，称为本地数字化视频监控系统，开始于 20 世纪 90 年代中期，标志着视频监控向数字化的方向发展。

第三代远程视频监控系统是在 20 世纪 90 年代末发展起来的，它不再局限于简单地完成对视频信号的处理、传输、控制，其核心是为基于 IP 网络的多媒体信息（视频、音频、数据）提供一个完备的综合管理控制平台。第三代网络多媒体监控管理系统可以广泛用于多媒体视频调度指挥、网络视频监控和会议、多媒体网络直播、网络教学、远程医疗等各个方面。

8.2.1　视频监控系统的功能与结构组成

1. 视频监控系统的功能

第三代远程视频监控系统一般采用嵌入式视频服务器，以现有的 IP 网络作为业务承载，可以从前端信息采集、中心平台管理和客户端监控 3 个层次来描述视频监控系统的功能。

（1）前端信息采集功能

支持图像运动检测报警：需实现指定画面中区域进行运动检测报警的功能，并可设置运动检测灵敏度，可实现画面多区域运动检测报警。

支持报警触发录像及图片抓拍：支持突发事件触发、报警触发等外部触发拍照；支持报警预录制功能，即事件触发录像机制下提供报警前指定时间即开始启动录像。

支持录像功能：包括根据用户预置的时间表进行录像的定时录制功能；按照用户的开始录像、停止录像指令进行控制的手动录制功能；由系统中事件（报警、图像运动）触发的事件触发录制功能。

可按照时间、地点搜寻历史录像，并可实现快进、快退、单帧放、慢放、暂停等功能。

前端的录像资料可以使用通用播放软件（如 RealPlayer 或 MediaPlayer）来进行播放。

（2）中心平台管理功能

能够实现视频的实时分发，并能满足大规模用户同时访问同一监控点的需求。

中心平台报警处理操作包括触发报警录像及图片抓拍，同时将报警信息传送到客户端或专用报警的客户端。

可实现多路视频同步回放功能以满足用户的查询需求。

具有平台存储、客户监控中心存储的录像功能，支持各存储点的灵活组合存储。

（3）客户端监控功能

可实现网络音视频监听和监看，可实现网络音视频实时控制。

可通过 Web 方式监视实时视频并调阅历史录像资料。

可依输入时间、地点直接搜寻历史录像，并可实现快进、快退、单帧放、慢放、暂停等功能。

支持多画面分割、多画面轮询、参数设置、字幕叠加、截图等基本浏览功能。多画面分割：支持 1，4，6，9，10，16 等多种画面分割模式以及全屏显示，同时能提供多种分辨率的选择。多画面轮询：在每一个窗口可以分时显示不同监控点的画面，可设置分时（轮询）显示间隔时间。参数设置：支持图像相关参数如图像分辨率、图像帧率、码流等设置并实时调整。字幕叠加：视频画面能够叠加该段视频采集时间、地点等信息的字幕，并且字幕位置应可调。截图：在视频浏览的过程中，可对感兴趣的图像进行截取并保存。

客户端的录像资料可以使用通用播放软件（如 RealPlayer 或 MediaPlayer）来进行播放。

客户端可以向选定的所有前端设备进行音频广播，客户端也可以语音方式呼叫某个前端并与之对讲。

能够实现对云台和镜头的控制。云台控制：客户端在图像分屏和全屏显示状态下可以控制云台上下左右转动，云台能够进行巡航、预置位设置等功能。镜头控制：能进行变焦、聚焦（手动和自动调节）、调整光圈（手动和自动调节）。

收到报警信息时，客户端应能将画面切换到报警设备的联动画面，并放大显示，发出报警信息，直到用户做接警操作后方可返回正常状态。

2. 视频监控系统的结构组成

视频监控系统依功能可以分为摄像单元、信息处理与传输单元、媒体存储与转发单元和管理控制单元 4 个部分，各个部分之间的关系如图 8-2 所示。

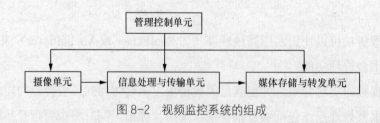

图 8-2　视频监控系统的组成

摄像单元是安装在监控现场的，主要实现在管理控制单元的控制下对监控现场的视频/音频信号的采集任务。它包括摄像头、录音头、防护罩、支架、电动云台等设备，它的任务是对被监控区域进行摄像并将其转换成电信号。

信息处理与传输单元的任务是把监控现场摄像机采集到的信号进行压缩编码，并通过

IP 网络传送到媒体存储与转发单元。同时，也可以把管理控制单元的控制信息传递给摄像单元。

存储与转发单元把从监控现场传来的经过压缩编码的音视频信息进行解码，恢复出监控现场的音视频信号以供监视；同时也可以把这些经过压缩编码的信息存储在磁盘阵列中，由多媒体数据库进行管理；另外，还可以完成对这些信息的转发功能，提供给监控工作站或其他网络用户。

管理控制单元负责整个监控系统的管理，包括系统状态管理、业务管理、接入管理、Web 服务管理、数据库管理、存储管理、媒体转发管理等。

8.2.2　视频监控系统的主要技术支撑

1．高效可靠的音视频编解码机制

为了在 IP 网络中更好地传输音视频数据，音视频编码算法必须满足以下要求：高效的视频压缩比；较高的传输实时性；更短的传输时延，更快的编码速度；较强的视频传输健壮性；更好地适应传输信道的误比特干扰。

当今的视频压缩标准有 MPEG 和 H.26X 两大系列。MPEG-4 目前已应用于 Internet 流媒体领域，为了尽量减轻 MPEG-4 音视频流对误码的敏感性，以保证压缩音视频解压后的恢复质量，MPEG-4 提供了多种抗误码工具，承载流媒体业务的实时网络传输层可以进一步改善流媒体传输的抗误码性能。作为目前最新的视频编码技术 H.264，在视频监控领域中应用广泛。H.264 标准采用了高精度、多模式预测技术用来提高压缩比以降低码流。H.264 标准针对网络传输的需要设计了视频编码层（VCL）和网络提取层（NAL）结构，网络抽象层是提供"网络友好"的界面，从而使视频编码层能够在各种系统中得到有效的应用。H.264 标准针对网络传输的需要设计了差错消除的工具便于压缩视频在误码、丢包多发环境中传输，从而保证了视频传输的有效性。

2．数据管理与数据安全

视频监控系统中保护数据不因偶然和恶意的原因而遭到破坏、更改和泄露是非常必要的。通过因特网传输的数据很有可能会遭到截取，这会给敏感数据带来巨大风险。对于一些网上黑客或恶意员工而言，为数据处理系统建立和采取技术和管理上的安全保护是不够的。对此，就很有必要对数据采取加密技术。

随着监控点的增多、应用行业的日益普遍化、监控时间周期的延长和视频清晰度的提升，视频数据容量也在飞速发展。即使按照一定的标准以压缩形式存储这些数据，仍然有成百 TB

直至上千 TB 的数据需要归档、存储，并且需要高速传输。针对这些情况，优化视频存储、归档解决方案及设备选择已经是很多用户的一个现实考虑。

一般来说，从技术的角度出发，第三代远程视频监控系统必须能够：保障具备长时间无故障运行；远程实时传递高清晰图像，并实现回放；灵活存储音视频资料，存储保留时间达到一定要求；音视频传输防窃取，存储的音视频资料防篡改。

8.2.3 视频监控系统的现状与发展趋势

1. 视频监控系统的应用现状

自 20 世纪 90 年代开始，随着多媒体技术、视频压缩编码技术、网络通信技术的发展，数字视频监控系统迅速崛起。目前，市场上主要有两种数字视频监控系统类型，一种是以数字录像设备为核心的视频监控系统，另一种是以嵌入式视频 Web 服务器为核心的视频监控系统。

（1）数字监控录像系统

数字监控录像系统多以基于 PC 的多媒体监控为主要方式。数字视频压缩编码技术日益成熟，计算机的普及化，为基于 PC 的多媒体监控创造了条件。这种新型视频监控系统的迅速崛起，部分地取代了以视频矩阵图像分割器、录像机为核心，辅以其他传送器的模拟视频监控模式。这类系统的组成结构为：兼容/工控 PC+视频采集卡+普通/较可靠的操作平台+应用软件。其主要特点表现在：PC 的多媒体监控主机综合了视频矩阵、图像分割器、录像机等的众多功能，使系统结构大为简化；由于采用计算机网络技术，数字多媒体远程网络监控不受距离限制；由于采用大容量磁盘阵列存盘器或光盘存储器，可以节省大量的磁带介质，同时有利于系统实现多媒体信息查询；在实际工程应用中，系统工作不太稳定。

（2）基于 Web 服务的嵌入式视频监控系统

这类系统的核心是使用了嵌入式 Web 视频服务器，采用嵌入式实时多任务操作系统。摄像机送来的音视频信号数字化后由高效压缩芯片压缩，通过内部总线送到内置的 Web 服务器，网络上用户可以直接用浏览器观看 Web 服务器上的摄像机图像，授权用户还可以控制摄像机、云台、镜头的动作或对系统配置进行操作。与后方的管理控制单元和存储及转发单元配合，可以灵活方便地组成功能强大的远程视频监控系统。这类系统的特点主要表现在：由于把视频压缩和 Web 功能集中到一个体积很小的设备内，可以直接连入因特网，达到即插即看，省掉多种复杂的电缆，安装方便（仅需设置一个 IP 地址），用户也无须安装任何硬件设备，仅用浏览器即可观看；由于因特网没有距离的概念，因此布控区域广阔；系统具有几乎无限的无缝扩展能力，所有设备都以 IP 地址进行标识，增加设备只是意味着 IP 地址的扩充；

采用基于嵌入式 Web 服务器为核心的监控系统，在组网方式上与传统的模拟监控和基于 PC 平台的监控方式有极大的不同，支持跨网关、跨路由器的远程视频传输。图 8-3 所示为基于 Web 服务的嵌入式视频监控系统组成示意图。

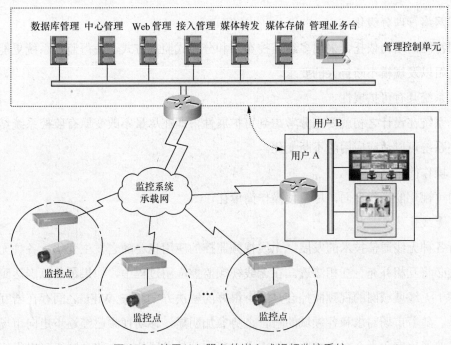

图 8-3　基于 Web 服务的嵌入式视频监控系统

2．视频监控系统的发展方向

视频监控系统未来的发展特点主要包括以下几个方面。

（1）网络化

视频监控系统的网络化意味着系统的结构将由集总式向集散式系统过渡。集散式系统采用多层分级的结构形式，具有微内核技术的实时多任务、多用户、分布式操作系统，以实现抢先任务调度算法的快速响应。组成集散式监控系统的硬件和软件采用标准化、模块化和系列化的设计，系统设备的配置具有通用性强、开放性好、系统组态灵活、控制功能完善、数据处理方便、人机界面友好，以及系统安装、调试和维修简单化，系统运行互为热备份，容错可靠等优点。系统的网络化在某种程度上打破了布控区域和设备扩展的地域和数量界限。

（2）数字化

视频监控系统的数字化最基本的应该是系统中信息流（包括视频、音频、控制等）从模拟状态转为数字状态，这将彻底打破"经典闭路电视系统是以摄像机成像技术为中心"

的结构，根本上改变视频监控系统从信息采集、数据处理、传输、系统控制等的方式和结构形式。信息流的数字化、编码压缩、开放式的协议，使视频监控系统与安防系统中其他各子系统间实现无缝连接，并在统一的操作平台上实现管理和控制，这也是系统集成化的含义。

（3）网络管理分级化

以因特网网络为依托，采用多级监控布防和分级式监控方式，使得监控系统更能满足用户联合重组以及规模不断扩大的要求。

（4）系统具有可扩展性

整个系统在设计之初就要充分考虑到可扩展性，即在尽量不改变原有监控系统结构的基础上，使系统可以适应应用的不断变化。

（5）操作简单

采用可视化的操作界面，尽量使操作简单化。

（6）无线化

随着各种无线通信技术的发展，无线视频监控的应用也会随之发生变化。各种无线视频监控方案必将互相补充、互相渗透。在无线视频监控应用过程中，如果覆盖范围达到数十千米时，基于无线城域网的视频监控会是一个很好的解决方案，与 WiFi 之间存在着互补和竞争的关系。随着市场需求和各领域的融合之势愈加明显，移动视频已经逐步走向市场，这大大激发了普通家庭和大众对视频监控的需求，正在蓬勃发展的 3G 移动网络可以很好的应用到未来的数字家庭网络中。

8.3 P2P 流媒体系统

传统网络电视对用户带宽、服务器负载的要求较高，限制了流媒体的应用。虽然网络带宽有了较大提高，但视频服务质量仍然不够理想，特别是节假日或者上网高峰时段，视频服务很难满足需求。P2P 技术的应用有效解决了传统网络电视对用户带宽、服务器负载的高要求，P2P 流媒体给用户带来了全新的视觉感受。

P2P 是 "Peer to Peer" 的缩写，指的是对等通信模式。P2P 系统中的每一个节点都是对等的，具有同等地位。因此，这种模式与传统的 C/S 模式相比，最显著的变化是没有中心节点，每个节点可实现服务器与客户端的双重功能。

在 P2P 流媒体系统中，每个用户端都是系统的一个节点。某个用户端可以根据他们的网络状态和设备能力与一个或几个用户端建立连接来分享数据，这种连接能减少服务器的负担和提高每个用户的视频质量。P2P 技术在流媒体应用中特别适用于一些热门事件，即使是大量用户的同时访问，也不会造成流媒体服务器因负载过重而瘫痪。此外，对于多人的多媒体实时通信，P2P 技术也能给网络状况和视频质量带来很大改进。

8.3.1 P2P 流媒体系统的播送方式

P2P 流媒体系统按照播送方式主要分为两种：直播系统和点播系统。此外，还有一些既可以提供直播服务，也可以提供点播服务的 P2P 流媒体系统。

1. 直播

在流媒体直播服务中，用户按照节目列表收看当前正在播放的节目。这种服务方式中，用户和服务器之间交互较少，技术实现相对简单，因此，P2P 技术在直播服务中发展迅速。2004 年，香港科技大学开发的 CoolStreaming 原型系统将高可扩展和高可靠性的网状多播协议应用在 P2P 直播系统中，被誉为流媒体直播方面的里程碑，PPLive、PPStream 等流媒体系统都沿用了其网状多播模式。

P2P 直播方式最能体现 P2P 技术的价值，多个用户观看同一个节目，可以充分利用 P2P 的传递能力，理论上，在上/下行带宽对等的基础上，在线用户数可以无限扩展。

2. 点播

在 P2P 流媒体点播服务中，用户可以选择节目列表中的任意节目观看。在点播领域，P2P 技术的发展速度相当缓慢，一方面是因为点播的高度交互性实现的复杂程度较高，另一方面是节目源版权因素对 P2P 点播技术的阻碍。

目前，P2P 的点播技术主要朝着适用于点播的应用层传输协议技术、底层编码技术、数字版权技术等方面发展。

与 P2P 流媒体直播不同，P2P 流媒体点播终端必须拥有硬盘，其成本高于直播终端。目前，P2P 点播系统还需在技术上进一步探索，期望大规模分布式数字版权保护系统的研究以及底层编码技术的发展能为 P2P 点播系统的实施奠定基础。

8.3.2 P2P 流媒体系统的主要技术支撑

1. 文件定位技术

流媒体服务的实时性要求较高，快速准确的文件定位是流媒体系统要解决的基本问题之一。在 P2P 流媒体系统中，新加入的用户在网络中以 P2P 的文件查找方式，找到可提供所需媒体内容的节点并建立连接，接收这些节点提供的媒体内容。

2. 节点的选择

在一个典型的 P2P 覆盖网络中，节点可以在任意时间自由地加入或离开网络，并且由于这些节点来自不同的自治域，从而导致覆盖网络具有很大的动态性和不可控性。因此，如何在服务会话初始时确定一个相对稳定的可提供一定 QoS 保证的服务节点或节点集合是 P2P 流媒体系统迫切需要解决的问题。

节点的选择可以根据不同的 QoS 需求采取不同的选择策略。具有代表性的节点选择机制有：PROMISE 体系中的端到端选择机制和感知拓扑的选择机制、P2Cast 系统的最合适节点选择算法等。

3. 容错机制

P2P 流媒体系统中正在提高服务的节点有可能会离开系统，传输链路也可能因拥塞而失效，因此，必须采取一些容错机制使系统的服务能力不受影响或尽快恢复。一种方法是采取主备用节点的方式。在选择发送节点时，选择多个服务节点，其中某个节点（或节点集）作为活动节点，其余节点作为备用节点，当活动节点失效时则由备用节点继续提供服务。另外，还可以采用编码技术提供系统容错性，如前面章节介绍的前向错误编码和多描述编码。

4. 安全机制

对 P2P 信息进行安全控制一般通过安全领域的身份识别认证、授权、数据完整性、保密性、不可否认性等技术来实现。现阶段可采用分布式数字版权保护（DRM）技术实现对版权的控制；可以安装防火墙阻止非法用户访问实现基于企业级的 P2P 流媒体系统；可以通过数据包加密方式保证因特网上的 P2P 流媒体系统安全；可采用用户分级授权的办法在 P2P 流媒体系统内阻止非法访问。

8.3.3　P2P 流媒体系统的现状与发展趋势

因特网的迅速发展和普及为 P2P 流媒体的发展提供了强大动力，P2P 流媒体技术的应用为网络信息交流带来革命性的变化。目前，P2P 流媒体的应用主要有以下几方面。

（1）视频点播（VOD）：这是最常见、最流行的应用类型。

（2）视频广播：可以看成是视频点播的扩展。

（3）交互式网络电视（IPTV）：在本书第 4 章的流媒体技术中有比较详细的介绍。

（4）远程教学：围绕教学需求，远程教学往往采用视频点播、视频广播等多种业务应用，已经成为信息化校园中的重要组成部分。

（5）交互游戏：通过流媒体方式传递游戏场景的交互游戏近年来得到了迅速发展。

目前，PPLive、CoolStreaming 等流媒体系统得到了较好的商业运作，展现了 P2P 流媒体技术的广泛应用前景，但是构建运行良好的 P2P 流媒体系统还面临许多问题，比如不可预知的节点失效、网络状态的自适应、建立和维护有效的多播树等，随着商业运作的推进和信息技术的不断发展，P2P 流媒体技术必将取得更大的发展。

8.4　多媒体信息发布系统

继报刊、广播、电视、互联网等四大媒体之后，以楼宇电视广告为代表的分散安装、区分不同受众、有针对性地播放信息的多媒体信息发布系统被称为"第五媒体"。多媒体信息发布系统是基于企业网和互联网的多媒体播放系统，它可以让企业、广告运营商和政府机构轻松构建网络多媒体信息发布和视频播放系统，为用户提供高质量的多媒体服务。

多媒体信息发布系统使得信息的发布更加快捷化、便利化、控制智能化，大大节省信息发布所耗费的人力、物力、财力等。多媒体信息发布系统能够根据各部门需要对各个不同终端的内容信息发布做到时时监控，使信息能够准确的发布到各个终端。

8.4.1　多媒体信息发布系统的分类与功能

根据需求，多媒体信息发布系统一般分为单机型、广播型、分播型、交互型和复合型，这几种模型并没有优劣之分，只有是否适合工程现场和客户需要的差别。从复杂角度来说，单机型最为简单，适合小型商铺、小型公司等；复合型最为复杂，内含广播型、分播型和交互型等，适合跨区域的行业性客户、集团公司等。

1. 单机型

单机型就是管理主机单独控制一台媒体播放机，并且该媒体播放机只对应一台显示终端，媒体播放机和显示终端可融为一体，如单点的广告机。单机型也可以有传输设备，当媒体播放机选择体积较大的普通 PC 主机设备时，由于 PC 主机硕大的机身，不便在显示屏附近安装，因此离显示设备有一定的距离，需要使用传输设备来保证视频和音频的传输质量。

2. 广播型

广播型就是整个系统只含一个多媒体信息播放机，但显示终端有多个，该模式是将一个信号复制成多份发送到各个显示终端，每一个终端的显示内容完全一致，也完全同步。由于广播型的多媒体播放机离终端显示设备往往都比较远，因此，为了确保高清视频和音频信号的传输质量，都需要使用多媒体传输设备。

3. 分播型

一个信息发布系统有很多个显示终端，每一个显示终端的播出内容和方式完全独立，即每个显示终端和对应的播放主机组成相对独立的一个小组，各自独立工作，互不干扰，在需要的时候又可以轻松设置成播出一样的画面，这样的模式就叫做分播型模式。分播型模式的每一个显示终端后面都需要对应一个独立多媒体播放器作为支撑。

4. 交互型

交互型信息发布系统是一个具有人机互动功能的系统，如通过触摸屏与媒体播放机有机结合，将媒体播放器的内容展现在触摸屏幕上，用户可以通过接触触摸屏点播自己喜欢的节目，当无人使用触摸屏时，系统可自动恢复到默认的其他节目频道上。随着技术的发展，互动技术的形式也多种多样，如遥控互动、语音互动、短信互动等。

5. 复合型

复合型是以上所有模式相互结合的使用方式，包括分播型、广播型和互动型，使用方式最为灵活，可根据工程需要，设计出最符合实际需求的系统。

8.4.2 多媒体信息发布系统的主体架构

以数字化、网络化、智能化为特征的多媒体信息发布系统已越来越受到人们的关注和青睐，其系统设备主要由服务器、网络、播放器、显示设备等组成，将服务器的信息通过网络发送给播放器，再由播放器组合视音频、图片、文字等信息（包括播放位置、播放内容等），输送给液晶电视机等显示设备，这样就形成了一套可通过网络将所有服务器信息发送到终端的链路，实现一个服务器可以控制所有系统终端，如图 8-4 所示。网络化的多媒体信息发布系统主要包括 3 个部分：中心管理控制系统、终端显示系统和网络平台。

1. 中心管理控制系统

中心管理控制软件安装于管理与控制服务器上，具有资源管理、播放设置、终端管理、用户管理等主要功能模块，可对播放内容进行编辑、审核、发布、监控等，对所有播放机进行统一管理和控制。

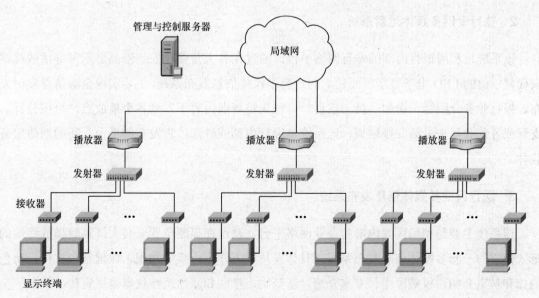

图 8-4 多媒体信息发布系统

2．终端显示系统

终端显示系统包括媒体播放机、视音频传输器、视音频中继器和显示终端，主要通过媒体播放机接收传送过来的多媒体信息（视频、图片、文字等），通过 VGA 将画面内容展示在 LCD、PDP 等显示终端上，可提供广电质量的播出效果。

3．网络平台

网络平台是中心控制系统和终端显示系统的信息传递桥梁，可以利用已有的网络系统，也可以搭建专用网络。

8.4.3 多媒体信息发布系统的几种运用方式

多媒体信息发布系统的应用场合较广，不同的应用场合和应用目的形成了各种特定的多媒体信息发布系统。以下是几种比较常见的系统应用。

1．政府、企业楼宇多媒体信息发布系统

该系统是政府机关或大型企业通过在办公楼显要位置安装显示屏等播放终端来发布内部信息和对外宣传形象等而建立的一套多媒体信息发布系统，通过该系统建立一个文化宣传的平台、品牌示范的窗口。

2. 银行专网多媒体运营系统

该系统是利用银行内部的专有网络平台，通过在各大营业厅安装液晶显示屏等播放终端来代替以前的 LED 电子显示屏而建立的一套多媒体信息发布系统，主要实现金融信息实时发布、银行业务介绍等。例如，员工培训，可预先将培训内容下发到各个播放点，可按分行、支行或各营业厅来灵活安排培训、该系统是银行内部或外部广告发布的平台，新的增值服务载体。

3. 医疗行业多媒体信息发布系统

该系统主要是利用医院内部的企业网络平台，通过在显要位置安装大屏幕等播放终端的形式建立的一套多媒体信息发布系统，具体发挥以下作用：疾病知识、保健常识宣传，特色门诊和科室介绍，权威医生、专家介绍，新药物、疗法和新型医疗仪器器械宣传，紧急、实时信息或通知插播，就医导航，对医院职工远程集中培训，形象宣传片、产品广告播放，健康生活理念宣传等。

4. 营业厅多媒体信息运营系统

营业厅通常指规模大、数量多、分布范围广的营业网点，如移动、联通等大型运营商分布在全国范围内的各大营业网点，以客户服务和缴费为主。营业厅多媒体信息运营系统包括机构内部的信息发布、培训、促销服务等形象宣传和对外的公共广告运营。

5. 交通行业多媒体信息发布系统

交通行业多媒体信息发布系统包括飞机场、火车站、汽车站、公交车、地铁等关于航班车次信息、乘车导航等业务多媒体信息的发布、运营查询和广告运营。

练 习 题

1. 什么是视频会议系统？简述其功能与结构组成。
2. 简述视频会议系统的主要支撑技术。
3. 视频会议系统有哪几种？各有什么特点？
4. 试简述视频监控系统的结构组成。
5. 视频监控系统未来的发展有哪些特点？
6. 什么是 P2P 系统？简述其工作原理与主要特点。
7. 简述 P2P 系统的主要支撑技术。

8．目前因特网上基于 P2P 技术开展服务的流媒体系统主要有哪几种？各有什么特色？

9．多媒体信息发布系统主要有哪些应用形式？

10．多媒体信息发布系统有多种实现模型，简述其应用场合与特点。

参 考 文 献

[1] 陈明. 多媒体技术与应用. 北京：清华大学出版社，2004.

[2] 张晓燕，李瑞欣，刘玲霞. 多媒体通信技术. 北京：北京邮电大学出版社，2009.

[3] 朱志祥，王瑞刚. IP 网络多媒体通信技术及应用. 西安：西安电子科技大学出版社，2007.

[4] 李国辉，涂丹，张军. 多媒体通信网络. 北京：人民邮电出版社，2010.

[5] 王志强，李延红. 多媒体技术及技术. 北京：清华大学出版社，2004.

[6] 易克初，田斌，付强. 语音信号处理. 北京：国防工业出版社，2000.

[7] 胡建彰，卢官明. 电信新业务. 北京：人民邮电出版社，2001.

[8] 蔡安妮，孙景鳌. 多媒体通信技术基础. 北京：电子工业出版社，2000.

[9] 吴乐南. 数据压缩. 北京：电子工业出版社，2007.

[10] 沈兰荪，卓力. 小波编码与网络视频传输. 北京：科学出版社，2005.

[11] 王炳锡. 语音编码. 西安：西安电子科技大学出版社，2002.

[12] Vito Amato. 思科网络技术学院教程. 北京：人民邮电出版社，2001.

[13] Uyless Black. VoIP:IP 语音技术. 北京：机械工业出版社，2000.

[14] 郭宝龙，等. 通信中的视频信号处理. 北京：电子工业出版社，2007.

[15] Kenneth R. Castleman. 数字图像处理. 北京：清华大学出版社，1998.

[16] Ralf Steinmetz, Klara Nahrstedt. 多媒体技术：计算、通信和应用. 北京：清华大学出版社，2000.

[17] Hill Associates,Inc. 电信技术实用指南. 北京：清华大学出版社，2003.

[18] Ralf Steinmetz, Klara Nahrstedt. 多媒体系统. 北京：清华大学出版社，2006.

[19] 毕厚杰. 新一代视频压缩编码标准—H.264/AVC. 北京：人民邮电出版社，2005.

[20] 解相吾，解文博. 数字音视频技术. 北京：人民邮电出版社，2009.

[21] Franklin D. Ohrtman,JR. 软交换技术. 北京：电子工业出版社，2003.

[22] 余兆明，余志. 数字电视原理. 西安：西安电子科技大学出版社，2009.

[23] Yang Zhang，等. 宽带移动多媒体技术与应用. 北京：电子工业出版社，2009.

[24] 杨建平. 数字视频技术及应用. 北京：科学出版社，2009.

[25] 韩纪庆，等. 音频信息处理技术. 北京：清华大学出版社，2007.

[26] 倪其育. 音频技术教程. 北京：国防工业出版社，2006.

[27] 杨一荔. 数字通信原理. 成都：电子科技大学出版社，2007.

[28] 唐峰. 数字音频压缩技术研究. 中国传媒科技，2008(5).

[29] 肖磊，等. 流媒体技术与应用大全. 重庆：重庆大学出版社，2003.

[30] 吴国勇，等. 网络视频流媒体技术与应用. 北京：北京邮电大学出版社，2001.

[31] 张如磊. H.264 流媒体技术研究与实现. 山东大学硕士学位论文，2007.

[32] 谢希仁. 计算机网络. 北京：电子工业出版社, 2008.

[33] 郑少仁,等. 现代交换原理与技术. 北京：电子工业出版社, 2006.

[34] 穆维新. 现代通信网. 北京：人民邮电出版社, 2010.

[35] 原荣. 宽带光接入技术. 北京：电子工业出版社, 2010.

[36] 中兴通讯学院. 对话宽带接入. 北京：人民邮电出版社, 2010.